大鱼

有爱的青春陪伴者

总裁的

# 二次初恋

The first love

2

● 风魂 /著

贵州出版集团
贵州人民出版社

图书在版编目（ＣＩＰ）数据

总裁的二次初恋. 2 / 风魂著. —— 贵阳：贵州人民
出版社，2019.12
ISBN 978-7-221-15744-7

Ⅰ．①总… Ⅱ．①风… Ⅲ．①长篇小说－中国－当代
Ⅳ．①I247.5

中国版本图书馆CIP数据核字(2019)第284807号

## 总裁的二次初恋 2

风魂/ 著

出版统筹：陈继光
责任编辑：潘　媛
选题策划：大鱼文化
特约编辑：颜小玩
装帧设计：颜小曼　cain 酱
封面绘制：棉花圃
出版发行：贵州人民出版社（贵阳市观山湖区会展东路SOHO办公区A座
　　　　　505081）
印　　刷：湖南凌宇纸品有限公司
开　　本：880×1230毫米 1/32
字　　数：240千字
印　　张：8.5
版　　次：2020年3月第1版
印　　次：2020年3月第1次印刷
书　　号：ISBN 978-7-221-15744-7
定　　价：36.80元

# 目 录
## contents

# 目录
## contents

# 第一章
## 唐家的食物链

《七十二小时大挑战》按照惯例分为三集。

到了播出时间，唐霖准时拉着苏叶一起坐在电视机前。

苏叶自己其实也是有几分期待的。

她以前对娱乐圈关注得少，电视电影都看得不多，更不用说真人秀了。她虽然知道内容和过程，但并没看过剪完后的成片，不知道会是什么样子。

节目是从嘉宾们抵达酒店开始的，加了画外音和字幕介绍，基本也都是中规中矩。

唐霖不停地抱怨说苏叶的镜头太少了。

那也没有办法，毕竟当天苏叶直接就回房间了，跟其他嘉宾唯一的互动就是被姚佩铃挑衅，这一段并没有出现。后面姚佩铃冲摄影师发脾气的画面也没有出现。苏叶想星美大概花了不少公关费，不知道那位李总监对力捧这么一位大小姐有没有后悔。

这一集里最活跃出彩的当属洪奕廷。

苏叶的镜头不太多，大多时候都在做一个安静的美少女。

第一集快结束的时候，画面停在四处奔波的"警察组"和优哉游哉结束了购物正在变妆的"逃犯组"，留下了一个悬念。

唐霖把苏叶夸成了一朵花，唯一的缺点还是出场太少了。

"回头叫你哥投资个电影，让你做女主角。"唐霖兴头十足地说。

呵呵。

这时距她断然拒绝了唐皓并将他从头喷到脚已经过了三天。

虽然唐皓这几天都没跟苏叶见面，没有收回已经借给她的资金，也没有召回夏千蕾，更没有打压她的新公司，看起来好像只是又恢复到最开始对唐夜弦的态度，但话说出了口，又怎么可能当成没有发生？

苏叶是天之骄女没错，但唐皓从小到大，又什么时候被人那样指着鼻子骂过？

唐皓没有直接翻脸揭穿她的身份把她赶出唐家，大概已经是看在唐霖的面子上了，还指望他投资电影捧她？

苏叶自认还没那么大的脸。


稍晚一点，夏千蕾给苏叶打来电话，问她是不是要在微博上发点照片跟《七十二小时大挑战》节目组互动一下。

"唐夜弦"的微博现在都是夏千蕾在打理，夏千蕾还记得刚开始被派过来时苏叶说的那些条件，所以每次还是会先跟苏叶打个招呼。

夏千蕾将照片都发给了苏叶，让她自己挑一挑。

苏叶打开看了一下。

照片都是节目组的工作人员拍的，除了正常角度，也有各种偷拍。

夏千蕾发过来的当然已经都是经过挑选和处理的，每一张看起来都很漂亮，安静时娴美，欢笑时明艳，就连嘚瑟时都带着一种天真的小俏皮，实力诠释什么是真正的绝世美颜。

虽然以苏叶现在的状态，这么说好像有点自恋，但也不得不承认，唐夜弦在外貌上而言，真是得天独厚，走上轻生这条路，也是可惜。

苏叶正感慨着，翻动照片的手指突然一顿。

里面竟然还夹了一张她和唐皓的合照。

她搂着唐皓的手臂，正在说话，眉开眼笑的。唐皓微微低着头，嘴角噙着一抹淡淡的笑意，幽黑瞳仁映着月色，眸中似乎全是温和宠溺。

暖橘色的火光从侧后透过来，给两人都镀上了柔和的金边。

看起来既唯美又温馨。

苏叶的目光在这张照片上停留良久，心情复杂。

她不知道唐皓是什么时候决定要追她的，这张照片上的感情流露也并不像假的，可偏偏就是这样，才让她觉得更加难以接受。

她挑了几张单人照发回给夏千蕾，但转回头来看到那张和唐皓的合照，还是忍不住保存到了自己的手机上。

就算……骂了他，就算不能在一起，留一张照片……还是可以的吧？

她这么想着。


这期《七十二小时大挑战》相关的内容都已经上了热搜，毕竟孟修的人气在那里，嘉宾们背后的公司也各有操作。

苏叶这边照片一发，立刻就有人点赞评论。

照例还是分成了好几方互掐，颜粉们各种花样舔屏，黑子们喷她就是个花瓶。

让苏叶意外的是，竟然还有一波是字字句句踩着她捧姚佩铃的。

她顺着话题看了一圈，才发现原来最开始是有人批评姚佩铃在节目里撒娇卖痴恶心做作，说既然什么都不会，还不如学唐夜弦全程做一个安静的美少女呢，好歹不会暴露自己的无知。姚佩铃的粉丝们就不依啦，柳玟君罗竹容那样的他们不敢撕，同样的十八线，同样只是卖脸对团队毫无贡献，凭什么说姚佩铃不如唐夜弦？

虽然姚佩铃又发了微博声称她和唐夜弦在拍摄期间关系融洽合作愉快，还发了张逃犯组的合照来证明，但评论里却是越掐越厉害，甚至又翻了唐夜弦以前的黑历史出来人身攻击。

也有人质疑，为什么唐夜弦这种连一部作品都没有的新人能参加这样的节目，是不是另有内幕？

连孟修的粉丝都掺和了进来，骂姚佩铃和唐夜弦半斤八两，都是试图抱孟修大腿炒作的心机女。

苏叶自己还挺淡定，毕竟她对自己"艺人"的身份也真是没什么认同感，又一向不太在意别人的眼光。

倒是夏千蕾有点坐不住。

夏千蕾当然是对娱乐圈有兴趣才会申请来做苏叶的助理，但这么直面粉圈掐架，还算是第一次。虽然知道话题对明星们的重要性，但还是觉得为了节目效果被骂成这样有点委屈，何况只有姚佩铃和苏叶在被骂，剧组其他人好像全都在隔岸观火，乐见其成，说不定还在推波助澜。

娱乐圈这种地方，果然什么感情都是塑料的。

夏千蕾正这么想着，就见孟修发了条新的微博。

【孟修 V：这次你们都错了。我只是一个安静的保镖而已。】

配图是他变妆之后西装墨镜一脸严肃认真地跟在苏叶身后的照片。

单看文字内容虽然好像和正掐得热火朝天的话题没有太大的关联，但配上照片，就是明晃晃地在给苏叶撑腰了。

夏千蕾觉得这一刻看到这条微博的人里，可能有八成都觉得脸有点痛，剩下两成大概在忙着准备板凳茶水，毕竟这个瓜……好像有点大。

洪奕廷很快转发了孟修那条微博。

【洪奕廷 V：皇上，剧透是可耻的！】

跟着柳玟君也转了，罗竹容也跟上。

夏千蕾就问苏叶，要不要保持队形，发点什么？

苏叶想了想，没有发微博，只是去微信群里说了声谢大家。

这个群是洪奕廷拉的，说是明畅公司的股东群，其实也就是这一期《大挑战》的嘉宾，只除了姚佩铃。但大家都忙，除了公司事务之外，很少说话。

"谢什么啊。"洪奕廷很快就冒出来了，"你这下才死定了知道吗？"

苏叶发了个问号。

洪奕廷道："你是不知道孟老师的粉丝战斗力有多强吧？每一个敢跟他传绯闻的女星都会被掐得体无完肤啊。他这样站出来挺你，你猜你会怎么样？"

苏叶：[瑟瑟发抖表情] 那你还转？

洪奕廷：[吃瓜表情] 看热闹嘛，谁还嫌大？

洪奕廷这人在节目里的活跃，其实也不全是为了节目效果，而是真的生性跳脱。他在《宫墙月》里演那个低眉顺眼唯唯诺诺的小太监，才真是演技好。

苏叶默默地关掉了微信群。

夏千蕾那边还在问她和孟修什么关系？夏千蕾心里要有个底才好应对。

苏叶叹了口气："只是朋友。不过，你有空操心这些，不如去帮我接点戏吧？"

夏千蕾有点意外："之前不是说过不必操之过急？"

苏叶这时正坐在阳台的躺椅上，看了看隔壁隐隐透出的灯光，低头回复："此一时彼一时，我觉得，我说不定很快就要缺钱了。"


没等到第二天，苏叶的微博就被孟修的粉丝完全占领了。

她虽然被骂得有点惨，但至少涨了几百万的关注，勉强也算是跻身流量明星的行列了。

趁着这个势头，甚至还有些片约找上了门。但大半也只是一些花瓶角色，连夏千蕾都看不上。

夏千蕾还是劝苏叶，不如等这期《七十二小时大挑战》播完再说。苏叶在节目里虽然表现得不太像个演员，但好歹也算是有自己的特点，到时她再去活动争取一下，说不定会有更合适的。再缺钱，也不至于就缺这两个星期。何况苏叶靠着唐家呢，大不了再跟唐先生借嘛，毕竟开公司的钱都借了。

苏叶也不好跟她说自己和唐皓翻脸的事——毕竟夏千蕾目前还是从唐皓那里拿工资的——只含糊着应了下来。

其实苏叶也明白，唐皓这两个星期当然不会把她怎么样，只要唐霖还活着，他就不会把她怎么样。

但等唐霖死了呢？

苏叶原本是比较担心杜怀璋手里的那个把柄，但现在……也许唐皓也一样可怕。

她和唐皓太久没有接触了，根本猜不到现在的唐皓会做什么打算。

当年的唐皓没有用这样轻浮傲慢的态度对苏叶，是因为年少单纯，或者他更爱原来的苏叶吗？不，最首要的条件，是因为苏叶是苏承海的女儿，是能跟他平起平坐的苏大小姐。

唐夜弦算什么？

不过是养来哄老爷子的玩意儿，要依附唐家，依附他唐皓才能生存的菟丝花，生死都在他一念之间，怎么可能敬重得起来？

所以他哪怕是道过歉，说应该更正式一点，但下一次，还是会脱口而出，还是会那么做。

因为潜意识里，他就不可能把唐夜弦放在一个真正对等的平台上。

苏叶不想继续这样下去。

她得自己站起来。

想要人格独立，首先必须经济独立。

不然她吃着唐家的饭，欠着唐皓的钱，说什么都会变成笑话。


苏叶对微博的冷处理让等着看戏的洪奕廷大失所望，他在微信群里给她支着儿："你就该顺势抱孟影帝大腿啊，不管怎么样先蹭一波热度嘛。现在就是个人流量时代，你红了，片约就会滚滚而来。"

苏叶还没说话，柳玟君已经冒出来，毫无淑女风范地说："滚滚滚，这是安的什么心。小弦你不要听他的，女演员名声很重要的。"

"奴才一片真心可昭日月啊。"洪奕廷发了个耍宝的表情，但还是解释了，"小弦跟你的人设不一样。她从一开始就属于争议型选手，趁着现在还没什么作品，做什么都可以。等真的能有值得一提的角色了，才'幡然醒悟，浪子回头'，开始爱惜羽毛也不迟。"

柳玟君瞬间就被带歪了："那要不跟《宫墙月》剧组那边说声，干脆放皇上和丽姬的剧照吧。"

苏叶有点哭笑不得，跟他们道了谢，又道："孟老师也在这群里呢，咱们这样讨论消费他……不太好吧？"

柳玟君道："没事，孟老师脾气好，一贯是被消费的。"

洪奕廷也道："他就是自己从来不在意，女友粉才特别凶狠的。"顺手还@了一下孟修。

但孟修并没有被@出来。

洪奕廷自己又道："可能在拍戏。他前几天进了组。"

苏叶顺便就道："前辈们如果有合适的角色请介绍我去试啊。我这边没什么要求，就当积累经验了。"

洪奕廷一口答应下来。

柳玟君也说有机会帮她留意。

苏叶顺便汇报了一下公司的进度。

公司注册下来了，办公室开始装修，员工也招了几个，红枫镇那边的前期手续是杜怀璋在负责，也十分顺利。

杜怀璋在安盛只是个闲职，可有可无。他自己也清楚唐皓对他信任有限，他无论如何也不可能真正进入安盛的决策核心层，所以对工作的主观积极性并不是很高。明畅就不一样了，唐夜弦持股60%，是当之无愧的大老板。对杜怀璋来说，唐夜弦的，不就是他的吗？所以他真是尽心尽力干劲十足。

"没问题的话，大概下个月就可以动工了。到时会有个奠基仪式，前辈们有空去吗？"苏叶问。

"早说过我对公司经营什么的又不懂，你决定就好了。"柳玟君道，"具体日期定下来你告诉我，我看看有没有空。"

洪奕廷却表示有点遗憾，他很快要开新戏，这次要去西北，估计没两三个月回不来。

苏叶也就是顺口一问，红枫镇对她来说是个跳板，对这些明星来说也不过只是玩票或者说是感情投资，为了奠基这种小事耽误拍戏是本末倒置，到开业时能去一两个就不错了。

到了晚上，孟修给苏叶打来电话，首先就为微博的事道了歉："是我考虑不周。我已经跟助理说过了，他会想办法约束一下粉丝。真是不好意思。"

"哪里？孟老师太客气了，我要谢谢你才对。不然我哪来的这些人气？"苏叶笑着卖了洪奕廷，"你看群里了吗？洪哥还教我怎么蹭热度呢。"

"看了。"孟修也笑了笑，却略过了这个不提，又道，"我这边倒有个角色，你要不要来试试？"

"欸？孟老师现在的剧组吗？"

苏叶之前了解过，孟修现在在拍的是个武侠电影，纯男人戏，唯一一个女角色定了影后韩湄。哪有什么角色给她？演路人和尸体吗？

"不是。"孟修解释，"你知道傅志诚导演吗？他现在在拍的戏里有个演员出了点问题，临时要换人。时间有点紧，如果你有兴趣，这两天就过来试下镜？"

"好。"

几次接触下来，现在苏叶对孟修几乎有种无条件的信任，甚至没问什么剧什么角色，就直接应下来。

"我明天就去。"


孟修这次就在云溪影视城拍摄，苏叶到的时候，他自己在片场拍戏脱不了身，但安排了自己的助理小周接待苏叶。

苏叶跟小周也算熟悉，稍作休整，就直接去了要试镜的剧组。

那是个古装奇幻电影，叫《我家娘子有点病》，一听名字就知道风格了。

小周在路上跟她说了下情况，她要试的是这个电影的女二，原本是一位当红小花杨梦琪出演，都拍了不少了，但前阵拍摄时出了点意外，杨梦琪摔了一跤住院了，身体状况不太适合继续拍摄，这边又不能等，只能中途换人。

这消息其实还没有传开，孟修也是因为刚好两个剧组凑在一块儿拍戏，他跟傅志诚关系好，才先替苏叶争取到这个机会，不然还未必能轮得到苏叶这种小新人。

他们到了那边，才知道等着试镜的人除了苏叶，还有三个。

路上为了给孟修表功，小周话说得有点满，这时就不免有些尴尬，苏叶倒反过来安抚了他几句。

这世上永远都不缺消息灵通的人。何况演员受伤住院这种事，瞒得了外界，也瞒不了自己人，一个剧组这么多人，谁没个关系网？

小周跟了孟修好几年，也算灵活，带着点将功补过的心态，很快就把其他人的底细打探出来了。

一个是跟杨梦琪同一家公司的，一个是投资方的关系，还有一个是制片人的亲戚。那几个人关系都挺硬的，而且也都是有一定经验和人气的小明星了，以苏叶的资历，夹在其中，根本没什么优势。

小周却挺有信心："如果谁的后台特别硬，那直接就把角色拿下了，根本不可能安排四个人一起试镜。现在这样，正是因为关系差不多，就得看演员本身了。既然孟老师都看好唐小姐嘛，那一定没有问题的。"

苏叶点点头，她心态其实还挺好的。成了最好，不成，就只当是来刷个经验，也没什么大不了。

苏叶来得晚，排到了最后，她也不着急，坐在那里等的时候，就认真地看起剧本来。

剧务给的只有简单两页纸，一段人物简介，三个场景。

这个角色叫玉芝仙子，是莲花修炼成仙，冰清玉洁，气质高华。这样的设定，放在这部搞笑片里，显得有点格格不入，却又有一种反差性的喜感。

三个场景一个是玉芝仙子在仙宴上偶遇暗自仰慕的凌霄天神，提醒他要小心无尘天神，凌霄天神并不放在心上。第二个是贬下凡尘的凌霄天神再找到玉芝仙子，却是为了要她的琉璃冰莲心给自己在凡间的爱妻治病。第三个是玉芝仙子被凌霄夫妇感动，自愿剖心为药，香消玉殒。

苏叶没看到完整的剧本，但从这三个场景来看，也差不多可以了解这是个什么样的人物了。

有点可悲，但正是苏叶最不能理解的那种，为了爱情就把自己低到尘埃里的人。

你都成仙了，还玩什么暗恋和成全？

苏叶叹了口气，开始琢磨到底要怎么去演绎这个自己完全不能赞同的角色。


孟修推荐唐夜弦时，傅志诚其实是十分犹豫的。

毕竟这个角色是女二，戏份还挺重的，不是只要有脸就行的花瓶角色，何况唐夜弦的外形其实也不太符合。他见过唐夜弦几张照片，她的漂亮，太张扬明艳太有侵略性，很难有玉芝仙子那种高洁出尘，不食人间烟火的感觉。

而唐小姐的性格——不论是网上那些流言，还是她自己发那个"不服来战"——就更难说了。

但是他和孟修认识多年，算是很了解这位孟影帝。虽然孟修在圈内是有名的好脾气，尊老爱幼，但大半时候，都是遇上了就顺手帮一把，特意这样推荐，据他所知，这还是第一次。他不能不给这个面子。

所以，他对苏叶，带了几分漫不经心，又有几分好奇，但在真正见到苏叶之后，就只剩下惊艳了。

这个女孩子比照片上漂亮得多，气场也要更强，一双碧清清的眸子顾盼生辉，神采奕奕，往那儿一站，不动不说话，就已经让其他人黯然失色。

但这样，就更不适合这个角色了。

傅志诚暗叹了口气，还是例行公事地让她先表演剧本上的三个场景。

男主郭俊霖给她配戏。

苏叶闭上眼，做了个深呼吸，再睁开眼，向郭俊霖点点头，示意可以开始。

这场戏其实之前杨梦琪已经拍过了，郭俊霖驾轻就熟，从左往右走过去。

"凌霄天神。"

苏叶叫住了他，声音清冷，不疾不徐。

郭俊霖转过头来，看到一张绝色容颜，她并没有像刚刚试镜的其他演员那样用面无表情来保持高冷，而是带上了一抹淡淡的微笑。

那笑容云淡风轻，七分矜贵三分漠然，有如高在云端，遥不可及。但望向郭俊霖的目光却是柔和的，丝丝缕缕，暗藏着不可明言的情意。

苏叶的确不太能理解这种爱情至上的人物，但她可以用点取巧的办法，比如说模仿某一个人某一个瞬间的某一种情绪。

就比如看着唐皓的谢圆圆。

就比如叫着"璋哥哥"的"唐夜弦"。

就比如……无意识地呢喃着"我好想你"的她自己。

……

傅志诚手指间转动的笔"啪"地掉了下去。


最终，苏叶以一票的微弱优势拿下了玉芝仙子这个角色。

晚上，她请了孟修和傅志诚吃饭。

孟修是直接从片场过来的，戴了顶棒球帽，穿着很简单的 T 恤、牛仔裤。

苏叶本以为他是为了躲狗仔低调，等他进了包间把帽子摘下，才发现是剃了个光头。

苏叶眨了眨眼，扑哧笑出声来。

孟修摸了摸自己的头，有点无奈："丑吗？剧情需要。"

孟修的头形很饱满，光头也并不难看，没有头发会让面部轮廓暴露无遗，比平常少了几分柔和，倒显得更为端正刚硬，极具男子气概。

苏叶摇了摇头："没有，更帅了。只是……"她斜睨着那个亮晶晶的光头，声音里还是带着笑，小小声道，"有点想摸摸……"

孟修静了两秒，竟然真的微微弯了腰把头低到她面前。

苏叶反而尴尬起来，虽然孟修说过他们算朋友，但这种动作，到底还是太亲密了一点。

她讪讪地干咳了一声："开玩笑的，我看傅导来了没。"

孟修也没有坚持，应了声就站直了身子。

傅志诚跟孟修其实就是前后脚，刚好在包间门口看到这一幕，差点没把眼镜都摔了。

孟修跟他介绍苏叶的时候，说是朋友，但……他也是孟修的朋友，还是认识多年的老朋友，都从来没见过孟修让谁摸过头。

孟修性格是随和，但离随便还是差了十万八千里的。

何况男人嘛，谁会喜欢这样的动作？

苏叶正好转过头来就看到傅志诚，不由得更加尴尬了，连忙笑着打了招呼："傅导。"

"不必客气。阿修的朋友，就是我的朋友啦。"傅志诚乐呵呵笑着，还向孟修挤了挤眼，"虽然你这新造型我已经看过蛮多次了，但还是每次都想摸一下看看呢。"

孟修跟他关系好，不介意他开玩笑，但这时也懒得理他，随手拖开椅子，招呼苏叶坐下。

傅志诚眼里的揶揄简直都要实质化了。

苏叶越发不好意思，红着脸把菜单递过去："傅导看想吃点什么？"

傅志诚也不客气，随手点了几个菜，又交给孟修，一面打量着旁边的苏叶。

她微微低着头，双颊有如初绽的桃花，娇羞欲滴，碧清的双眸却又如明澈的湖水，纯净无瑕。

傅志诚不由得感慨道："我本来还担心唐小姐这种太过漂亮的长相驾驭不了这个角色，没想到竟然也能演得又仙又灵，还是阿修你慧眼识英才啊。"

孟修道："算不上慧眼识英才，我只是觉得，一个连台词都没有的角色，都能跟我聊出半个小时体会的演员，肯定不会被自己的外貌禁锢。"

傅志诚竖了个大拇指："现在的年轻小女孩，很少有人能这么认真了。这种敬业就值得干一杯。"

他话没落音，苏叶和孟修几乎同时开了口：

"我不喝酒。"

"她不喝酒。"

傅志诚扶了一下眼镜，看看孟修，又看看苏叶，笑起来："够默契啊，你们俩。要不要下次开一部戏找你们来做男女主角啊？"

孟修无情地泼了他一盆冷水："你请不起我。"

"这么耿直你会失去我的，我跟你讲。"傅志诚有点哀怨，又有点不甘心，"那客串呢？不如来客串一下吧，你不想跟唐小姐同框吗？"

"没有空。"孟修依然毫不留情地拒绝了，"吴导的脾气你也知道，估计你们拍完了，我们这边还在磨呢。"

"吴老那是精益求精。"傅志诚也只能叹了口气放弃了。

孟修正在拍的这部《任侠》，导演吴泰泉名气大，脾气也大，对作品的要求高，对演员也一样，轧戏的事，哪怕只是客串，也想都不要想。

几人又闲聊了一些圈内的事、电影的事，大半都是傅志诚和孟修在说，苏叶安静地听着，插嘴的时候不多，但偶尔接一两句话，也都在点子上。

傅志诚对她这一点也相当满意，一顿饭算是吃得宾主尽欢。

《我家娘子有点病》这边，因为苏叶是半途接手，拍摄时间很紧，她签了合同就索性直接留下来进组，酒店也订了跟剧组同一家。

孟修是在另一个方向，但他坚持要送苏叶。

其实时间不算太晚，苏叶并没有喝酒，傅志诚是同路的，苏叶的助理也就在楼下，他这非要送一送……傅志诚就又露出了暧昧的笑容，但也很乐意替孟影帝打个掩护。

"不要想得那么猥琐。"孟修有点无奈，还是解释了一句，"我就是有点不放心。"

傅志诚一脸了然地说"我懂"，还自以为很识相地回了酒店就闪人了。

苏叶正好也想单独跟孟修好好道个谢，毕竟人家每天被吴导折腾得死去活来还抽空来帮了她的忙。

"孟老师到我房间坐坐？"苏叶邀请。

夏千蕾很不赞同地突然咳嗽了一声，苏叶回头看着她，道："夏姐要是不舒服就早点回去休息吧。"

……

夏千蕾心想：你的微博现在还淹没在孟影帝家粉丝的谩骂中你记不记得？如果再被人发现他去你房间，还能不能活？影视城这种地方，活跃着多少狗仔你知不知道？

苏叶并不在意，直接开了房门，向孟修做了个"请"的手势。

等人进去，她又向夏千蕾挥挥手："晚安。"

然后，苏叶就"啪"地把夏千蕾关外面了。

夏千蕾心想：安你个头……她今天晚上还能睡吗？公关软文要不要写起来？水军控评什么的要不要先准备一下？

夏千蕾牙都要咬坏了。

她决定向唐总告个状。

因为唐小姐的任性导致她的额外工作增加，是不是可以要求加薪？


"孟老师喝茶吗？"苏叶一面问，一面拿着酒店的茶叶看了看，有点嫌弃地皱了一下鼻子，"凑合吧。"

她烧水的时候，孟修就连这套间带她本人打量了一圈。

锦衣玉食的唐家小姐，这酒店里最好的套房，对她而言，也不过只是凑合。但当初红枫镇那种破旧招待所，也没见她抱怨。

孟修眼神里带了几分深思，问："你这些天，还好吧？"

"挺好啊……"苏叶随口应着，突然想起他跟傅志诚说不放心，肯定不是不放心这么点路程，也不是不放心傅志诚。他不放心的不过是……

苏叶抬起头来，正对上孟修的目光，不由得有点躲闪。

孟修看出来了，索性直接问："唐皓有再对你动手吗？"

就他那次在飞机上的短暂交谈来说，他觉得唐皓可不是那种会轻易放手的人。

家暴这种事，只要有第一次，就会有一百次。

苏叶摇摇头，笑了笑："没有，谢谢你，上次真的只是误会。"

孟修看着她，明显不太满意这个回答。

能把脖子掐成那样，回头说是"误会"，换成苏叶自己，也不太相信。但她也没办法解释她和唐皓到底算是怎么回事，她只能把话题扯开："这次我能拿到这个角色，真是太谢谢你了。"

孟修道："你还年轻，其实眼下好好上课，把基本功学扎实才好。突然这么急于接戏，是为什么？"

苏叶依然不知道要怎么解释。

她前一阵才当着他的面指着自己的鼻子说"我就是钱"，还拉着人投资做生意，现在项目还没动工，就要说她缺钱……真是不知道要怎么开口。

孟修便在她的沉默中放柔了声音，试探性地轻轻问："是想离开唐家吗？"

苏叶怔了怔，突然意识到，孟修这误会可能有点深。

都说聪明人爱脑补，他这都脑补到什么程度了？

豪门恩怨还是不伦虐恋？

苏叶有点哭笑不得，心头却涌起了暖意。

孟修不知道她到底发生了什么事，却还是在她需要的第一时间向她伸出了援手。

吴导的严厉就连她这种初入娱乐圈的小新人都有所耳闻，他这个时候还能替她张罗角色，当然不会真的只是"正好""顺便"而已。

只不过是她想要，他就尽力帮忙而已。

"不，并不是。唐家没有人虐待我，我也没有要逃走。"苏叶泡好了茶，递给孟修，一面斟酌着用词，缓缓道，"孟老师一片好心，我知道的，也十分领情。但是……你若想要盘根究底，就涉及我的小秘密啦。有些秘密，跟朋友分享是信任和亲密。但有一些，可能就只会是负担了。"

她的真实身份也好，她和唐皓的纠葛也好，包括唐夜弦本身的身世和秘密，这个时候，都不适合告诉一个完全无关的外人。

苏叶停顿了一下，抬眼看着孟修，微微一笑："而我并不想对你撒谎。"

她声音温软，眼神纯净无波，一片坦诚。

孟修觉得自己有几分躁乱的心绪不自觉地跟着平静下来。

他意识到自己的确有点交浅言深了。但是不知道为什么，想想那天看到苏叶脖子上的掐痕，他就有点忍不住。

面前的女孩子美得就好像误坠人间的精灵，工作时认真努力，私下里乖巧可爱，对他又恭敬有加……若是他妹妹，他只恨不得捧在手心里宠着，怎么可能对她动手？

可是……

孟修深吸了一口气，才轻声道："抱歉，是我唐突了。"

"不，没有……孟老师对我这么好，我真是非常感动。是我受之有愧，无以为报……"苏叶抿了一下唇，"只是……如果能说的话，我一定会第一个告诉孟老师。"

孟修还能说什么，只好应了一声，就低头喝茶。

苏叶对他那一闪而过的失落到底有点过意不去，又低低加了一句："孟老师不用担心，我会努力不让你失望的。"

这个不失望的范围，可就不怎么好限定了。

孟修看着她捧着的那茶杯莹白如玉的手指，最终只是笑了笑，道："嗯，不要看傅志诚这几年一直在拍无厘头的搞笑剧，但其实也是个有才华有追求的导演。有机会出演他的电影，就好好学，好好演。"

苏叶也再次笑起来，给他续了茶："我会的。"

孟修在苏叶的房间里并没有待多久，前前后后加起来也不到半小时，的确也就是喝杯茶的工夫。

夏千蕾松了口气，又免不了有点好奇，悄悄问苏叶："这么点时间……

你们到底在干吗？"

你又在脑补什么？苏叶心里想着这些，索性没好气地道："在说唐皓的坏话啊。"

夏千蕾本想说唐皓对她有什么不好，简直都快要百依百顺了，但话没出口就想起上次苏叶被掐脖子的事来，只能默默咽了回去。

有时候，一次伤害就能抵消所有的好。

可夏千蕾一直就没想明白为什么。

唐皓自己拿了钱出来让苏叶开公司，之后虽然没有再亲自插手，但凡是要借虎皮的地方也是一路绿灯，就肯定不是为了苏叶自作主张投资红枫镇的事跟她动手。

不是公事，就只能是因为苏叶本人了。

夏千蕾接手"唐夜弦"的时候，当然了解过她的黑历史，但以往她做了那么多丢脸过分的蠢事，也没见唐皓气到亲自打人啊。

如果说是外因的话……

夏千蕾眼前闪过孟修那张哪怕剃了光头也依然帅到天怒人怨的脸。

上次好像也是有孟影帝在？

"不好。"夏千蕾顿时心头一紧，略有点心虚地看向苏叶，主动坦白交代，"我把你跟孟先生见面的事，告诉唐总了。"

苏叶倒也没有意外，毕竟夏千蕾是从唐皓那里领工资的。她无所谓地耸了耸肩："说就说了吧，也没什么大不了的。"

夏千蕾仔细回忆了那个电话，唐皓的语气是一贯的冷淡，似乎的确并没有什么特别的表示。

但她才略松了口气，就听到苏叶冷哼了一声："看他能不能弄死我。"

夏千蕾心想：这兄妹俩……怎么就还到了要死要活的地步？


唐皓当然不想弄死苏叶，他只是给她送了份礼来。

第二天，苏叶就正式开始拍摄。她跟杨梦琪完全不像，之前的戏份几乎全部都要补拍，根本没有给她多少适应的时间，她连台词都还没背熟。

"没办法，赶时间。"傅志诚道，"我们先从简单的场景开始。"

这是苏叶第一次真正尝试紧锣密鼓的高强度拍摄，又是夏天拍古装，宽袍大袖看起来飘飘欲仙，但里三层外三层，这种天气……真是谁穿谁知道。一天下来，真是苦不堪言，到最后几个镜头，她真的完全是靠毅力在支撑了。挨到傅志诚说收工，她整个人简直都要累瘫。

傅志诚对她倒是有点刮目相看。

虽然孟修说她认真敬业，但傅志诚觉得唐家的大小姐，年纪又小，又一向任性妄为，哪怕有点灵气，大概也吃不了苦受不了累。本来还预计着今天可能会把更多时间花在磨合上，没想到苏叶一条接一条拍下来，竟然一句抱怨都没有。

傅志诚竖着大拇指狠狠夸了苏叶一番，又要请她吃饭："辛苦了。照这个势头下去，我们很快就能把进度赶回来了。能找到唐小姐接手这个角色，真是太好了。"

就是说这样的高强度工作可能还要持续一段时间。

苏叶这才算体会到做演员的辛苦，她这时简直什么都吃不下，只想赶紧回去洗个澡好好睡一觉。

但她才卸了妆换了衣服出来，就觉得片场的气氛有点不太对，落在她身上的异样目光有点多。

事实上，她作为一个打败了几个关系户抢到角色的新人，受人瞩目也是正常的，但这个感觉又有点不太对。

夏千蕾匆匆赶过来，苏叶才知道是因为什么。

唐皓给她送了一辆车。

超豪华的大型房车，里面配备客厅、卧室、卫生间、化妆间、衣帽间、小厨房，甚至还有个娱乐室，空间宽敞，功能齐全。

这个片子的主演里并没有大咖明星，男主郭俊霖、女主严妙都只是流量小生、小花，平日也还算低调。那辆崭新的蓝白涂装的豪华房车停在一众普通车辆中间，简直就好像混进驴群的大象。

本来嘛，"唐夜弦"这个名字名不见经传，突然就空降下来抢了女二号，有兴趣的人在网上搜搜，也就只那些消息。直到这辆房车出现，大家才算对她"唐霖的私生女"这重身份，有了真正的认识。

很多人对她的印象，瞬间就从"潜规则上位的妖艳美女"变成了"吃饱了撑的来体验生活的白富美"。

不要说场记剧务，就连几个副导演对苏叶的态度也微妙地热情起来。

苏叶有点无奈，她虽然恼火唐皓又搞这种花样，但这份礼物……还真是诱惑力十足。

她这时正觉得需要一辆保姆车，现在是在影视城拍还好，过些天要去野外，要没个车，不要说化妆休息，到时可能连上厕所都不方便。

所以苏叶想了想，还是给唐皓打了个电话。

"车到了吗？"唐皓显然对这个电话毫不意外，语气很平淡，听不出喜怒，"时间有点赶，随便买了一辆。你先用着看看，不喜欢的话，回头再照你自己的意思去定制。"

"嗯。"苏叶应了一声，犹豫着问，"这算是……怎么样的礼物？"

那边唐皓的语气也是微微一滞，然后道："没有条件，没有交换，你放心用就是。"

"不，我是指……"苏叶顿了顿才道，"是来自唐家……还是你私人……"

唐皓握着手机的手不由得紧了紧，声音里也透出了一丝冷意："有什么区别？"

"当然有啊。"苏叶道，"如果是唐家的，只要我还是唐夜弦一天，我就用得心安理得。"

后面半句她没有说出口，但唐皓也能听出来。

如果是他私人送她，她只怕就要拒绝了。

他咬了咬牙，一时只想问，为什么孟修帮她找个角色，她连二话都没有就颠颠跑去进了组，他不过只是送辆车，就这么……

唐皓深吸了一口气，把到嘴边的话又咽了回去，闷闷道："算老爷子给你的奖励，我回头找他报账。"

"哦，好的。谢谢大哥，替我谢谢爸爸。"苏叶欢快地应道，然后直截了当地挂了电话。

唐皓只差没把手机给砸出去。

什么都替她想好，什么都为她做到，还要被她嫌弃。

他真是……

要是别人那样跟他说话，只怕坟头都要长草了。

偏偏换了这丫头，想想她那天头也不回地走远的样子，他就连气都没地方发。

简直就是……鬼迷心窍！


唐皓还随车附赠了两个人，司机兼保镖的曹进，是特种兵退役，身高体壮，等闲几个大汉也不是他的对手。另一个叫陈佳玉，二十出头的小姑娘，算是生活助理，细心耐心性格好，还有一手好厨艺。正好把夏千蕾从这些生活琐事上解放出来，专心做经纪的工作。

几天磨合下来，苏叶的小团队也就勉强算成形了。

苏叶对几个人的工作能力完全满意，唯一不太称心的地方，就是这几位全都是唐皓的人，让她有一种自己无论什么时候都在唐皓眼皮底下的错觉。

她有时候甚至会想，也许孟修的脑补是对的。

这个情况，再发展下去，万一有天唐皓黑化，就妥妥是个虐恋情深的剧情没跑了。

好在唐皓自从那天的电话之后就没再出现，苏叶这边也是忙着拍戏，顾不上继续多想。

苏叶却因为这辆房车，在网上又火了一把。

起因是有人八卦杨梦琪，说她住院不是因为摔伤有多重，而是因为怀孕。并没有指明男方是谁，只是说杨梦琪母凭子贵，可能要嫁入豪门。为讨未来婆家欢心，她毁约弃演，打算息影，却没料到接手她弃演角色的，才是真正的豪门大小姐。细论起来，不免有些讽刺。

这八卦里也上了不少照片作为证据，其中就有苏叶那辆"鹤立鸡群"的豪华房车。

然后有人好奇所谓"真正的豪门大小姐"是谁，往深扒了扒，就把"唐夜弦"找出来了。

连带那辆车的型号价格也被人扒出来，又讨论起了国内外明星们在用什么保姆车的话题，还搞出了一个排行榜。苏叶用的这款不论是性能还是价格，都名列前茅。

向来看热闹不嫌事大的洪奕廷还特意给苏叶打电话，表示有机会一定要参观一下她的豪车。

苏叶不由得感慨，这真是个全民娱乐的时代，不论什么事都能在网上掀起风暴来。

这事目前来说，除了被一些仇富的人说些酸话，对苏叶并没有什么损伤，但她还是吩咐夏千蕾去查一查始作俑者。

"跟他们说一声，不论是想黑杨梦琪还是什么奇怪的营销方式，都别带上我，我不喜欢这种捆绑炒作。"

夏千蕾应了声，又多问了一句："只是警告一下吗？"

苏叶只笑了笑。

不然呢？

她如今的境况，既没钱又没人，还能把别人怎么样吗？

但唐家大小姐的"虎皮"还能用，只要她还披着这张皮，有的时候，也就只需要微笑就好了，其他人自然会自己去掂量这个微笑背后的含义。

比如这时夏千蕾看着笑而不语的苏叶，一瞬间就好像看到下了命令就只要结果的唐皓，心中顿时一凛，点点头就匆匆去做事了。

夏千蕾离开苏叶的视线，才悄悄吁了口气，这兄妹俩那睥睨天下的气势如出一辙，就算长得不太像，也完全能看出是一脉相承的兄妹啊。

怎么就闹成这样了？

不，仔细想一想，只有唐总在闹吧？

先是莫名其妙地动了手，然后这些借钱啊，找房子啊，送车什么的，根本就是在求和吧？

她突然觉得，唐家这个食物链的排列……好像有点不太对了？

# 第二章
## 猫和猫

夏千蕾很快就查到最开始那个八卦背后的主使，是个跟杨梦琪向来不和的三线女星，苏叶听都没听过，自然也没放在心上。

也不知是夏千蕾的警告奏效了，还是对方觉得没有必要歪楼，之后杨梦琪怀孕的事虽然还有些余波，却都控制了没再牵连其他人。

苏叶这边的戏也拍得顺顺利利。

到红枫镇那边项目要动工时，苏叶找傅志诚请假。

她本来还想请孟修他们一起去造个势的，但现在孟修肯定去不了，洪奕廷也没空，柳玟君他们本来就是看影帝和"唐小姐"的面子才投点钱凑数，现在孟修都不去，他们才懒得特意再跑去那种穷乡僻壤。如果苏叶自己也去不了的话，就只能由杜怀璋主持了。

明畅公司现在虽然小，到底也是她自己的产业，她可以用杜怀璋办事，可没打算真的把公司让给他，所以只好自己请假过去。

因为她之前的努力表现，傅志诚痛快地批了假。

苏叶当天晚上就回了云城，第二天的飞机去枫城。

她到唐家的时候，已经快晚上十一点，早过了唐霖平常休息的时间，但他还是在客厅里等着。

毕竟"唐夜弦"还从来没有离家这么久过。

苏叶才叫了一声"爸爸"，唐霖就拉着她的手上下打量着，心痛地说她瘦了，又连忙叫人把给她准备的夜宵端出来，甚至还叹了口气："早知道做演员这么辛苦就不该让你去的。"

苏叶其实在剧组的时候也有打电话回来或者跟唐霖视频，但她有空的时候，基本也就是累得连眼都快睁不开了，即便强打了精神，唐霖也不是看不出来。

老爷子心痛得不得了。

别的女明星都为了嫁入豪门不惜毁约息影了，他家女儿反而还要在片场累死累活。

图什么！

他就是最溺爱小孩的那种家长，不然之前唐夜弦也不会被宠得那么无法无天。之前他怕自己死了之后女儿没有着落，才特意为她安排了这条路。但最近见大儿子对女儿的态度有所改善，又担心女儿吃苦，只恨不得这时就把她留在家里，不要再去拍什么电影了。

苏叶当然不乐意。

她本身就不是个半途而废的性格。

再者说，如果真的就这么回来，之后呢？

唐皓对她的态度再怎么变，也不可能让她插手安盛的事。毕竟她那个连自己都还没搞清楚的身世问题横在那里，谁也不知道什么时候会爆出什么事来。不要说安盛了，哪怕是她自己再创业，可能到一定规模之后唐皓都得防着她。

不去演戏，也不能发展自己的产业，难道跟以前的唐夜弦一样，就这么混吃等死吗？那岂不是真的要变成唐皓养的金丝雀？

苏叶怎么可能让这种事发生？

"我就知道爸爸最心疼我了。"苏叶偎在唐霖身边甜甜地笑，"但我现在还蛮喜欢这份工作，就像是能体验不同的人生，挺有意思的。也没有特别辛苦，您还不知道我吗？如果真受不了，我早就哭着跑回来啦。"

她这么说了，唐霖也只能摸摸她的头发："你喜欢就好。但有什么事一定要跟家里说，知道吗？不要自己忍着。谁要欺负你，你就告诉你大哥，让他给你出气。"

"嗯。不过人家知道我是唐家小姐，巴结还来不及呢，谁敢欺负我？"

苏叶撒了一会儿娇，夜宵就送过来了。

只是她一看端着燕窝粥的人，就吓得直接跳了起来："大哥？"

她何德何能，竟然能让唐总裁亲自给她端粥？

"知道你要回来，爸就让人炖下了。"唐皓把碗放到她面前，"我说房车上也准备了，还给你招了个厨师，他都不信。"

苏叶连忙向唐霖点点头："小玉手艺很好，养生茶养生粥什么都给我按时准备着。"

"那也要你记得按时吃啊，而且不管怎么样，外面哪有家里好？"

苏叶只能乖乖应了声，在老爷子的注视下乖乖喝粥。

她总觉得有两道更为炽热的目光一直停在她身上，让她浑身都有点不自在，却偏偏又无视不了，只能匆匆吃完了夜宵，搀着唐霖送他回房去休息。

苏叶从唐霖的房间出来，就看到唐皓在门外站着，看似悠闲地靠在墙上，双手怀胸，右手的食指轻轻敲着自己的胳膊。

苏叶就当自己没看到，径直向自己房间走去。

唐皓也没说话，默默地跟上来。

苏叶在自己门口停下来，重重地叹了口气，转过身看着他："你到底想怎么样？"

"没什么，就想看看你。"唐皓回答，语气平淡，就好像他说的是一句再平常不过的话。

但平常兄长对妹妹，哪有这种看法？

苏叶有点无奈："看够了没有？"

唐皓也叹了口气，道："看不够。但你明天早上还要赶飞机，早点休息吧，晚安。"说完竟然就真的越过她，走向了隔壁。

苏叶怔了一下。

她还以为唐皓也会跟她说让她放弃拍戏。

毕竟养着"唐夜弦"就是为了讨好唐霖，现在唐霖希望她留在家里，他的病情又指不定什么时候说犯就犯，而她拍电影在剧组一待就是几个月……哪能尽到陪伴的责任？

若是出于唐皓的私心，当然就更想把她留下了。

但他竟然什么也没说就走了？

苏叶的心情反而复杂，不由得就叫了一声："哎……"

唐皓的手已经搭在了书房的门把手上，听到她叫，便又回过头来。

英俊的面庞上并没有什么表情，但瞳仁幽黑，就像是压抑着无数复杂情绪的无尽深渊。

苏叶不敢多看，总觉得自己多看一眼，就会陷入其中，沉沦下去。

她垂了眼，轻咳了一声，问："我……一直在外面……也不能陪老爷子，你真的不介意吗？"

"介意。"唐皓坦然道，"只依我的意思，恨不得把你锁在这里，最好门都别出。"

比起陪着父亲，他其实更想她陪着他。

不要抛头露面，不要在戏里跟别人卿卿我我，什么孟修什么杜怀璋，统统都不要再见，只留在他身边。

哪怕什么都不做，只要她在这里，看着她在隔壁喝茶看书睡觉……他心头都能生出一片安宁。

但是……

他闭了一下眼，再睁开时，就多了几分无可奈何的温柔："你想做什么，就去做好了。"

那一瞬间，苏叶的心脏都似乎被什么捏住，隐隐作痛，又酸又软。

甚至只觉得世间万千情话，都比不上这一句无可奈何。

唐皓却又道："还有，不论你是不是唐夜弦，我的钱和资源，你都可以用得心安理得。"

苏叶喉咙哽住，什么也说不出来，索性直接逃回了自己的房间。

唐皓多站了一会儿，也转头进了书房。


苏叶头天晚上睡得太晚，第二天又早起赶飞机，上了飞机就直接戴上耳塞眼罩开始补眠。快到枫城时，飞机一阵颠簸，她才醒过来。

她把眼罩扶到额头上，摘了耳塞，迷迷糊糊地问："怎么了？"

"不用怕，只是遇上了一点气流。没事的。"

回答她的不是身边的夏千蕾，而是坐在过道另一边的男人。

苏叶有点奇怪地转过头，就看到了许建安。

颠簸并不严重，还比不上她突然看到许建安时受到的惊吓。

"许总怎么会在这里？"

"出个差。"许建安笑了笑，"没想到会在飞机上碰到唐小姐，真巧。"

只是巧合吗？

苏叶挑了挑眉，她这次去枫城，虽然不是什么秘密，但知道的人也并不多。尤其是她也不确定傅志诚好不好说话，机票都是请到假之后才临时订的。如果这样许建安还能特意跟她坐同一班飞机……就有点可怕了。

"好久不见了。"许建安继续说着，一面侧头看着苏叶。

她顶着一个可爱的狐狸眼罩，头发有点乱，因为刚刚睡醒，眼睛还有点红红的，带了点迷蒙和慵懒，看起来简直就跟她那个毛茸茸的眼罩一样可爱。

许建安忍不住笑起来："唐小姐上次参加那个《七十二小时大挑战》的节目我看过了，真是太精彩了。"

那期节目已经全部播放完了。制作剪辑下了功夫，后面两集的反转的确十分精彩。这期提前结束的另类挑战收视率竟然也还不错，在网上的评价也挺高，甚至又引起了好几轮新的热议。

有讨论明星表现的，有质疑节目真假的，大半还是集中在"逃犯组"这样过关，到底算不算违规。毕竟那不但涉及节目里的游戏规则，还牵涉了现实里一个地方的民生，甚至有人直接说他们拉当地政府做幌子，根本就是个骗局。

明畅公司就顺着这风注册了官微，发了声明，澄清投资已落实，一期工程马上要开始动工。几个股东都转了一下，很多粉丝表示弄好了一定要去捧场，让红枫镇这个生态农庄项目还没开业就已经火了一把。当然，也还是有黑子骂他们全是外行，说不定圈了钱就走之类。

这个时候，"唐夜弦"的身份背景就又被抬出来了。

外行有什么关系，唐家大小姐，还怕找不到专业人士来打理生意吗？

苏叶那个"我就是钱"的表情包迅速走红网络，连之后的豪华房车也再次狠狠刷了把存在感。苏叶这段时间的热度简直是噌噌往上蹿，黑红黑红的，勉强都能算得上是个流量明星了。

但连许建安都这么说，苏叶心里却一点都高兴不起来。

以前她是不怎么看电视的，最多看看新闻财经，许建安跟她也差不了多少，突然间竟然连真人秀也觉得精彩了，要么是他性情突变，要么就是另有居心了。

苏叶觉得，这大概是因为苏氏的账查完了，没发现什么问题他就有恃无恐了吧？

她勉强勾了一下嘴角，说："谢谢。"

许建安就好像看不出她的敷衍，又问道："唐小姐这次去枫城，是为了节目里那个项目吗？"

"是的。"苏叶坦然应了。这也没什么好隐瞒的，到时奠基仪式她还打算开个直播呢。

许建安夸奖道："一般像唐小姐这个年纪，不是还在学校念书，就是还在用家里的钱吃喝玩乐。唐小姐不但自己出来拍戏打拼，还开始发展自己的产业，真是年轻有为，后生可畏啊。"

苏叶道："许总过奖了。我也没做什么，其实就是挂个名。"

"唐小姐过谦啦，那期《大挑战》我可是从头到尾看完的。唐小姐口才出众安排得宜，颇有大将之风啊。"许建安赞叹，"唐家大概真是改了风水，这一辈有唐总有你，好像二少最近也开始在安盛见习了，都是人中龙凤，个顶个的出色。"

苏叶只好继续敷衍："那只是节目的安排而已。"

许建安也没跟她争辩真假，只道："看你睡了一路，是不是很累？也要注意自己的身体才好。一边拍戏，还要跑红枫镇这么远，也太辛苦了。苏氏最近也在大力发展绿色有机食品这一块，跟唐小姐那个绿色农庄也有不少理念重合的地方。我们倒是就在云城周边找了几个地方，不如下次唐小姐考虑一下跟我们合作？"

他声音温和，态度诚恳，似乎真是一片关怀。

苏叶却忍不住笑起来。

她抬起眼，正经看着许建安，轻笑道："许总刚夸我那么多那么好听的话，其实心里是不是觉得我就是个傻子？"

许建安微微怔了一下，但还是温和地道："怎么会，唐小姐怎么会这么想？"

"既然没有，为什么明明叫着我唐小姐，却还在挑拨我和自家兄长的关系？"

总结一下他话里的言外之意，唐小姐要自己打拼，唐二少却进了安盛见习。明明安盛就在云城，唐小姐却要千里迢迢飞枫城。苏氏都可以跟唐小姐合作，唐家的安盛却对她不理不问。

除了挑拨还能是什么？

难道真的看中了"唐夜弦"的才华想要挖墙脚吗？

唐皓自己都不敢放心用她，许建安难道是吃饱了撑的？

苏叶嗤笑了一声："也许我是有点蠢，但也没蠢到胳膊肘往外拐，分不清自家人。"

许建安静了静，才轻轻道："他们真的当你是自家人吗？"

他还真是不死心。苏叶忍不住冷笑，她之前倒是把他真当了自家人，结果呢？

退一万步讲，就算唐皓拿出来的那些证据都是假的，许建安这三番五次在她面前的表现……又算什么？

这时飞机开始准备降落，广播提醒乘客们回到座位系好安全带。

苏叶便转头坐好，垂下眼闭目养神，再没搭理许建安。

杜怀璋到机场接苏叶，才刚扬起手来，就看到走在苏叶后面的许建安，笑容顿时就僵在脸上，甚至都顾不上装体贴了，直接就问："他怎么会在这里？"

苏叶本身心情也不好，这时更懒得应付他，也没好气地回："你不如去问航空公司为什么要卖票给他？"

杜怀璋咬了咬牙，只是大庭广众之下不好发作，而且苏叶还带着助理保镖，他语气不佳，曹进就面露不善地瞪着他。

杜怀璋只能闷闷咽下后面的话，放低了声音道："我只是担心你被他哄骗。"

许建安并没有跟过来寒暄，只微微向杜怀璋点了点头，就越过他们先走了。

苏叶看了一眼他的背影就垂了眼，漫不经心道："在飞机上他能骗得了什么去？我累得很，想早点去酒店休息，走吧。"

不等杜怀璋开口，曹进直接就推着行李开始往外走。

杜怀璋又咬了咬牙，伸手虚扶了苏叶，快步跟上去。

却没想到在酒店大堂又见到许建安。

这次许建安正在和人说话，谈笑风生的样子，好像根本没有注意到他们一行。

枫城经济不如云城，但五星大酒店也不少，杜怀璋最近一直住在这边，而许建安竟然也正好能挑到同一家入住，也不知道中间巧合的成分到底有多少？

杜怀璋微微眯起眼，狠狠骂了声："还真是阴魂不散。"

苏叶跟着看了一眼，却突然自嘲着想，其实阴魂不散……说的应该是她苏大小姐本人吧？

许建安这样频繁在她面前出现，当然不可能是真的看上唐夜弦，或者想挖唐家的墙脚。只是因为苏叶。

"唐夜弦"为什么会去苏叶的葬礼？

苏叶和唐皓之前到底有没有暗通款曲？

苏叶死后到底有没有留有"后手"？

对许建安而言，"苏叶"才是"阴魂不散"。

明明都死了，还给他留下这么多问题。他要不搞个清楚明白，说不定在他们那座大宅里都会睡不着觉。

苏叶心中微凉。

她真没想过她和许建安，最终会变成这样。

杜怀璋收回目光看着苏叶，心情就更差了。

因为接连好几天一直没有休息好，又旅途劳顿，这个时候的苏叶其实是有几分憔悴的。但这并无损她的美丽，尤其是她这时的眼神。

伤感、失落，又带着几分怀念。

凄凄切切，令人心痛。

杜怀璋有些粗暴地抓住了她的手臂。

苏叶回眸看着他。

"不是累了吗，上去休息。"杜怀璋声音温柔，眼神却透着阴沉沉的警告。

苏叶轻轻应了声，没说什么，跟着他上了楼。


"你们到底怎么回事？"

助理保镖们一离开，杜怀璋立刻就狠狠地问。

"我怎么知道？"苏叶回答，"我之前都不认识他。"

杜怀璋不满意这个答案，却知道她说的是事实。之前唐夜弦根本就没有接触许建安的机会。

但是……

男女之间的事，又怎么可能单纯地以认识时间长短来判断？

何况许建安的手段……他可是连苏大小姐都成功拿下的男人。

杜怀璋最近跟苏叶在一起的时间不多，不知道他们到底有没有什么实质性的进展，但至少苏叶用那样的目光看许建安，他已经不是第一次见到。

"小弦。"他深吸了一口气，压制了自己的情绪，在苏叶身边坐下来，轻轻道，"你看着我。"

苏叶本来就累，情绪又不好，进门就瘫在沙发上不想动，但这时还是打起精神，抬眼看着他。

杜怀璋并没有像以往那样大发雷霆，他安静地看着苏叶，眼中甚至有几分期待。

苏叶知道他期待看到什么。

她最近每天都在演，但这时面对杜怀璋，她连虚与委蛇都不想。

"璋哥哥。"苏叶伸手抚上他那张英俊的面庞，笑了笑，"你忘记了吗？我跟你说过的，我累了。"

杜怀璋抿了抿唇，他当然记得，他还记得那次也是因为许建安！

"五年，一千八百多天，我等了你那么久。可是啊，不管我做什么，努力想做个真正的名媛也好，索性自暴自弃也好，甚至不惜自杀……你都从不在乎。"苏叶轻轻叹了一口气，为真正的唐夜弦，"感情这种东西啊，真不是你不想要的时候随便扔在地上踩，到你想要了还能随手捡回来的。现在的我……已经不爱你了。"

杜怀璋抓住了她的手，咬着牙问："那现在你爱的是谁？许建安吗？"

许建安吗？

苏叶摇了摇头。

曾经她以为她能跟许建安举案齐眉相依为命，当然是爱他的。

直到她再见到唐皓。

在她依然会为了他那些细微的小动作脸红心跳之后，在她无意识地说出"好想你"之后，在她明明为他的轻慢自私愤怒不已，却依然在手机里留下了他的照片，依然忍不住悄悄留意着隔壁的动静之后……她才明白，她深爱过的男人，从始至终，只有那一个。

但当然不可能告诉杜怀璋。

甚至也不可能告诉唐皓。

毕竟她已经那样毫不留情地拒绝过了。

苏叶笑了笑："那跟你又有什么关系呢？总之，你想让我做什么，不如就直接跟我说。但不要再指望我对你还能有之前那样的感情……我做不到了……"

杜怀璋很久都没有说话。

唐夜弦对他的依恋，当然是他有意引导过的。

他要的就是一个爱他爱得死心塌地的唐家小姐。

但他也没想过会拖这么久。

久到他不耐烦。

久到唐夜弦的感情变成了束缚他的负担。

他的确不在乎她，甚至在很长时间里，只要听到她的名字就觉得累。

她说爱他，更是一个可笑的讽刺。甚至他自己都想过，不如跟她摊牌，换一种方式来控制。

但那时的唐夜弦，真是执迷不悟、深情不悔。

有个阶段，杜怀璋简直觉得世上最恶心的事莫过于跟唐夜弦在一起。

可是，真的没想到，有一天，她这么明明白白地跟他说不爱了，他却丝毫没有觉得轻松，反而心底好像缺了一块，空落落的。

习惯真是一件可怕的事。

杜怀璋这么想着，握紧了苏叶的手，低低道："爱不爱的……你都只能嫁给我。"

苏叶的手被他捏得生痛，她皱了一下眉："你弄痛我了。"

杜怀璋松开手，却没有放开她的手，改为轻轻抚摸着被他捏红的地方，盯紧了她，目光炽热："你是我的。"

苏叶没有回话。

在搞清杜怀璋到底捏着她什么把柄之前，她对他反而不敢像对唐皓那样干脆。

"乖。"杜怀璋误会了她的沉默，满意地夸了一声，并俯身过来，想要亲她。

苏叶只觉得浑身都要起鸡皮疙瘩，连忙向后退开："我困了，我先去睡觉。"

杜怀璋皱了一下眉，但还是松了手。

苏叶直接冲去了洗手间，洗了手又洗了脸，才长长叹了口气。

之前觉得未婚夫这个挡箭牌不错，现在却连一点点亲近都不能忍。

还是要早点解决掉才好。


开直播这个主意，是陈佳玉出的。苏叶自己还从来没有玩过这个，刚开始还有点不太自然，不过对大部分观众来说，能看到她这张脸就已经很兴奋了，弹幕一条接一条刷个不停。

"这张脸我还能再舔一万年。"

"美美美。"

"镜头这么近都看不到毛孔，这皮肤真是太好了。"

"别傻了，现在直播软件都自带滤镜和美颜你不知道吗？糙老爷们都能拍成软萌萝莉。"

"楼上的不看就滚，不要耽误老子舔屏。"

"小弦弦笑一个呗？"

苏叶还没来得及看清刷过去的弹幕，就见直播间炸开了一蓬烟花，浮出一个高亮提示的文字"唐家老帅哥打赏一个火箭：我家小弦最棒了"。

用"唐家老帅哥"这种 ID，还一上来就给她最贵的礼物，除了唐霖不做第二人想……对老爷子早早在直播间蹲守的这种深度女儿控症状，苏叶也是服气的。

她直接向着镜头飞了个吻。

观众们直接都沸腾了，跟着也刷起了礼物。土豪虽然不多，但免费的鲜花和几块钱的蛋糕什么的刷出了一片。

跟着又爆了烟花。

"小廷廷打赏一个火箭：远在西北吃沙的小宁子发来贺电。"

这是洪奕廷，他自己平常也没少开直播，有时候跟粉丝互动，有时候就直播玩游戏什么的。这个 ID 一冒出来，有不少人看着眼熟。

"我看到了谁？"

"小廷廷竟然也看小弦的直播？"

"上次节目里不是恨得咬牙吗？"

"节目归节目啦，我觉得他们关系还挺好的，上次的微博不是也转了吗？"

"那是因为孟修吧……哎，说起来孟修会出现吗？"

"不会吧，听说新剧组特别严格特别辛苦，哪有这种闲工夫？"

"这点时间总能抽出来的吧？上次明明都特意发微博撑我们小弦了。"

"这个公司孟影帝不是也有份吗？"

"好希望能看到他们同框啊。"

"CP（情侣）粉滚粗。"

弹幕刷得太快苏叶自己那边根本都来不及细看，只解释了一下洪奕廷也是这个公司的股东，所以远程参与今天的奠基仪式。

其实仪式挺简单的，也没请太多人，就是相关的领导和明畅公司的员工们，念了几句场面话，象征性竖了块牌子，就算结束。

好在风景还是漂亮的，苏叶四下里拍了拍，又顺势为将来的农庄做了下宣传。

"……会尽量保持这里原有的风貌，让大家体验到田园放歌的悠然惬意。"她重点拍了那个湖，"之前孟老师说他最喜欢这里了，所以接受了他的意见，这边将来会建一批小木屋，可以游个泳、钓钓鱼……"

杜怀璋全程都跟在她身边，递个水啦，遮个阳啦，鞍前马后，无微不至，免不了就时不时会有部分身体在直播里出镜。

也有不少观众好奇地把目光落在他身上。

"哇，这只手好看，是谁？助理吗？"

"大长腿……身材真好，求小哥哥正脸。"

"声音好好听，求正脸 +1。"

苏叶其实不是很想拍他，但杜怀璋自己的手机也开着这个直播间，看到弹幕之后，直接就凑过去向着镜头打了个招呼。

"大家好，我是小弦的未婚夫。我叫杜怀璋。"

苏叶心想：他这真是随时随地想盖章啊。

但目前他的确有这重身份，而且唐霖还在直播间看着，她也不好否认，只能配合着浅浅露了个笑容。

观众们则再一次沸腾起来。

"什么？"

"未婚夫？"

"小弦的资料不是才十九岁，怎么就有未婚夫了？"

"之前就有人爆料过啊。你们竟然不知道？"

"长得帅还温柔体贴，这样的好男人当然要早点定下来啦。"

"等一下，唐夜弦既然有了未婚夫，她和孟修是怎么回事？"

苏叶参与的那期《七十二小时大挑战》刚开播的时候，很多人跑去骂她是抱孟修大腿炒作的花瓶，到播完之后，又有所反转。虽然孟修的唯粉还是看不上她，却又多了一部分她和孟修的 CP 粉。

因为掐架那会儿孟修主动撑她，在节目里冷着脸保护她的样子也很萌，加上两人都是巅峰颜值，用 CP 粉们的话来说，就是"配一脸"。都有粉丝剪了"霸道小姐酷保镖"的视频出来，只恨不得天天叫"在一起"。

这时传说中的未婚夫突然露脸，最不能接受的就是这些 CP 粉了。

再帅又怎么样，比得上孟影帝吗？

再体贴又怎么样，比得上孟影帝吗？

至于逻辑和当事人自己的想法……在狂热偏执粉眼里，是不存在的。从某种意义上来说，有时候他们粉的并不是某个明星，单纯只是自己臆想出来的感觉而已。

觉得自己被背叛的 CP 粉们从直播间闹到了微博贴吧，之前就骂得很厉害的孟修唯粉就更生气了，你都有未婚夫了，还来接近孟影帝，绝对是用心不纯了。

于是一瞬间到处都是对唐夜弦的口诛笔伐，她好像突然间就变成了一个出轨劈腿水性杨花的贱人。

苏叶简直有点哭笑不得。

好在想拍的想说的也都差不多了，她解释了几句孟老师是古道热肠提携后辈的好人，她跟孟修只是朋友，就把直播关了。

杜怀璋也没想到他打个招呼能惹出这种事来，各种评论挑着看了看，不由得就有点上火："这都什么乱七八糟的！"

苏叶已经被骂过好几轮了，这时反而淡定。

"粉丝嘛，就是这样啦。会追星的人，其实都还是感情相对比较纯粹的，爱和恨都很简单，戳到萌点就把你捧上天，有个污点就立刻黑出油。"

最开始的时候夏千蕾还会想控制评论，但她自己是这种不在意的态度，夏千蕾也就换了思路。反正唐夜弦也不是白莲花人设，只要不是太出格的污蔑，就都随他去。吵一吵怕什么？还能保持热度呢。

但杜怀璋还是第一次看到这种场面，看看网络上群情激愤的各路粉丝和吃瓜群众，再看看满不在乎地在和陈佳玉商量中午吃什么的苏叶，就皱起眉，心中又涌起那种让他隐隐不安的违和感来。

若是以前的唐夜弦，碰上这种事，肯定会大发雷霆，对骂是最基本的，说不定还会穷追不舍不依不饶，要弄死那些骂得最厉害的人。

唐夜弦十三四岁就跟着他，在树立人生观最关键的那几年里根本没有得到什么良好的教养引导，他们有意养废她是一个原因，但这女孩骨子里本身就有的偏执卑怯是更重要的主因。

那也是他一直自认为可掌控她的一切的底牌之一。

可是……

看看现在的她。

脸虽然还是那张脸，但眉目间那份从容淡定、举重若轻，分明是只有从小浸润才能培养出来的高傲风骨。

杜怀璋看着苏叶，突然意识到，他最近被她吸引，真的想娶她，并不是因为她换了造型变得漂亮了，也不是因为她纠缠太久形成习惯了，而是……她好像完全变了一个人！

但是，怎么会这样？

一个人的变化和成长，其实都是有迹可循的，尤其是性格与行事方式。

杜怀璋仔细回忆了一下，唐夜弦大概是从发生自杀的闹剧之后，突然就变了，中间根本没有过渡。

她自己曾经说过"死过一次了，换换风格"，可这也换得太彻底了吧？简直都算得上是脱胎换骨了。难道还真有那种"看破生死，一朝顿悟"的神话？

杜怀璋纠结得有点久，苏叶回过头看着他："怎么了？"

杜怀璋道："只是觉得……你真的变了。"

苏叶最近"变"的地方太多，一时也不清楚他到底指什么，含糊着道："长大了嘛。"

杜怀璋当然不接受这种答案，哼了一声："这才多长时间？"

苏叶笑起来，道："我觉得呢，衡量一个人长大的标准，不是看他多少岁，而是他什么时候能够真正认清现实。"她顿了一下，笑容就有了几分自嘲的意味，"我不过是突然意识到，原来我根本就没有能够任性的资本。"

唐夜弦能够嚣张跋扈、为所欲为，仰仗的无非就是唐霖毫无原则的溺爱和唐皓无所谓的放任自流。但这两样……根本都不是什么牢靠的东西。之前的唐夜弦本人心里肯定也是明白的，所以比起讨好唐皓，她明显更愿意缠紧杜怀璋。他们才算是利益共同体。

可是啊……

杜怀璋难道又靠得住吗？

唐夜弦为了他做到那个程度，他却只是不耐烦地对她说："不要再有下次！"

呵呵。

命都没了，的确再也没有下次了。

杜怀璋再一次安静下来。

苏叶这句话，直戳到他心底最深的隐痛。

他少年时，也曾踌躇满志意气风发，最大的烦恼不过是考试的排名和课桌里收到的情书，然而一朝经逢剧变，父亲沦为阶下囚，母亲自杀，他从天之骄子变成了过街老鼠。

他的成长，又何尝不是就在那一夕之间？

杜怀璋这么想着，再看苏叶，目光就越发柔和起来。

苏叶不由得打了个寒战。

这未婚夫真是个大麻烦，但……想解决这个婚约，首先还是要搞清楚杜怀璋手里那件能把她再扔回泥潭的事，到底是什么。

直接问杜怀璋当然是不可能的，但她自己这时没有能力去查，要向唐皓求助……又实在开不了那个口。

苏叶看向远处的工地，叹了一口气。

得找点赚钱更快的法子啊。


论起对网上那些侮辱谩骂，最生气的其实还不是杜怀璋，而是唐霖。

老爷子本来兴趣十足地看女儿玩直播，还不时打个赏，开开心心的，结果风向突然说变就变了，气得他挽着袖子就想亲自去帮女儿骂回来，结果差点一口气就没喘上来。好在家里一直有医生时刻待命，没真的出事，但也把大家吓得够呛。

连唐皓都直接被叫回来了。

唐皓回来的时候，唐霖已经稍微缓过来，躺在床上休息。

医生悄悄把情况跟唐皓说了，轻轻叹了口气："早说过老爷子的病情，受不了突然的情绪波动。现在还算稳定，再观察一下，如果有恶化就必须得送医院。"

唐家虽然配备了一些常用的医疗仪器，但总归还是不如医院专业。

唐皓点点头，去看父亲。

唐霖并没有睡，靠着枕头倚在床头，负责照顾他的小护士坐在床边，拿着平板电脑刷微博，拣着夸唐夜弦的好话念给他听。

唐皓皱了一下眉，医生轻声解释："不让他看，他更着急，只能这么折中一下。"

唐皓有点无奈，他虽然不混娱乐圈，但其实哪个圈子的道理都是相通的，只要有竞争有利益，就少不了明枪暗箭的各种手段，网上一点水军骂战算得了什么？

他爹这个心理素质，也亏得是早早交了班。

唐皓在床边坐下来，握了父亲的手，轻声道："爸，你不用管这些事。有我在，不会让小弦真被人欺负。你放心。"

这些年来，唐霖对自家大儿子差不多可以算是无条件信服，见唐皓把事情揽过去，就真的放松了很多："你不知道那些人骂得多难听……太委屈小弦了。她做错了什么？都是我的错，就不应该让她去学什么表演，白白惹这一身臊……"

唐皓今天一直在开会，并没有看苏叶的直播，但她以往微博下的评论他是看过的，夏千蕾也跟他汇报过，那些话难听到什么程度，他大致心里也有数。之前夏千蕾跟他说了苏叶的态度，他也是想看苏叶自己能做到什么程度，所以也一直都没管。

但这次不一样。

唐皓觉得之前苏叶骂得没错，他的确是个很自私的人，他在意的人和事都很少。

这次那些人同时惹了他父亲和苏叶，无异于直接触犯了他的逆鳞。

但唐皓在父亲面前还是极力收敛着自己的情绪，低低道："你安心养病，我会让那些人付出代价。小弦很坚强的，她自己既然愿意走这条路，我们还是应该支持她。我给她打个电话，你和她说说话？"

唐霖连忙摆摆手："不用啦，我又没什么事，我都叫他们不要告诉你们的……这时打电话给她反倒让她担心。反正她明天就回来了嘛。"

"嗯。那你好好休息。不然她回来看到你为她的事气成这样，一定会内疚又心疼。"

"是啦。那孩子……不要看以前那个样子，其实一直都最心软了。"

唐霖需要静养，唐皓顺着他的话夸了几句唐夜弦，就退了出去。

老爷子这个样子，唐皓也就没再回公司，在书房远程处理了一些工作，然后才去看了那些把唐霖气到犯病的言论，一面让秘书给法务部下达追责的命令。

他的秘书江涛有点意外，忍不住反问了一句："所有？"

他有点怀疑自家总裁到底是否了解这事现在的热度。

因为涉及了孟修，单只微博上，评论都是数以万计的。要起诉所有谩骂唐夜弦的人，得是个多大的工程？

"是，有一条算一条，有一个算一个，全都揪出来。"

即便只是文字，江涛都能感受到老板那边森寒的怒意，不敢再反驳，应了一声就去安排人做事。


唐皓看着电脑屏幕，眼中一片冰冷，直到苏叶发了一条新的微博。

没有文字，就是一张照片。

穿着一袭轻纱白裙的少女，站在青山绿水间巧笑嫣然，飘逸灵动，宛如山中精灵。

唐皓忍不住伸出手指，轻轻点上照片上那小人儿的脸。但还没等他的眼神回暖，这张照片下面已经刷出一片恶意满满的评论。

"臭不要脸的狐狸精！"

"有本事发照片，怎么不回应我们的问题？"

"搔首弄姿的，又想勾引谁？"

"抵制唐夜弦，滚出娱乐圈。"

……

唐皓微微眯起眼，切换了窗口，又给江涛追加了一句："明天我要看到有结果出来。"

江涛心想：叮，大魔王上线了。

一天只有二十四小时你知道吗？

好在大魔王没要他明天就起诉所有人，集中火力揪出一两个来杀鸡儆猴也可以算是有结果吧。

但江涛也不敢自作聪明，还是把自己的想法简单向唐皓汇报了一下。

唐皓只回了一个"好"字。

江涛松了口气，挑了两个骂得最凶的给法务部的蒋律师发过去，打算先从这两个入手。

唐皓对江涛的能力是放心的，但看着唐夜弦的微博那一片乌烟瘴气，还是有点胸闷，索性关了电脑，到阳台点了一支烟。

他靠在阳台的栏杆上，面向着隔壁。

那边的躺椅还放在外面，但没有人，看起来就有点寂寞。

唐皓想起苏叶坐在那里喝茶看书的样子，嘴角下意识就微微扬起来。

看什么书？装模作样，他差不多每次看到她其实都是在书本的掩饰下睡觉。

不过睡觉的样子也挺可爱的。

有时候阳光照在她脸上，隐约可见的细小茸毛都好像发着光，看起来既柔和又温暖，就像什么小动物一样。

很想抱一抱。

可惜，这只小动物没那么温顺。

稍不顺意，就会跳起来张牙舞爪。

但就是那样，他都觉得还挺可爱的。

就像一只龇着小牙虚张声势的小奶猫。

唐皓这么想着，就忍不住给苏叶打了个电话。

电话响了很久才被接起来，那边的女孩子直接问："大哥，找我有事？"语气中透着一种"有事早奏无事退朝"的不耐烦。

唐皓一腔柔情顿时就被浇了一盆凉水。

他自己其实也没有在电话里说废话的习惯，向来干净利落有事说事，但这还没开口，就被这么嫌弃了，还是让他心里堵得慌。

亏他那么想她。

亏他还担心她会不会也被网上那些言论气到。

结果人家根本都不想听到他的声音！

唐皓调整了半晌才没在语气里带出怒气来，尽量公事公办地淡淡道："我准备起诉网上骂你那些人侮辱他人侵犯名誉。"

"欸？"苏叶有点意外。

她倒不是意外唐皓会想帮她出气，之前送车啊，那天晚上的夜宵啊，都表明唐皓根本没想放弃她，这次她被骂得这么惨，又牵扯了杜怀璋和孟修，唐皓会生气完全理所当然。

她意外的是唐皓竟然特意打电话告诉她。

苏叶迟疑着，试探性问："大哥说'准备'……是在跟我商量吗？"

唐皓沉默了一下。

他当时其实完全没有想过要不要跟苏叶商量，直接就下了命令。

这种事，他替她做了就好。

但……

上次，上上次，他都是这么理所当然地做了，结果人家并不领情。

唐皓其实没太多追女孩子的经验。

他当年追苏叶，也是单刀直入，大概是因为刚好对方也有好感，所以顺利得水到渠成。

这次真是有点摸不着头脑。

可是，女孩子嘛，管她一世衣食无忧，送她礼物，替她撑腰，事事为她想好，麻烦帮她解决，难道还错了吗？

那还要怎么样才好？

苏叶跟着沉默了几秒钟，就轻轻笑起来："所以……是已经做了，只是突然想起来才跟我说一声？"

隔着电话，唐皓都能感受到她那边有如实质化的嘲讽，他……

唐皓咬着牙摁熄了烟头，声音也冷下来："你要是不愿意，我会让人去找别的借口。"

意思就是如果她另有打算，他可以不以她的名义牵连她，但他要做的事是不会改的。

苏叶冷静了一会儿，也意识到自己可能有点反应过度。

平心而论，唐皓那样固执的大男子主义，之前能亲自给她端粥，唐霖都不想让她继续混娱乐圈，他还能克制着自己的脾气支持她"想做就做"，这时虽然说没有提前商量，到底还是在结果出来之前通知她了……其实已经算是有很大的进步了。

毕竟她现在这个身份境地，唐皓能做到这个程度，也真是足够上心了。

苏叶轻轻叹了口气，道："我不是那个意思……"

"嗯？"唐皓也懒得说话了，只用鼻音表示了一下。

苏叶当然能听出他的不开心。

站在唐皓的立场，他劳心劳力，却费力不讨好，还一而再再而三……谁能开心得起来？

何况他本身也不是个什么好脾气的人。

可是苏叶也不知道要怎么说。

她其实挺感激唐皓为她做的事，只是自己立足不稳，就格外容易敏感而已。

她想要的平等和尊重，也不是口头喊一喊就能够真正得到的。

所以，最终她只是抿了抿唇，放柔了声音，道："谢谢你。不论是你要为我出头，还是你为这个事特意打电话来……谢谢。"

唐皓只觉得在心头乱窜的那股无名怒火突然间就在少女柔和的嗓音里被安抚下来，就好像被主人温柔顺毛的猫，只差没发出舒服的呼噜声。

他自己都被吓了一跳，瞬间有点脸红，也不想让电话那边的人听出端倪，索性直接挂掉了电话。

苏叶看着已经显示通话结束的手机，叹了口气，这次好像真把唐总裁得罪得狠了啊。

要不要补救一下？

# 第三章
## 怎么甘心

　　江秘书办事的效率很高，第二天律师函就发了，还是用安盛集团的官方名义发的，一边直接送到当事人手上，一边在网上涂了真实姓名公开。

　　这一举措，不但在娱乐圈点了个炮，而且几乎是全网热议。

　　毕竟娱乐圈的骂战大家看得多了，无非就是粉丝互骂，买水军买营销，来来回回就是在网上造势，最多加上传统媒体什么的。结果安盛这边根本不按常理出牌——你在网上骂人，我就直接起诉你。

　　其实大家也知道，这种纠纷真开庭也判不了多大的惩罚。但普通民众对"打官司"这回事，总是有一种天然的畏惧感，第一反应总是耗时耗精力耗钱，能不沾最好不沾。

　　很多人本来就是仗着网络上也没有人知道真身是谁，才会那样肆无忌惮地宣泄自己的情绪。突然发现原来只要对方较真，竟然真的可以在现实中找上门，一时就慌乱起来。

　　有人扯着言论自由的大旗强词夺理，有人索性控诉安盛唐家仗势欺人，也有人噤若寒蝉直接删帖换马甲。

　　本来打算浑水摸鱼的营销号们一时都有点无所适从，毕竟他们熟悉的游戏规则不是这么玩的呀。

但能冲上去对安盛集团这种庞然大物说"你不懂规矩"吗？

人家才是公事公办按规矩来的。

而且看那个声明的意思，这还只是个开始。

有人不由得多想了一层，安盛这是什么意思？

难道要趁机进军娱乐圈吗？

私下有关系的人悄悄打听了一圈，就默默把手里其他有关"唐夜弦"的黑料都按下了。

唐家这次明显是要为唐夜弦出头的，为了这点流量这点小钱真得罪唐家，实在太不值得了。

然后网上这边，收到律师函的两位还没有什么反应，孟修那边先发了个长微博。

感谢粉丝们一直以来对他的支持和关爱；对自己因为工作繁忙疏于对粉丝的关注和沟通表示了歉意；希望粉丝们能够理解，明星也是人，也有自己的情感和生活，请不要用自己的观感去横加干涉；呼吁大家共同维护网络环境，和谐友爱，文明追星。

全文都没有提过唐夜弦，但在这个时候发出来，是因为什么，大概也不用多说了。

嗅觉敏锐的人甚至已经在想，孟修和唐夜弦之间，是不是真的有什么猫腻？

紧跟着，又有不少明星转了孟修的微博。

一方面是因为孟修本人的名气和人缘，另一方面嘛……在娱乐圈混，有几个人没被黑过骂过呢？不过是因为法不责众，而且现在的娱乐圈粉丝经济盛行，偶像明星们注重形象，也不敢太过得罪狗仔粉丝，只能自己强忍下那口气而已。

现在有安盛集团和孟修出了头，他们跟着转一转又没什么损失，何乐而不为？

偶像转了，很多理智粉也就跟着转了，一时间好像全世界都在抵制网络暴力，倡导和谐共进，提高素质文明。

当然过激偏执和不服气的粉丝肯定还是有的，但安盛发出的律师函明晃晃挂在那里，稍微有点智商的人都不会想只为了图点口舌之快就给自己惹上官司。哪怕有一小撮抱着"也不一定就能找得到我"的侥幸心理，在这样的大环境下，也根本掀不起什么风浪。

唐夜弦的微博下面也都变成了满满的正能量，有安抚她的，有支持她的，各种加油鼓劲。

就算有不明真相的路人，也会有热心的粉丝解释，甚至还会"安利"一下唐小姐的绝世美颜。

唐霖对这个局面还算满意。

他叫唐皓带了律师来家里，直接把自己名下的财产都分割了，转给唐皑和"唐夜弦"。

这次犯病，让他对自己的身体有了更清楚的判断，真是指不定哪天的事。与其死后发生什么遗产纠纷，倒不如现在趁着自己清醒，全都分个干净。反正他都已经这样了，自己也没什么再要花钱的地方。

唐皓也没有反对，毕竟唐霖早几年就已经把唐家的大权交给了他，唐霖手边剩下的那些，在他看来也不过就是点零用钱，老爷子爱给谁都行。

他只是等唐霖签完字之后，才轻轻道："不过这次的事，倒让我觉得……小弦订婚的确太早了一点。"

唐霖静了静，网上那些言论他也看了。这年头，恋爱分分合合，甚至演员炒 CP 炒绯闻，其实都不算什么了。

那天粉丝们群情激愤，一方面是因为牵涉孟修，另一方面就是因为觉得唐夜弦不单是炒 CP，她本人还订了婚。

虽然订婚跟结婚又不一样，可是订了就是订了，总比普通的关系多一个承诺和约束，也容易引起道德层面的反感。

唐霖叹了口气："有什么办法，当初就是小弦自己愿意，要死要活地非他不嫁啊。"

"她还小，当年就更小了，又是杜怀璋带她回来的，心理上有所依赖也很正常。等她大一点……"唐皓也没有揪着订婚这个问题不放，那就太突兀了，他顿了顿，才试探着道，"爸，你有没有觉得，小弦变了很多？"

"是啦。长大就懂事了……"唐霖说到女儿，心就软得一塌糊涂，"变漂亮了，也有上进心了，有自己的追求，跟小皑也能友好相处……"

唐皓静静听着父亲夸完，才笑了笑："她刚来的时候，面黄肌瘦的，后来又……不学好搞得自己乱七八糟，我也是最近才算看清她到底长什么样子。那天林世伯倒没说错，她长得跟我们兄弟两个，真是不像。"

"胡说什么。"唐霖打断他的话，瞪起了眼，"像不像都是你妹妹。"

唐皓这时候不敢跟重病的父亲争辩，只能低低应了一声。

想在父亲面前过个明路……也是遥遥无期，艰难得很啊。


网上的事苏叶并没有过多关注，她这一天忙得不行。

她不能全心信任杜怀璋，明畅公司总有些事务要亲自处理。再者这个项目落在枫城，这边政商两界的人士有意借此和唐家攀攀交情，为了以后的发展，有些应酬她也是要去的。

起诉的事唐皓之前跟她说过了，后来那些，她也不过是抽空听夏千蕾说了两句，就丢到了一边。

对她来说，那些无关痛痒的争论，远不如抓住机会拓展自己的人脉重要，甚至不惜为此把回去的时候推迟了一天。

杜怀璋也是有这个念头。

他之前在枫城，打着唐家未来女婿的旗号，虽然一路也挺顺利，但对枫城上层圈子来说，这身份到底还是有点够不上。现在他们主动宴请苏叶，这种机会杜怀璋当然不会放过，早早就准备起来。

这次酒会的规模不大，就在枫城富豪周文康的别墅，据周文康说"只是熟人小聚"，但苏叶到了之后，才发现人倒是的确不算多，可但凡枫城数得上号的商企、世家，都有代表参加。以"唐夜弦"的分量，不至于真能惊动枫城的顶级大亨，但让家里小辈来结交一下，总没有坏处。

周文康领着苏叶和杜怀璋转了一圈，介绍给其他人。

其实如今这种信息社会，交通又方便，枫城也不是什么闭塞的地方，"唐夜弦"说是云城的笑话，但枫城这些人也未必就没有听闻过。

不过能来这个酒会的，不说都是人精，好歹智商在线。这时当然没有人跳出来扒"唐夜弦"的黑历史，毕竟又没有什么冲突和旧怨，她的黑历史跟他们又有什么关系？反而是这种"浪子回头"，又有唐皓的大力支持，以后的成就才更值得大家关注。所以他们对苏叶的态度反而要比云城那些公子名媛热情得多。

苏叶打小就经常出入这样的场合，自然毫不怯场，应对得体，大方从容，游刃有余。

大家不免又高看了她几分，甚至有人都开始怀疑，之前那些"传闻"，是不是有人故意放出来抹黑她的谣言了。

许建安就在这个时候走进了别墅。

他是另一个富商带过来的。许建安现在已经是苏氏的主人，他想来这个酒会，当然也是够格的，甚至周文康都得亲过去迎接他。

苏叶微微眯了一下眼，旁边杜怀璋已经磨着牙再一次道："他还真是阴魂不散。"说完又拉了苏叶的手，"要不我们先走？"

"为什么要走？"苏叶哼了一声，"我们难道怕他吗？"

杜怀璋抿了一下唇，怕当然是不怕的，但他总觉得跟许建安碰到一起，就没什么好事。

苏叶却道："正好问问他，三番五次跟着我，到底是为了什么。你也好放心不是？"

杜怀璋还没品出她这话是针对许建安还是针对他，苏叶已经向许建安那边走了过去，他只得连忙跟上。

许建安正跟几个熟人寒暄，见苏叶主动走过来，有点意外地略怔了一下，才向她点点头："唐小姐。"

"许先生。"苏叶笑了笑，"没想到会在这里碰上你，又是巧合吗？"

许建安向旁边的人示意一下："我下午正好在跟张先生谈点事情，就一起过来了。"

他说的那个人叫张荣，的确是苏氏多年的合作伙伴，苏叶也认识。她看了一眼，语气微微上扬："哦？就是说许先生来之前不知道我在这里喽？"

她这一连两句，都若有所指，气氛就有点微妙了。

周文康能牵头办这酒会，本来就是个心思活络的人，看看苏叶又看看许建安，就想起苏、唐两家的事来。他真没想到过了那么多年，苏小姐的丈夫和唐公子的妹妹还能杠起来。这要是真闹出什么问题，他这酒会可就办砸了。

周文康不由得都有点紧张。要知道，唐小姐在网上挨几句骂，唐皓就直接要告上法庭，这要是在他家受了气……指不定得怎么样呢。

许建安却笑了笑，坦然承认了："知道啊，上次在飞机上时间太过仓促，我还有些话没能说清楚，不知道唐小姐赏不赏脸？"

周文康眨了眨眼，等等，这发展是不是有点不太对？他甚至忍不住看了一眼苏叶身边的杜怀璋，总觉得他头上好像有点绿。

但苏叶自己好像并没有这个自觉，反而跟着问周文康："周先生能不能给我们找个方便说话的地方？"

周文康简直都觉得有点头疼，但还是把他们请到了自家书房。

杜怀璋也跟着上去了，周文康出去他都没走。

许建安看了他一眼，问苏叶："你确定要让杜先生在场吗？"

"确定啊。"苏叶不假思索地点了头，"我对他没什么可隐瞒的，还是说许先生你要说的话有什么见不得人吗？"

苏叶和许建安的"往事"不是现在三言两语就说得清楚的。那首先得证明她就是苏叶，但现在的许建安……苏叶的死因还没有调查清楚，她暂时并不想在他面前暴露身份。所以这方面根本就没什么可说的。

至于许建安和"唐夜弦"，当然就更没什么不能说的了，见面都只有那寥寥几次，她也的确没有对杜怀璋隐瞒的必要。

许建安的目光在苏叶和杜怀璋身上扫个来回，就叹了口气，道："好吧，既然唐小姐坦坦荡荡，我自然也事无不可对人言。"

杜怀璋也没觉得有什么不对，唐夜弦对他言听计从，他早就习惯了。但这会苏叶说不会对他有什么隐瞒，还是让他心头微微一暖，他握了握苏叶的手，道："放心，有我在，绝对不会让他碰你一根汗毛。"

苏叶也不认为许建安会在这里对她怎么样，毕竟是个上档次的酒会，在那么多枫城名流的目光下一起上来的，除非许建安疯了，才会对她动手吧？

但这时她也没反驳杜怀璋，只向许建安问："许先生三番五次跟我'偶遇'，到底是为了什么？"

许建安没再兜圈子，直接道："我想知道，在我妻子的葬礼上，唐小姐找我，到底又是为了说什么？"

那件事已经过了很久，但苏叶也明白许建安没那么容易放弃，所以其实早就想好了足够合理的说法。

"我怀疑苏小姐的死不是意外。"

"什么？"

许建安知道唐皓一直在调查苏叶的死，但没想到苏叶会在这时直接扔出来，这一刻的惊讶毫不作伪。

"在馔玉楼那次，许先生不是想知道我和苏小姐是怎么认识的吗？"苏叶继续道，"其实我们并不认识，但她是我的偶像。"

"偶像？"许建安皱起眉。

苏叶是唐夜弦的偶像？

这说起来简直像个笑话。

她们完全是两个不同世界的人，八竿子也打不到一起。

苏叶解释："你知道双石山的赛车吗？虽然苏小姐已经很多年不去了，但她的赛绩，依然是那里的传奇。"

许建安认识苏叶的时候，她早已经不去赛车了，也极少提及那段可笑的叛逆期，但他作为能够替苏承海处理私事的助理，多多少少也还是听过的。

这就说得通了。

唐夜弦这种不学无术，整天惹是生非的小太妹，也就只有在双石山那种地方，才有可能接触到苏叶的名字。

但……真的只是这样吗？

苏叶能看出许建安眼神里的审视，却并没有丝毫动摇："她是双石山女王，怎么可能因为雨夜路滑就出车祸死掉？"

她说这句话的时候，眼前再次闪过那夜的翻滚、坠落、火光与爆炸，声音不由自主就带上了几分悲痛。

那是她对自己生命的哀悼。

但在两个男人听来，却更多地理解为对偶像以不合身份的方式逝去的不能接受。

杜怀璋伸手搂住她，安抚地拍了拍。

许建安则叹了口气，表情沉重地轻轻拽了句文："夫善游者溺，善骑者堕，各以其所好，反自为祸。"

反自为祸个头！

若是别人，说不定也就跟着哀叹一声了，但站在这里的，就是苏叶本人，她到底是怎么出的车祸，她再清楚不过。

要不是刹车坏了，她怎么可能冲出山路？

苏叶咬了咬牙，按下心中的怒火，又问："如果只为了这个，许先生哪次见面都可以直接问我，为什么几次三番都是遮遮掩掩、故弄玄虚？"

许建安刚刚自己说过事无不可对人言，也坦然道："因为我不知道唐小姐跟我妻子有这重关系，只能怀疑唐皓跟她曾经暗中有所联系。这对一个男人来说，并不是什么光彩的事，我不可能直接问，只能悄悄试探。"

苏叶冷笑了一声："到现在许先生还一口一个'我妻子'，却连这点信任都没有吗？"

许建安沉默片刻，又叹了口气，一脸凄然："我们结婚那么久，她从来没有提起过唐皓，她行事向来公私分明、公事公办的，但只要跟安盛有关的事，就肯定会回避。”

苏叶道："这样你还有什么不满？"

"这恰好证明，她心里一直没有放下。然后呢，她一出事，唐皓就出现了。苏叶的尸体我验了一遍，他还要再验一遍，查车祸、查账，只恨不得在我脸上刻上'忘恩负义，谋财害命'几个大字。他凭什么？"许建安越说情绪越激动，平日温文尔雅的面容都有了几分扭曲，"我对苏叶，对苏氏，天地可鉴。公司要查账，尽管查，我问心无愧。但他唐皓这么上跳下蹿的算什么？我能不怀疑吗？要我怎么信任？"

他顿了一下，突然又笑起来："可我算什么呢？我不过是一个乡下来的穷小子。我知道外面很多人说闲话。可是，不管别人再怎么误会也好，只要她不嫌弃，我背着骂名也要对她好一辈子。但我自认掏心掏肺，这么长时间……就算石头都焐热了吧。可是呢……她尸骨未寒，就在她的葬礼上，先是你，再是唐皓……你要我怎么想？这事如果不弄个清楚明白，我怎么甘心？怎么能甘心？"

苏叶说不出话来。

她从没见过这样失控的许建安，但偏偏又似乎在这样的癫狂中能看到他那一点被伤透的真心。

她在知道许建安的另一面，在知道那个私密账户之后，一直觉得自己才是被辜负被背叛的那一个。

现在却觉得……在他的立场……说不定又有另一种解读。

也许在许建安看来，她才是那个让他没有安全感的人吧？

苏叶回想着往事，心头突然闷闷地抽痛。

她呆站着没动，杜怀璋却担心许建安情绪激动之下真的做出什么过激的事来，直接就上前一步将她护住，一面道："那现在话也说清楚了，许先生再有什么疑虑，不妨直接去找唐皓，不要再对小弦纠缠不休了。"

许建安没再说话。

杜怀璋索性就搂着苏叶往外走。

苏叶回头看了一眼，见许建安颓然地靠在书桌上，双手插进自己的头发里，遮住了脸。

苏叶回了云城之后，唐霖把唐皓、唐皑也叫了回来，一家人坐在一起，在律师的见证下，把财产转让的文件拿出来。

苏叶吓了一跳。

陪她回来的杜怀璋就坐在她旁边，虽然努力保持着表面的平静，但眼神还是忍不住往她手里的文件上瞟，收在桌下的手更是握得青筋凸显。

律师说得很清楚了，文件签署之后，这些财产就是苏叶的，任何人不得侵占。但反过来，也同样意味着，苏叶在唐家，能拿到的就是这么多了，再也别抱有其他的奢望。

这可不在他的预想之内。

唐皑那边也是一样。

老爷子自己吃过兄弟争家产的苦，索性一开始就把态度摆明。唐家分给你的，就是这么多，你要是有出息，自己再去赚，要是没有，就乖乖拿着这点干股跟着大哥喝汤。给多了，反而容易生出没必要的野心。

唐皑能够理解父亲的想法，他也没有要跟大哥争家产的意思，毕竟他小的时候，唐家都要破产了，现在能有这份家业，也都是大哥拼命挣回来的。只是他本来以为叫他回来不过吃个饭，结果父亲突然一副严肃正经要交代后事的态度，让他一时间难以接受，连文件都不接。

"突然间这是搞什么……"

唐霖摆摆手："也不是突然，我考虑过很久啦。反正我死后也是留给你们……"

"爸爸会长命百岁的。"苏叶直接打断了他的话。

唐霖摸着她的头，呵呵地笑："好好，爸爸长命百岁，但那也不妨碍我把东西先给你们嘛。难道你们拿了之后就不管我了吗？"

"怎么可能？"

"当然不会。"

几个小辈几乎同时出了声。

"那不就结了？"唐霖很欣慰地说，"钱这种东西，是要用出去才叫钱，留在我这里有什么用？你们两个现在都在创业阶段，就当爸爸给你们的本钱，回头赚了钱再好好孝敬爸爸就行啦。"

几个人其实对他的病情都心知肚明，但他这么说了，也不好再推拒。

唐霖病过一场，精神比之前更差，看着儿女签了文件，又一起吃了饭，就回房间去休息了。

唐皓这才把前天唐霖发病的事跟唐皑和苏叶说了一下。

"什么？"唐皑直接跳了起来，"这种事怎么不通知我？万一要真有事……"

"就是周医生确定没事，才照爸爸的意思没有通知你们。"

"那也不能真瞒着我啊。"唐皑叫道，"我都二十岁了，你们能不能不要再把我当成小孩？什么都瞒着我，我难道不是爸爸的儿子吗？"

唐皓扫了他一眼："你什么时候能控制自己的情绪，不要不分场合大呼小叫，别人才能把你当成大人看。"

唐皑满脸不服气，但还是闭了嘴。

苏叶也沉默了良久，才道："枫城那边的事基本理顺了，短时间内应该不会有什么必须我亲自到场的问题。拍完现在这部电影，我就暂时不接需要离开云城的工作了。"

她不出声时还好，一出声，唐皑那一腔憋屈立刻就变成了对她的迁怒："你还好意思说？要不是因为你那些乱七八糟的事，爸爸能气成那样吗？"

苏叶没有反驳。

她虽然自认并没有真做错什么，可这事的确因她而起。

唐夜弦以前也经常被人骂，但那时唐霖根本没有气成这样，最多不过私下安抚女儿，给钱给物了事。

说到底是因为她的到来让"唐夜弦"有了改变，唐霖的心态也就跟着有所变化。

以前女儿不争气，你们骂就骂了，但现在她都变得这么好了，还有人无中生有地给她泼脏水，老爷子当然就气不过了。

再有一点，也是因为她太弱了，唐霖不愿意看她被欺负。

不然也有那么多人骂唐皓心狠手辣，叫他"唐阎王"，你看老爷子气不？非但不气，还扬扬得意呢——他儿子就是这么厉害！

但苏叶沉默不语，唐皑就更加来气，指着她的鼻子道："你现在还装出这副样子给谁看？"

唐皓冷冷一眼扫过去："你要不要再到爸爸床边去吵一架？"

唐皑再次闭了嘴。

唐皓又道："小弦下午不是还要去云溪吗，先上去休息一会儿吧。"

苏叶应了一声，就上了楼。

只剩下兄弟两人的时候，唐皑的表情就有点绷不住，露出一脸委屈来："大哥你不要被那臭丫头骗了。你这样偏心她，忘记妈妈是怎么死的了吗？"

"妈妈的死不能怪小弦。"唐皓就事论事地道，"认真论起来，要怪爸爸。"

要不是唐霖年轻时风流成性，他们的母亲也不至于积郁成疾。

可是，即便明白这一点，又能如何？

母亲去世的时候，唐皑是真的恨过父亲，只恨不得死的是父亲。但真到唐霖躺在医院里，医生给下病危通知的时候……他又只觉得天都要塌了，宁愿用自己的性命去换父亲回来。

所谓父子天性，大抵就是如此。

后来唐霖虽然救回来了，却依然到哪里都得随身有医生看护着，唐皑时刻都担心着当时天崩地裂的悲痛再来一次，还能对他怎么样？

但唐皑那满腔的愤恨，总要有个出口。

唐皑自己也不是不明白被遗弃在外十几年的唐夜弦本身也算是受害者，只是忍不住。

看到那个从外面领回来的野种在父亲跟前撒欢就忍不住，不论她是嚣张愚蠢，还是乖巧上进，都无法抵消。

唐皓也不知道要怎么劝解弟弟。

他知道现在的"唐夜弦"并不是父亲的亲生女儿，但这说出来也无益于事。父亲当年出轨还留下了私生女才是唐皓心里的死结，不论这个"唐夜弦"是谁都一样。

他只能道："不要用长辈的过错来折腾你自己。你有你的人生，总盯着这一点，有什么意义？目光放远一点，你这辈子还长着呢。"

突然就被灌了一碗鸡汤的唐皓无言以对。

但不管怎么说，大哥愿意给他灌鸡汤，而不是直接训斥，还是让他又壮了壮胆，梗着脖子道："反正我绝对不会承认她是我妹妹的。"

那嫂子你认吗？

唐皓脑海中突然出现了这么一句，但现在当然还不是能问出来的时候，他也只能闭了闭眼，深吸了一口气，强咽了回去，跳开了这个话题，问起了唐皓见习的事。

兄弟俩说了一会儿话，唐皓才去了书房。

路过苏叶的房间时，他发现她没有关门，人没在房间里，而是靠在阳台躺椅里一动不动，也不知是在发呆还是睡着了。

他在那里踌躇半晌，还是伸手敲了敲门。

苏叶从躺椅边上探了探头，见是他，又靠了回去。

——自从双方的态度挑明之后，她对唐皓还真是一点都不客气了。

唐皓叹了口气，走过去："没睡觉的话，我们聊一聊？"

"聊什么？"苏叶懒洋洋地问。

唐皓一时却又不知道从何说起，在她身边坐下来，才轻轻道："什么都好，只是想听你说说话。"

苏叶撩起眼皮乜斜了他一眼，轻笑了一声，道："我在反省。"

"嗯？"

"我之前说你差劲，其实我也一样。"苏叶叹了一口气，"我这次去云溪，会争取早一点杀青回来的。"

　　"嗯。"

　　"有时候想想，生命还真是无常。"

　　她父亲、她自己、唐夜弦、唐霖……好端端的谁也不知道突然有点什么事就没了，苏叶望向远处的天空："是不是……应该更珍惜一点才好……"

　　这次唐皓连应都没再应，苏叶还以为他睡着了，转头去看，才发现他并没有睡，睁着眼专注地看着她，目光贪婪而又温柔，就好像看着什么稀世珍宝。

　　苏叶的心脏顿时就漏跳了一拍。

　　她唰地又扭开头，干咳了一声，慌忙转移了话题："所以，起诉的事，其实不单是为了我？"

　　"是为了我自己。"唐皓说，"我很生气，其实不论有没有爸爸的事，不论你自己在不在意，我看到那些言论都会生气，他们自找的。"

　　今天安盛的官博已经贴出了法院的立案通知书，以及发给另外两人的律师函，再次表明了他们要追究到底的态度。

　　网上已经有不少人在质疑安盛的做法是不是太小题大做，简直就是浪费法院的时间精力。也有人表示支持，毕竟网络不是法外之地，你骂了人，对方有理有据依法起诉你，堂堂正正的，有什么不行？

　　甚至还有一部分人表示，这样给妹妹出头的唐总裁，才是"真·霸道总裁"，已被圈粉。

　　苏叶之前还想揪两个杀鸡儆猴一下就行，这时却点点头："态度强硬一点也好，免得下次爸爸再被气到。"

　　"嗯。"唐皓又应了一声，顿了一下，突然又道，"我觉得……爸爸大概知道你不是他亲生的……"

　　"什么？"苏叶差点没跳起来。

　　"而且他大概也猜到我知道，所以才急于在自己清醒的时候，把你安排好，以免你的身份被揭穿之后就流离失所。"唐皓叹了口气，"这一点上来说……他可能完全不信任我。"

这也没办法，他们兄弟以前对唐夜弦的敌意那么明显。

唐皓一想到这个就满心懊恼。

可他也不知道"唐夜弦"会有这样的变化啊。

自己给自己挖下的坑，到底要怎么填？

# 第四章
一个拥抱

去云溪的路上，苏叶一直在想唐霖的事。

她以前听说过一些专门针对中老年人的骗局，有些老人后来明知道是骗子，也还是甘之如饴，原因就是那些骗子会陪伴他们，比家里晚辈对他们还要耐心温和。

苏叶想，唐霖的情况大概也差不多。

他年轻时风流放荡，夫妻关系自然不算很好，连带着唐皓、唐皑兄弟俩跟他也不算亲近。

直到他突然那一病。

生死起落之际，最见人间冷暖。

最终留在他身边的，也不过就是两个儿子。

可是当初的嫌隙已经生下，哪怕在生死关头捡回了父子情谊，但要说有多亲密，也真是谈不上。

唐皓这边，大概就是尽量顺着他的意而已。

加上唐皓刚顶起唐家大梁，又忙，哪来的时间关心父亲的心理问题？

唐皑的脾气更犟，不整天冲他大呼小叫就算不错了。

所以，先是有意讨好他事事办得周全的杜怀璋，然后杜怀璋又带回了唐夜弦。

唐霖自己都承认了根本记不清唐夜弦的母亲，对她更是毫无印象，但那么漂亮的小女孩，弱小、可怜、无助，用充满了依赖和孺慕的眼神看着他……正好填上他心中落寞空虚的那一块。

与其说唐夜弦是他的福星，倒不如说是他失去一切之后仅剩的心灵慰藉。

所以不管唐夜弦怎么作，他都是宠她的。

即便知道她不是自己的亲生血脉，也一心为她打算良多，甚至把自己最后那点财产平分给她和小儿子。

苏叶不想评价他以往如何，至少在她来了之后，唐霖对她绝对算得上是真心实意的好父亲了。

所以她之前想要留在云城好好陪陪他，也是真心的。

不能陪伴父亲走过最后的时光这种事，她不想经历第二次。

她自己的父亲……

想到苏承海，苏叶的心口不由得又抽痛起来。

不论苏承海之前隐瞒了她什么，不论他是不是真的有心拆散她和唐皓，一想到他最后弥留时的样子，苏叶依然心如刀割。

当初……如果不是许建安，她大概根本撑不过来。

而许建安……

苏叶上次和许建安看似开诚布公地交谈了一番，但其实细究起来，谁也没有交底。

许建安承认了他对苏叶的疑心和对唐皓的嫉妒，但这并不能解释为什么苏承海去世一年之后，他的账户还有资金流动。

同样的，也许在许建安看来，"唐夜弦"把苏叶当成偶像，和唐皓跟苏叶有秘密来往，这两件事也并不冲突。

说到底，还是一团乱麻。

苏叶只觉得太阳穴突突突地发痛，索性都丢开了，闭目养神。

反正她都已经决定在唐霖去世前都安安分分做"唐夜弦"了，其他的事，暂时就都随他去，走一步算一步吧。

　　苏叶在枫城多耽误了一天，虽然打电话给傅志诚请过假，但回剧组之后，还是又向大家道了歉，给全组人买了饮料点心，又承诺散工请吃饭。

　　其实她前一阵的努力大家有目共睹，她的角色也并不是贯穿电影始终，拍摄顺序挪一挪，这几天也没耽误什么。但她态度到位，大家都舒坦，就算个别人有什么不满，也都压了下去。

　　苏叶又私下找了傅志诚，问能不能把她的戏份都凑到一起先拍了。

　　傅志诚皱了眉。

　　这倒也不是不行，好多档期紧的明星一部戏就来拍个几天，还不都是这样弄？甚至好多人都不到，只拍替身，最后补些特写抠图了事。

　　但苏叶说到底只是个新人。

　　而且，因为中途换人的关系，苏叶这角色的戏前半部分已经是赶着补拍出来的，后半部分如果还那么赶，他也担心拍摄质量。

　　苏叶自己也知道这要求有点强人所难，索性就把唐霖发病的事说了一下："……也是我自己没经验，完全没有这方面的准备。他们在直播间就吵了起来，让我爸看个正着。您也知道现在网友们那臭嘴……老爷子当时就气得不行……"

　　网上闹得那么沸沸扬扬，傅志诚当然也有所耳闻，只是没想到还有这样的内情。他咂了下嘴，道："我说怎么安盛为了这种事这么强硬。"

　　安盛集团的官微现在基本每天定时出两封律师函，随便网友们怎么议论，都雷打不动。看起来这名单还长得很。

　　现在除了那些为了搏眼球不顾一切的人，大半喷子都熄了火。平常有热闹跳得最欢的营销号和水军，基本都没有吱声的——毕竟某种意义上来说，他们才最了解资本的力量。

　　有安盛这个例子，连带其他的话题上，大家的用词都文明了很多。

　　傅志诚都忍不住开玩笑道："网络环境是好了很多啊。"但想想源头是网上骂架把唐老爷子气病了，又觉得这话不好在苏叶面前提，尴尬地轻咳了一声，试探地问，"所以你现在想赶紧拍完，是有家族的阻力吗？"

毕竟之前的杨梦琪还没结婚呢，就因为怕婆家不喜娱乐圈这些乱七八糟的事而毁约息影。

这位可是真正的唐家小姐，抛头露面出来拍戏，让人评头论足，被网友骂，还把老爷子气病了……随便怎么想，都觉得苏叶自己身上的压力不可能少。

她能有始有终地拍完，就算不错了。

傅志诚觉得后槽牙都有点痛。他这部戏开拍前明明也拜过神，怎么就一而再地撞上这种事？

苏叶也不知道他脑补了些什么，只道："也不是，只是……想多陪一下老人家，以免日后遗憾。"

傅志诚知道唐老爷子身体一直不太好的事，就算以前不知道，有唐小姐这尊大神在他的剧组，有关安盛唐家的八卦总也能听到几句。

据说前几年唐霖病危，就是接回了这位唐小姐冲喜救回来的。这次唐家再有这种把唐小姐叫回去守着的想法，大概也很正常。

苏叶紧跟着又补充："当然，是以不影响电影的质量为前提。这是我的第一部电影，我也不想搞成粗制滥造的东西。给大家添了麻烦，我来付这份额外的加班费好了。"

她都说到这份上了，傅志诚也就点了头。


这次的事，明畅公司几位明星股东因为各自的档期，知道得有先有后。大家基本都转发了孟修的声明，也在微信上以各自的方式劝慰苏叶。

"娱乐圈嘛，就是这么回事。有人黑你才代表你红了，不要往心里去。"

"那么多粉丝，心思各异，谁也管不了所有人的嘴。"

"不过唐总这样……也真是挺解气的。"

"我早都想了，云姐不让，说浪费时间精力钱。那些人就是吃准了明星们要保持形象嘛。他怎么骂你都不用付出代价，你敢骂他一句……呵呵，立刻身败名裂。"

"谁说不是呢，都只看到明星光鲜的时候，这些绯闻谣言，黑料碰瓷，道德绑架什么的都够让普通人精神崩溃了。"

"说起来，小弦也算是体质特殊吧。"罗竹容道，"这才出道多久，一波接一波的就没歇过几天，简直都可以算得上话题女王了。"

苏叶发了个无奈的表情："怪我喽？"

从最开始的校园网谣言帖、选角争议，到后来真人秀、豪车，全都不是她自己挑起来的。她又不能控制万千网民的嘴，能有什么办法？

柳玟君道："怪洪奕廷，都是他教小弦炒作的，炒煳了吧。"

洪奕廷："不要冤枉我，也不要冤枉小弦，我是提过一句抱大腿蹭热度，可她也没照做啊。正经说，都怪孟老师，全是他自己凑上去的。"

他这话一出，整个群都安静了一下。

洪奕廷自己也意识到好像说错话了，连忙撤回，但该看见的大概也都看见了。

仔细想想，这次发声明，上次发照片，又给苏叶介绍角色，的确都是孟修自己主动凑上去的。甚至更早一点，在《大挑战》真人秀的时候，他对苏叶的关注就远远超过前辈对后辈的正常提携了。

柳玟君甚至单聊去问了苏叶，她跟孟修到底有没有那个意思。

苏叶也很无奈。

孟修的确对她很好，但她自己明白，最开始是因为正好从许建安手里"救"了她，然后又发现了她脖子上的掐痕，完全是出于正义感，大概跟男女私情是没什么关系的。

但这要怎么跟外人解释呢？

干巴巴地说没有，别人也不会信啊。

孟修自己这时却在群里冒了头，说："嗯，我就是觉得跟小弦挺投缘的，好像妹妹一样，真没想到闹出这么多麻烦，抱歉。至于粉丝这块，也的确是我的错，我以前不太在意这些，现在一时也没那么容易管理控制了，只能慢慢约束。"

他这么解释，比苏叶自己开口好得多，大家不管信不信，反正都表现出能接受的样子了，又顺着他的话题说了些经营粉丝的经验。

苏叶这才知道竟然还有职业粉丝这种行当，大呼长了见识。果然哪行哪业都有自己的规则和窍门。

孟修又单独给苏叶发信息，约她吃饭。

虽然两边剧组的工作都安排得十分紧密，但都在云溪，一顿饭的时间还是能挤出来的。

苏叶想着孟修大概是有话想跟他说，便答应了。

回头跟夏千蕾说的时候，夏千蕾一脸恨铁不成钢："你知不知道这云溪影视城基本每个角落都有狗仔？你在这风口浪尖上还去跟孟修见面，连我都要怀疑你们真的有私情了好吗？"

苏叶反问："为了别人几句议论，连正大光明地吃顿饭都不敢，不是更显得心虚吗？"

夏千蕾被噎了一下，但还是坚持要她带上保镖、助理。

苏叶也没办法，只能带着曹进和陈佳玉一起去了。

孟修先到的，见了苏叶身后的人，倒也没有什么意外。

苏叶正要解释，孟修抬手打断她，笑了笑，道："我明白的。本来这个时候，我也不该约你见面。只是我在想，道歉的话，总还是要当面说才有诚意。但是……我听老傅说，你最近在赶戏，想提前杀青回去，只怕现在不说，以后就更没有机会了。"

傅志诚跟他说得很清楚，苏叶这次回去，大概短时间都不可能再接戏了。他还挺可惜的，毕竟这么漂亮又敬业又有灵气的年轻女演员并不多见。但对方是唐家小姐，又是因为父亲的病，连劝都不好劝。

孟修不知道经过这次的事之后，唐家对娱乐圈会是个什么观感，会不会反对她再复出。而且他自己也忙，苏叶一回去，就真不知道什么时候才能再见面了。

道歉这种事，总不能隔个一两年再说吧？那还有什么意义？

听他这么说，苏叶连忙摆摆手："孟老师道什么歉？你别听洪奕廷胡说，你是为了帮我，我知道的。那些网友自己说出来的话就该自己负责，哪能怪到你身上？真要说起来，是我该跟孟老师道个歉。发律师函之前，我应该先跟你通个气的。"

这事后面虽然因为粉丝过激和少数有心人带节奏变得失控，但最开始的起因是粉丝为孟修抱不平，然后安盛这边也不按娱乐圈的常理出牌，直接就把人告了，其实在孟修的立场也是有点尴尬的。

偶像管不了所有粉丝的言行，最后却总要为粉丝的行为买单。

后来孟修还出了那样一份声明，苏叶也不知道他到底是义愤多一点，还是无奈多一点。

孟修静了静，然后有点无奈地笑了笑："那也不怪你，对你来说，那种解决方式才正常吧。"

很多时候，苏叶给他的感觉都不像是娱乐圈里的人。

思维方式，人生态度，做事的程序……就比如上次《大挑战》，别人会想着节目效果，会想着自己的形象，她就直接跳到了投资。

这次也是一样。

他顿了一下，又补充："也没什么不好。也就是演员们平常都不敢太强硬，才会让这种事越演越烈。"

苏叶笑起来："孟老师这样说，不怕人家说你不维护自家粉丝吗？"

孟修摊了摊手："我以前……真是没管过这些。好的没管，坏的也没管。总觉得……演员嘛，塑造一个角色，一个戏里的感情倾向，有人喜欢有人不喜欢，被夸被骂都很正常。粉丝今天喜欢你演的这个，明天你演了那个，他就不喜欢了，也很正常。所以我的精力一直都是比较集中在戏上，我的团队在这方面也就弱了一些，不像他们说那种什么大小粉头都可以令行禁止，只能慢慢来了。"

"又不是军队，哪可能真的令行禁止？"苏叶再次道，"我真的没怪罪孟老师的意思。孟老师都说我们是朋友的，每次都为这种事道歉，是不是太见外了？”

孟修点点头，却又笑道："但你还不是一口一个孟老师？"

苏叶其实也是一直没有找到合适的称呼，他们这关系，不远不近的，没到叫昵称的熟稔，直接叫名字似乎又太不客气，毕竟人家帮了她这么多。

她迟疑了一下，才又笑了笑："好嘛，既然你都说过好像妹妹一样，我就……厚着脸皮叫一声孟大哥？"

孟修很满意地再次点了点头。

这事说开，他也算放松了一点，又问苏叶以后有什么打算。

"老傅跟我说你拍完这部，暂时就不接戏了？"

"嗯，就先待在云城，上学，陪陪我爸。"苏叶自己顿了一下，有点无奈，"是不是觉得我这个人挺没定性的？上次心急火燎地找人帮忙接戏，完了又这样……"

"不会。世事变化无常，谁又知道下一刻会发生什么，总归都是走一步算一步。"孟修看了一眼苏叶的保镖、助理，还是缓缓道，"你跟我们这样的人又不一样，不混娱乐圈也好，也许还能有更广阔的空间。"

苏叶给他倒了茶，道："怎么不一样了？"

孟修转了转茶杯，叹了口气："我这个人……除了这张脸，一无是处。上学的时候，成绩挺一般。后来上了个普普通通的大学，什么都学不好，也不知道以后能做什么，就那么随随便便地混日子而已。再后来……大概是某一天就突然被灌了鸡汤吧，觉得不能这样下去，就去尝试着做各种事情。也许真是每个人天生就有自己该走的路。我第一次拍戏，是做群演，一群难民，脸都涂得乌七抹黑，根本都分不清谁是谁……"他指指自己的脸，笑起来，"但是，镜头一转过来，我就有一种强烈的感觉——我属于这里。"

苏叶还真没听过这些，只觉得他说到最后的时候，眼睛里都有光。那是真正发自内心的热爱与归属感。

她有点感动，又忍不住促狭地眨了眨眼："我看过孟大哥一些报道，从小就喜欢表演什么的……"

孟修被噎了一下，打了个哈哈："那种东西，有些就是公司弄的通稿，多少有些夸张。不过，小时候嘛，谁还没被幼儿园老师强行安排一两个节目？"

看他现在的脸就知道他小时候长得有多可爱了，只要不是坏得离谱，肯定是被老师们偏爱的学生，班级合唱时就算是作假都要拎出来当领唱的那种。所以，非要说从小就开始表演，倒也不算说谎。

等苏叶笑了一会儿，孟修才又把话题拉回来，道："所以啊，一个演员，是不是真的喜欢表演，我其实是看得出来的。你很认真，也很努力在学，但从内心来讲，算不上有多喜欢。"

苏叶沉默下来。

是的，她的确算不上有多喜欢。

这是唐霖给"唐夜弦"安排的路，但其实如果不是《宫墙月》那次机缘巧合地找上门，她也未必真的会走。

孟修看着她，声音温和，似鼓励又似期待："你属于更大的世界。"


苏叶虽然说想早点杀青，却并没有因为匆忙赶工而浮躁敷衍，依然保持着认真细致的水准。因为她这种态度和不时给工作人员准备的汤水饮料加餐以及借傅志诚的口许下的红包，反而让整个剧组的效率都提高了。

所以，到她的戏份拍完，傅志诚反而有点依依不舍。

剧组给苏叶办了个简单的杀青宴。

还是那句话，虽然不知道苏叶以后还会不会继续混娱乐圈，但跟唐家小姐把关系搞好一点并没有坏处，电影几位主创和跟苏叶接触比较多的工作人员都参加了。

"我们这个电影，也算是一波三折了。"傅志城感慨道，"说起来能顺利拍到现在这个程度，还是得多谢小唐。来，我敬你一杯。"

苏叶连忙道："哪里，是我该感谢傅导给我这个机会。之后也是我给剧组添了麻烦，要多谢大家包容我才是。我不喝酒，以茶代酒敬大家一杯吧。"

一桌人互相敬酒恭维间，包厢门被敲开。

一个大腹便便的中年人走进来，笑着挥了挥手："傅导，这么巧你们也在这里吃饭？"

傅志诚的脸色顿时就有点不太好看，制片李华仁圆滑一些，起身迎上去："哎呀，这是哪阵风把高总吹过来了？"

这胖子高总笑得眼睛都眯成了缝："我听说唐小姐今天杀青，你们不介意我来凑个热闹吧？"

他都这么说了，李华仁当然不可能把他往外赶。桌上有些人认识他有些人不认识，李华仁索性就介绍了一下。

"这位是给我们这个电影投资的凌云公司的高波高总。傅导演您认识的，这位是男主角郭俊霖……"李华仁介绍了一圈，轮到苏叶时，还特意加重了语气，"这位是唐夜弦唐小姐，安盛唐家的大小姐。"

高波这个人吧，给钱是很爽快的，但人品不怎么样也是公认的，这些年被他染指的小明星只怕都不下两位数。

听他之前那意思，今天明显是冲着"唐夜弦"来的，李华仁当然要把话说在前面。

高波他得罪不起，唐家他一样得罪不起。

"幸会，幸会。"高波端着酒杯就到了苏叶身边，"我对唐小姐算是慕名已久啊，今天一见，果然名不虚传，真是国色天香，美丽动人。"

苏叶倒没听说过这个人，毕竟她以前也不太关注娱乐圈，在苏家的交际圈里，似乎也没有姓高的。只是看傅志城的脸色，就觉得这人来者不善。只是人家笑呵呵说着好话，她也就一样笑着谦逊了两句。

高波就要敬她酒："唐小姐第一次拍电影就到了我们这个片子，也算是个缘分。咱们得喝一杯，交个朋友啊。"

苏叶看了一眼酒杯，笑容就变得有点勉强："抱歉，我不喝酒。"

李华仁也连忙过来打圆场，道："唐小姐年纪还小，喝酒不大合适。这样，高总，我来陪你喝。"

"我看过资料，十九岁，已经成年了嘛。而且，年纪小才要多学点社会经验嘛。对不对？"高波脸上的肥肉抖了抖，挡开了李华仁，亲自给苏叶倒上酒，"不是这么不给面子吧？"

"高总……"李华仁又叫了一声。

傅志诚也道："人家女孩子不愿意喝酒就不喝，不要勉强。"

只是喝杯酒，三番五次有人阻挠，高波脸色不由得沉了沉："我觉得吧，出来混呢，最重要的是要识趣，你们说呢？"

他是这部戏最大的投资商，他要真生了气，从制片导演到下面的演员，都得跟着遭殃。

这电影现在虽然拍得差不多了，但是后期宣发都还有的是要花钱的地方，这个时候投资商要翻脸，大家多少都有点顾虑。

见场面被震住了，高波就有点得意，把酒杯又往苏叶面前推了推。

这不依不饶可就真的惹恼苏叶了。

她也懒得再想这姓高的到底什么背景，轻笑了一声："不识趣的话，高总会怎么样呢？"

高波可没想到她真的这么"不懂事"，他在娱乐圈混了这么多年，还真没有哪个演员这么不给他面子，一时间有点下不了台，胸中不由得升起一股无名怒火。

他小眼睛里透着冷光，似笑非笑地咂了一下嘴："不要以为叫你一声'唐小姐'，你就真是安盛的公主娘娘了。云城有谁不知道唐家这个笑话？一个上不了台面的私生女而已，不要给脸不要脸！"

他这话一说出来，桌上的气氛就更僵了。

"唐夜弦"是唐霖的私生女的事，并不是秘密，网上那么多黑料，剧组众人也都看过，不少人私下也聊过八卦，但是这样公开当面砸出来……大家都为"唐夜弦"觉得脸痛。

苏叶自己反而很平静。

这是个事实，她又否认不了。

她既然变成了"唐夜弦"，自然也就该负担起她过往的人生。

　　高波见她不说话，以为是被打击到了，更加扬扬得意地挑起了眉："做人嘛，不要太把自己当回事。你以为安盛官微替你出个头，就代表你真的野鸡变凤凰了？屁，安盛只是不想唐家的声誉受连累而已。唐皓承认过你吗？他肯让你出席唐家或者安盛的重要活动吗？他允许你代表唐家露面发言吗？"

　　的确没有，一次都没有。

　　以前的"唐夜弦"……唐皓只要没疯，就不可能允许。

　　现在嘛，其实苏叶也有点拿不准。

　　毕竟唐皓……才刚掐过她的脖子，转过天就说喜欢她，谁知道他到底在想什么？

　　"够了。"傅志诚拍桌子站了起来，"人又不能选择自己的出身，这么说就过分了吧？"

　　"不，高总说得没错。我的确就是个私生女，我对自己的身份认识得很清楚。所以，该上学上学，该演戏演戏，该回去孝敬父亲就赶着回去孝敬父亲。"苏叶自己笑了笑，"但是高总，你真的知道自己的面子到底值几分吗？"

　　高波心头一颤，苏叶这是在提醒他，就算是私生女，她也是唐家的私生女，哪怕只是养来逗乐子的狗，那也只有唐家人能逗。

　　"唐夜弦"的确是云城公认的大笑话，但是谁敢真的笑到唐皓面前去？

　　看着对面少女那张绝色倾城的脸，高波暗自骂了自己一句色令智昏。他其实已经有点后悔，但这时要是认怂，面子上就更加过不去了。

　　想一想自己只是敬个酒，也没有太出格的地方，他便硬撑着哼了一声："怎么，威胁我啊？你回去哭一哭，告个状，看唐皓会不会再替你出这个头。"

　　苏叶没跟他争辩，只端起茶杯向大家举了举："多谢大家为我践行，可惜被人扰了兴致，今天就到这里好了。回头等这部戏全拍完了，到云城我再请大家吧。"

　　众人面色各异，但还是纷纷举了杯。苏叶喝了口茶，便告辞要走。

她带着保镖，曹进身材魁梧，像座铁塔一般，一眼瞪过来，杀气逼人。

高波也不敢强行拦她。

傅志诚送苏叶出去，脸色还是不太好，闷声跟苏叶道了个歉。

他也看不惯高波，何况苏叶是孟修推荐来的，被人这么冒犯，他也很过意不去。

只是……娱乐圈这个地方，导演这个身份，说高就高，说低也低。这到底还是个看资本说话的世界。

他也郁闷，但能做的也就那么多了。

苏叶反过来问他："我今天算是得罪这位高总了，对电影有没有影响？"

"那倒不至于。他到底也还是要赚钱的。"傅志诚道。

可是苏叶想想自己这么辛苦拍的电影，要为高波这种人赚钱，心里就有点犯堵。

但她现在的身份地位……也没什么办法，能用唐家的名头压他一次是一次。

高波说得其实也没错，上次安盛官微替她发声，只怕大半都是因为老爷子被气得发病。不然她以前被黑被骂得还少吗？也没见唐家有人出头。

说到底"唐夜弦"本来就是个上不得台面的私生女。


上了车，夏千蕾打量着苏叶的神色，小心地问："今天的事……要告诉唐总吗？"

苏叶瞥了她一眼。

告诉肯定是要告诉的，毕竟夏千蕾和曹进都在场，碰上这种事，肯定要向唐皓汇报的。

"唐夜弦"的确是不可能代表唐家出席什么正式场合，但这么当面打脸，损的到底也是唐家的面子。

夏千蕾的意思只是在问怎么说，谁去说。

只是……这么去找唐皓说，那就真好像高波说的哭诉告状一样，苏叶也挺腻味的。

但他如果从别人嘴里知道这事，各人立场不同所见不同，又或者有人添油加醋……到时反而更麻烦。

苏叶纠结了半晌，才叹了口气，掏出手机，拨了唐皓的号码："我自己跟他说吧。"

唐皓很快就接了起来。

"出了什么事？"他直接问。

苏叶被噎了一下，一时反而不知道要怎么说。

"小弦？"唐皓那边的声音变得急促而严厉。

"啊，我没事。"苏叶连忙道。

唐皓好像松了口气，却又道："没事你会给我打电话？"

苏叶："……"

好吧，她的确不会。

何况本来拍摄结束她已经打了电话给唐霖说了晚上就回去，没事的话，根本不可能这时候又打给唐皓。

"晚上跟傅导和其他演员吃饭的时候，有个投资商不请自来。"她叹了口气，老老实实把刚才的事简单交代了一遍。

电话那端的人久久没有说话，久到苏叶忍不住轻唤了一声："大哥？"

"抱歉，是我的错。"唐皓说。

他是在道歉，但隔着电话，都能听出他低沉的声音里压抑不住的怒气，也不知道是对谁。

苏叶怔了怔，一时也不知道怎么接话。

她明白唐皓的意思，如果不是他一直都无视"唐夜弦"，外人就不可能这样轻慢。

可是……

这事真怪不上唐皓。

换成苏叶自己，如果有人假冒她妹妹，混进苏家，联合外人图谋苏家家产，还不学无术、无事生非、嚣张跋扈……她只会做得更绝。

"你先回来。"唐皓显然还在生气，但这句话却柔和得多，末了又顿了顿，轻轻加了句，"我在家里等你。"

声音低沉，醇厚而又魅惑，像是带了电流，从手机听筒直击苏叶的耳膜，她差点没把手机扔出去。

再想一想这句话的意味……只感觉他似乎就在身边看着她。

就像那天在走廊上一样，静静地、深深地，目光炽热又深情。

苏叶的手抖得更厉害了，飞快地应了一声，就挂断了电话。

苏叶放下手机，还觉得耳朵一阵阵发热，也不敢去看就坐在旁边的夏千蕾，侧头看向窗外。

车内很安静，她能听到自己心跳的声音，就好像当年初见时一样，为他一句话，就怦怦跳个不停。

车窗上映出她的倒影，粉颊泛红，水眸含春。

真是没救了。苏叶自嘲地弯了弯嘴角。明明一直在告诫自己，唐皓已经不是七年前那个唐皓，现在的他心思深沉不可捉摸……

但是……

看着车窗外一闪而过的楼房，城市里的万家灯火，却又突然觉得心头柔软。

不管怎么说，有人在家里等她回去的感觉……还是很好的。


苏叶回到唐家时，已经快半夜了。

唐皓果然还在等她，就坐在客厅的沙发上，膝头放着个 iPad，缓缓翻看着文件，听到开门声就抬眼看向门口。

"大哥。"苏叶轻唤了一声。

一直送她到家的夏千蕾和曹进跟着打了招呼之后就先走了。

唐皓走到门口，上上下下地打量着苏叶。

苏叶摊开手："不用这么看吧？只是几句口角，我又没事。"

唐皓目光微沉，直接伸手将她抱住。

苏叶猝不及防地跌入一个结实而温暖的胸膛，鼻端萦绕着清新干净的男性气息，耳畔听到急促有力的心跳声，甚至能感受到他呼吸拂上肌肤的灼热……她整个人都僵住了。

尘封在心底最深处的记忆在那瞬间重新浮现，又渐渐和现实的感觉掺杂到了一起。

苏叶一时间甚至分不清今夕何夕，迷蒙间只是偎在那个久违的怀抱里，近乎贪婪地汲取着那种让人安心的温暖，低低呢喃："唐皓……"

唐皓应了一声，收拢双臂将她抱得更紧，也低低道："对不起。"

苏叶这才回过神来，睁大了眼。

——他在做什么？

——她又在做什么？

苏叶慌乱地挣扎起来："你放开我……"

唐皓皱了一下眉，还是松了手。

苏叶连退了几步，只差没夺门而逃了。

"所以，刚刚……不是你自己想要抱的吗？"他比画了一下张开双臂的动作。

苏叶自己回想了一下，自己刚刚摊手的动作，大概真的有点容易误会。

如果他们是正常的兄妹，她在外面受了委屈，回来见到他，求个安慰的抱抱，好像也挺正常的。

可是……他们正常吗？

苏叶抿了一下唇，讪讪解释："只是让你看看，我真没事。唉……我们真没默契。"

唐皓默默看着她。

这的确可以解释那个动作，但解释不了她之后在他怀里的表现。

依恋、信赖，还有那种自然而然的亲昵，就好像他们那样拥抱过无数次。

唐皓虽然没看到她的表情，却能听出来她那一声呢喃里的深情。

就好像那次从双石山回来，她哭累了之后说的那声"我好想你"。

是人都能感觉到那其中的真情实意。

她就是真的想他。

但……现在又算怎么回事？

唐皓不说话，苏叶越发觉得尴尬，索性直接跳过这个话题："那个……不早了，我先回房间，大哥也早点休息。"说完也不等唐皓有什么反应，拖着自己的箱子就要跑。

只是没走几步，唐皓就追了上来，伸手帮她提起箱子。

"我来提。"

苏叶甜甜一笑："谢谢大哥。"

唐皓深深地看她一眼，却也没多说什么，一路无话地把她送回了房间，才道："好好休息。其他的事，我们明天再好好谈一谈。"

苏叶连忙点头。

她现在简直就像个鸵鸟，只要他不继续追究那个拥抱，别的就……回头再说吧。

# 第五章
### 唐皓，你会后悔的

第二天苏叶起得挺晚，又特意磨蹭了一会儿才下楼，已经日上三竿。

唐皓果然已经去公司了。

苏叶松了口气，转过头就见唐霖乐呵呵地看向自己，她顿时就有点不好意思，讪讪地笑了笑："对不起啊爸爸，我起晚啦。"

"有什么关系？你在外面拍戏那么辛苦，昨天又那么晚才回来，就该多休息一下。"

在唐霖心里反正女儿做什么都对，他又叫张婶给她端早餐："熬了白果瑶柱粥，你先喝一点。中午再叫小刘做你爱吃的。"

"谢谢爸爸，你对我最好了。"苏叶顺势就搂了唐霖的胳膊撒了个娇。

张婶端了粥来，她就一边喝一边有一搭没一搭地跟唐霖闲聊，她说些拍戏时的趣事，唐霖也跟她说些年轻时候的见闻。

唐霖这么些年，也就是最近才算享受到这种天伦之乐。

毕竟唐皓那么忙，唐皑对他心存芥蒂，之前的唐夜弦也没有这份闲话家常的耐心。

想想苏叶前一阵还说喜欢演戏，转头又这么匆匆忙忙地提前回了云城，还说暂时都不接新戏了，是因为什么，唐霖当然猜得出来。但苏叶自己说是在工作中发现了不足，要回学校好好学习，他自然也不会戳穿，只暗暗决定一定要在自己死前把她安顿好。

苏叶刚吃完早饭，唐皓的电话就打了过来。

她看着来电显示就纠结起来，但唐霖就在旁边，又不好不接。

苏叶深吸了一口气，才接通了电话："大哥。"

唐皓并没有提昨晚那些让她尴尬的亲昵，第一句话就直接道："我找姓高的谈了谈。"

"欸？"苏叶意外地眨了眨眼，她真没想到他要说的是这个。

唐皓简单扼要地跟她说了一下"谈了谈"的结果。

唐皓买下高波在《我家娘子有点病》的投资份额并把高波踢出了局，而且还从高波那里拿了一块地作为他冒犯苏叶的赔礼。

"……那块地就在云城郊县，他们原来打算做度假村开发的，风景应该还不错，我看也比较适合你们明畅公司的路线。早上你没起，我就替你做主了。"

真是雷厉风行。

高波要是知道一杯酒能惹出这种代价，不知道还想不想让她给面子。

苏叶呼了一口气，比起那块地，她其实更在意电影投资的事。

这样的话，这个电影最大的投资方就变成唐皓了，也不知他是什么用意。

她就直接问了："大哥怎么会对投资电影有兴趣？安盛不是没有这方面的业务吗？"

"是没有。"唐皓说，"跟安盛没有关系，是我个人的意思。这电影你的戏份拍都拍完了，也不能做白工。没道理他给你难堪，你还要替他赚钱。不如咱们自己接过来。"

其实苏叶当初的确也是这么想过的，只是苦于自己手头紧。

明畅才刚起步，哪儿哪儿都是花钱的地方。

唐霖分给她的钱她投了一部分进股市，另一部分留着应急。

而她作为新人演员的片酬……都不知道够不够她自己生活。毕竟不论"苏大小姐"还是"唐大小姐"，生活上都不是什么节俭的人。

没想到唐皓就直接给办了。

他……

这种有人和她心意相通，甚至事事想在她前面的感觉，甚至让苏叶忽视了他又没跟她商量就插手了她的事，只觉得胸口有点闷闷地发胀，连鼻腔都因为感动而微微酸涩。

唐皓在电话那边又道："回头还有一些手续，需要你自己签字的，我会把具体的文件给你看……"

"等一下，我签？"苏叶连忙收拾了情绪问。

"当然，是向你赔礼道歉，电影和地，都是给你的。"

唐皓含糊了话里的主语。

他今天是敲了高波的竹杠，但这个赔礼里，也有自己的部分。

只是他还记得上次送车的时候，被苏叶问的话，就索性不提了，自己心里清楚就行。

苏叶其实也清楚，但他没明说，她当然不会揪着不放，只道："你了解过这个电影的情况和整个市场吗？不怕亏？"

一个电话讲到这里，唐皓的声音才透了点笑意："对自己这么没信心吗？"

苏叶干笑了一声。

只说她的话，她才刚接触娱乐圈，这才是她第一部电影，又不是主演，还拍得这样匆匆忙忙，哪来的信心？

唐皓却又道："不过，投资嘛，哪可能一点风险都没有？但我看过傅志诚以往的成绩，都还不错。这电影男女主都不差，又不缺话题性，没有意外的话，应该还是有赚的。"

他既然这么说，苏叶就应了声："哦。"

"行。那就这样。"

"嗯。"苏叶又应了一声，听着唐皓似乎准备挂电话，忍不住又问，"你说今天再谈……就是这事？"

唐皓那边安静了几秒钟，然后就笑出了声，跟着声音就低下来，竟有几分温柔缠绵："你想跟我谈点别的当然也可以。"

苏叶顿时只觉得整张脸都要烧起来，匆忙道："不，没有别的了。"

"等等。"唐皓却又叫住她，"晚上有空吗？"

苏叶直接挂掉了电话。

唐皓再打来，她索性按了拒接，虽然这样好像有点过河拆桥的意味……但她现在真是没做好跟他"谈点别的"的准备。

手机响了几次就停了下来，苏叶才刚松了口气，就听到那边唐霖的手机又响了。

唐霖可没有她这么些顾忌，伸手拿起来就接了："阿皓。哦哦，小弦啊，在的呀。嗯，嗯，好的，早该这样啦。我跟她说。"

苏叶很诧异。他竟然敢直接打到唐霖这边？她真是低估了唐皓的脸皮。

但唐霖那满脸笑容又是怎么回事？唐皓是怎么跟他说的？

唐霖放了电话，转过头来就跟苏叶道："你大哥说今天晚上有个慈善拍卖会，他想带你们一起去，让你准备一下。拍卖目录一会儿他让人送回来，你先看看有没有想要的。"

你们是说……苏叶挑了一下眉："二哥也去？"

唐霖点点头："是的，你们都这么大啦，也该参与一下这样的社交活动了。"

苏叶脸上就有点讪讪的。

她还以为唐皓是想要单独约会……真是……自作多情。

还好唐皓本人不在这里，看不到她的窘态。

见苏叶面露犹豫，唐霖想想唐夜弦之前被云城名媛排挤取笑闹的那些笑话，就误会她还是对这种场合心存恐惧，便安抚道："其实拍卖什么的，还是其次，主要是见见世面，长长经验，拓展自己的人际圈。你也不用太紧张，你大哥会带着你们的，有什么事就直接找他。其实上次林家的寿宴，你就表现得很好嘛，照那样就行啦。"

唐霖拍拍苏叶的手，半开玩笑道："关键是要打扮得漂漂亮亮的，要让全世界都知道我唐霖有个仙女一样的宝贝女儿。"

苏叶想，也许这一句，才是唐皓急于带她在公众视线中露面的原因。

高波的事，算是给他提了个醒。

他是在弥补，也是想宣告。

——"唐夜弦"是他在意的人。

本来呢，对于"唐夜弦"的处理，最符合唐皓利益的做法，大概还是像之前那样冷眼旁观置之不理，等着她自己把自己作死，又或者等唐霖去世之后，随便用点小手段就能让她消失得无声无息。没有人会记得唐家还有这么个私生女，即便偶尔想起来，也没人会追究那种满身槽点的小太妹后来怎么样了。扔回国外也好，哪怕他真看上她让她换个身份金屋藏娇都行。

如果这么明晃晃地昭告天下了，他要再动手，顾忌就多了。包括他说喜欢她，都得先处理好舆论，无异于给自己上了道枷锁。

但他还是决定这么做了……

苏叶抿了抿唇，长长呼了口气，心又乱了起来。

说起来，跟唐皓相处得越久，她似乎就越不能控制自己的感情。

一方面是心底深处的记忆不时出来作乱，一方面……表明了心意的唐皓真是热烈强势。

虽然从上次她骂过他之后，两人见面的次数并不多，他却无时无刻不在强调着自己的存在感。

即便她一次次提醒自己，却还是忍不住一次次动摇。

这实在有点危险。

可是……她如今这样的处境，这样的身份，要跟他在一起，算怎么回事呢？

这个慈善拍卖会跟之前林家的家宴性质并不一样，规格也更高一些，单只是有钱，都不一定能进得来。不要说唐夜弦，正牌的唐家二少爷唐皑，想去的话，也只能蹭唐皓的请柬。

唐皓不知有意还是无意，根本没有通知杜怀璋。

他亲自回来接苏叶。

苏叶穿了条蓝色的裙子，蓬松的裙摆上缀着星星点点的碎钻，有如璀璨夜空。长度只到膝盖，露出笔直修长的雪白小腿。一头乌黑长发绾在脑后，只耳畔垂下两缕，晃动间白嫩小巧的耳坠若隐若现，总让唐皓莫名其妙地想伸手捻一捻。

他不由得轻轻叹了口气，趁着其他人没注意凑在她耳边低低道："都不想带你出去了。"

苏叶当然能听出他的意思，挑着眉斜了他一眼："爸爸说要打扮得漂漂亮亮。"她学着唐霖的语气，"'靓瞎他们的眼'。"

唐霖笑着点点头："我女儿就是长得靓嘛，别人想这样还没有资本呢。"

唐皓也只能乖乖跟着点头。

做爹的只想看到"浪子回头""改头换面"的女儿扬眉吐气光芒四射惊艳全场，但是唐皓作为一个男人，当然不想他看上的姑娘被一群狂蜂浪蝶围观，只恨不得藏在手心里捂着才好。

可这种心思，又不能当着父亲明说，他只能暗自纠结着，再三交代苏叶："一会儿就跟在我身边，不要乱跑。"

唐皑只以为大哥是怕"唐夜弦"惹祸，毕竟她在这种事上有好多前科，就拍着胸膛道："大哥放心，我一定会看好她的，绝对寸步不离。"

唐皓一时无语。

不识相的弟弟什么的，最讨厌了！

到了会场，唐家兄妹一进门就成了焦点。

毕竟就算不论身份地位，三个俊男美女往那儿一站，单只颜值都要碾压这里所有人。

引路的工作人员还没走，就有人迎过来打招呼。

唐皓挽着苏叶的手，一改平日冷峻，耐性十足地替她和唐皑介绍。

其实苏叶基本都认识，毕竟苏家也是云城的老家族，苏大小姐也算叱咤商场多年，她要是没死，这个拍卖会的请柬肯定也有她一份。

唐皑应该也大半都认识，唐皓说得这么细，完全是为了以前从没有真正融入这个圈子的"唐夜弦"。

他这样特意照顾她，苏叶当然也是领情的。她乖巧地跟在唐皓身边，听他的话叫人，姿态优雅笑容甜美，表现出了良好的教养和风度，赚来大把夸赞。

结果反而是一开始就说要"看好她"的唐皑先看不过眼，撇撇唇做了个口型骂她戏精。

苏叶对着他做了个鬼脸回敬。

吐出来的舌头还没收回来，就听到唐皓的轻咳。

她讪讪地抬起眼，正看到对面那个中年男人的笑容。

"让谢叔叔见笑了。"唐皓在旁边说。

"年轻人嘛，性子跳脱一点才好。"谢希文笑眯眯的，还开了句玩笑，"都像你一样少年老成、不苟言笑，我们这些老头子还怎么看热闹？"

唐皓板起脸来时，大概周围的气温都要跟着降几度，他也是仗着跟唐皓熟才会这么说话。

不过，其实，苏叶才跟他更熟悉。

因为这位谢希文谢叔叔，正是谢圆圆的父亲。

他跟苏叶的父亲苏承海关系一直很好，两家住得又近，所以才有苏叶和谢圆圆打小的交情。

苏叶正想着，谢圆圆就来了。

她今天穿了条红色的长裙，明艳动人，就好像天边最绚丽的那抹晚霞，欢快地飘到这边，搂着谢希文的胳膊："爸爸你怎么来这边了？"

"看到唐皓他们，过来说几句话。"谢希文说着，又看向苏叶，"小弦你见过了吗？我今天才知道你唐伯伯的女儿都长这么大了。这是我女儿，谢圆圆。"

谢圆圆好像这时才看到唐皓，转过头来跟他打了招呼："好久不见。"又打量了苏叶几眼，"我对唐小姐倒是久闻大名。"

她这句话一说，大家的神色都有点不太对。

唐夜弦能让人"久闻"什么名声？不论是早先那些嚣张跋扈的乡土非主流，还是最近网上那些真真假假的争议，都算不上有多好听。

谢希文也知道自家女儿也有点娇纵任性，又清高，一向看不上唐夜弦的，但没想到她竟然会直接当着唐家兄弟的面这么说，不由得暗中拉了拉她。

谢圆圆看了父亲一眼，笑了笑，话锋一转："不过，今天一见，才知道传言真不可信。那些传话的人都是嫉妒你吧？"

苏叶也只笑了笑，并没有回话。

她以前，真以为和谢圆圆是无话不谈的好闺蜜，谢圆圆也没少在她面前说唐夜弦的笑话，对唐家这个私生女是毫不掩饰的鄙夷。其实她今天直接给"唐夜弦"摆脸色，甚至嗤之以鼻，苏叶都不会意外，也不会见怪。

毕竟唐夜弦以前做过的事都在那里，让人看不起也没有办法。

可谢圆圆偏偏抖了这样一个机灵。

苏叶就不知道要怎么回了。

那一瞬间，她甚至有一种她可能从来也没有真正认识过谢圆圆的错觉。

谢圆圆也不在意苏叶的沉默。

她心里从来没把"唐夜弦"当回事，刚刚的话会转个弯，也是看在唐皓的面子上。在她看来，"唐夜弦"跟她说不上话才是正常的，与其觍着脸硬凑上来尬聊，安静地闭嘴才算识相。

谢圆圆还记得上次见面时唐皓的态度，所以虽然满心满眼都是他，却控制着情绪并没有表现得很热切，先跟谢希文道："豪叔刚刚在找你。"

"哦，他在哪儿？"

"他让我看到你就让你去后面会议室一下。"

谢希文点点头，向唐皓道："圆圆今天晚上有一幅画要拍卖，他大概是有事要跟我商量。那我先过去一下。"又特意警告地看了女儿一眼，"小弦是第一次来这种活动，圆圆你带一带她，不要只顾着自己玩。"

不论以前唐夜弦如何，唐皓既然带她出来应酬，还亲自把她介绍出来，他们就必须要给他这个面子，至少不能当面得罪。

何况，女儿的心思他明白，他也乐见其成，那就更加要和未来小姑子搞好关系了。

"知道啦。"谢圆圆应了一声，娇俏地向父亲眨了眨眼，"我一定当她像自己妹妹一样。"

苏叶还是没出声，只似笑非笑地看了一眼唐皓。

很显然，谢圆圆虽然一副偶遇的样子，但看向唐皓时，眼神里那爱慕的光芒却骗不了人。可见哪怕上次被唐皓那样拒绝了，她却并没有放弃，连谢希文也很希望把她和唐皓凑成一对。

谢圆圆很亲热地伸手来拉苏叶的手，一面问："小弦你平常喜欢些什么？有部分拍卖品放在那边展览，我带你去看看？"

苏叶还没说话，唐皓已先伸了手将谢圆圆拦开，淡淡道："不麻烦谢小姐，我自己会照顾她。"

他语气很平淡，听不出喜怒，但眉峰微敛，熟悉的人都能看出来，他已经十分不耐烦。

谢圆圆当然也能看出来，不由得怔了一下，就红了眼圈。

她为了他都能忍着脾气去讨好唐夜弦这种卑贱的土包子私生女了，他这样算什么？

唐皓却连看都没再多看她一眼，揽过苏叶的肩，带着苏叶走开。

唐皓身高腿长，走得又快，感觉才不过几秒，就到了大厅的另一边。好在他还记得照顾穿着高跟鞋的苏叶，没让她跟不上。

倒是唐皑在原地怔了一下，才快步跟过来，莫名其妙地问："大哥走这么快干吗？"

唐皓没好气地瞪了他一眼，唐皑才后知后觉地眨了眨眼，压低了声音："大哥你跟圆圆姐吵架了？"

"没有。"唐皓看了一眼满脸都是疑问的唐皑，又看看旁边微挑着眉，神色复杂的苏叶，无奈地叹了口气。这两个，敏感的太敏感，懵懂的又太懵懂。

他只能轻声解释道："我之前……大概让谢圆圆有点误会，但我对她并没有男女之情，前一阵我也特意跟她道过歉说清楚了，所以现在还是保持一点距离比较好。"

唐皑又眨了眨眼。

其实谢圆圆喜欢他哥，这一点有眼睛的人都看得出来。

他哥吧，之前态度虽然不冷不热……但这么多年，他身边也没有别的女人，就算唐霖给他介绍相亲，最多也是吃顿饭就没下文了，算起来也就是谢圆圆好歹还能说得上话。

现在突然间又说要保持距离……唐皑扭过头，看了看还站在原地的谢圆圆，皱了一下眉。

"但是……圆圆姐对你真是……你们就不能……"他一连起了三个头，都只说了几个字，便又停下来，最终只是轻轻叹了口气，"总觉得……圆圆姐这样……有点可怜。"

不过，他也就是感慨一下。

他也不小了，知道感情的事到底也勉强不来。

何况唐皓是他哥，他总归还是偏向唐皓这边的。

他只是有点担心，这样那样的女人他哥都不喜欢，连门当户对知根知底的谢圆圆也不行的话，难道他哥要打一辈子光棍吗？

如果不是有过一个苏叶，他简直都要怀疑他哥的性取向了。

想到苏叶，唐皑心里就越发堵得慌。

他当年，真是觉得大哥和苏叶已经承包了他对爱情的所有憧憬，谁知道竟然会是那样的结局。

他至今记得那天早上唐皓回来时那失魂落魄的样子。

他那时还小，并不知道应该怎么安慰大哥，只记得回过神来时，大哥已经全身心投入到挽救安盛的工作中去了。

那是唐皓一生中最惶恐的时期，一边是躺在医院里被下了病危通知书的父亲，一边是咬牙拼命看起来随时都可能会跟着倒下的大哥。

他试过去找苏叶。

但她电话不接、信息不回，他跑去她学校家里，却连她的影子都没见到就被她的保镖拦开……直至今日，唐皓心中最绝情残忍的女人，依然非苏叶莫属。

而且，他大哥伤心欲绝，那个女人却转头就再次恋爱还结婚了。

嫁给许建安那种人。

许建安比得上他哥一个脚趾头吗？

唐皓有一段时间，做梦都想让大哥找一个比她更好更温柔更漂亮的嫂子，让苏叶后悔莫及，但唐皓这边八字还没一撇，苏叶竟然就死了。

唐皓只觉得一口气憋得几乎要上不来。

这算什么事？

苏叶那个女人，天生就是来克他哥的吧？

果然现在他哥连谢圆圆都要保持距离了，难道真是惦记那个绝情的女人走不出来？

那要怎么办？

他也没能耐劝他哥。

唐皓心中暗叹了一口气，决定以后要对他哥好一点。

唐皓真看不出来自家弟弟心里已经为他操碎了心，只看到他站在那里，又是皱眉又是叹气，脸色变幻不定，就跟要抽风似的，不由得就道："不耐烦在这里就自己去玩。看上什么东西想买的话，先跟我说一声。"

他今天带唐皓过来，原本就只算个搭头，再说了，这么大的男人，本来也该有自己的交际，一直跟着他也不像话。至于拍卖品，倒也不是不想给弟弟花钱，只是这种慈善拍卖，背后也有一些约定俗成的套路，他是怕唐皑看上的东西和别人有冲突。

唐皑应了一声，却没有立刻就走，而是先瞪了苏叶一眼："你最好给我老实一点。"

苏叶翻了个白眼给他。

唐皓也有点心塞，却只能道："放心，我带着她，出不了事。"

唐皑这才开心地自己找乐子去了。

苏叶和唐皓几乎是同时松了一口气，听到彼此的声音，不由得又对视了一眼。

苏叶道："你们兄弟的性格差得真远，都不知道爸妈是怎么教的。"

"阿皑很小的时候，我妈就去世了。大概我和爸爸都不太会教小孩吧。"唐皓回答。

苏叶就闭了嘴。

唐皑一直以为他母亲是因为父亲的出轨才去世的，所以"唐夜弦"的存在，就是这一切的原罪，她现在的身份，在这事上，真不好开口。

唐皓也没有多说这个问题，只问："累吗？要不要先去会场里坐一坐？"

苏叶点了点头。

其实体力上来说，她觉得倒还好，毕竟刚刚也只是站在那里跟人寒暄而已，时间也不长。相比起来，心情有点低落不耐烦再应酬倒是真的。

见到谢圆圆，让她的心情真是相当微妙。

这是她重生回来，第三次见到谢圆圆。

她死了一次又重生回来，见到自己的闺蜜，心里当然有很多话想跟谢圆圆说，但第一次震惊于她对唐皓的感情，第二次场合不对，而今天……对着刚刚那样的谢圆圆，她又突然觉得，其实也没什么好说的了。

她不能告诉谢圆圆她是苏叶，又没有立场干涉谢圆圆对唐皓的追求，甚至也不可能用新身份跟谢圆圆重新做朋友。

谢圆圆今天的态度就已经表达得很清楚——她看不上唐夜弦，只是为了唐皓，在压抑着自己的性子讨好她。

这样开始的关系，又能有什么结果？

她还能说什么？

就这样吧。

　

唐皓和苏叶领了号牌，进了会场。

里面已经松松散散坐了一小半人，他们随便找了个中间的位置坐下。唐皓顺手就把号牌给了苏叶："一会儿看到什么想要的就直接举牌。"

苏叶歪头看了看他，轻笑了一声："回头二哥又要说你偏心。"

唐皓毫不在意："男孩子嘛，想要什么自己去挣。"

苏叶翻了个白眼，低低嘟哝了一声："大男子主义。"

唐皓没有反驳，给自己看上的女人花钱这种事，大男子主义一点又有什么关系？

苏叶也没再说什么，低头翻着拍卖会的宣传册。

没过多久，她眼角突然瞟到唐皓正轻轻用手指敲着椅子的扶手，苏叶不由得抬起眼来看他。

唐皓正看向门口。

苏叶跟着看过去。

谢圆圆正和许建安有说有笑地一起进来。

谢圆圆当然是认识许建安的，关系还不错。事实上，许建安那样温和周到，苏叶身边的人似乎就没有谁跟他关系不好的。

大概是苏叶和唐皓的目光太明显，那边的两人也向这边看过来。

谢圆圆的笑容顿时就僵了僵，然后就扭开头，走到前面坐下。

她再喜欢唐皓，也有身为名媛淑女的矜持，这种大庭广众的场合，不可能做出什么死缠烂打的事。

许建安倒是向唐皓微微点头示意，然后过去在谢圆圆身边坐下。

苏叶收回了目光，转头看向唐皓，轻声问："你介意吗？"

唐皓也侧过脸，与她对视："你指什么？"

苏叶道："谢小姐。"

唐皓挑了一下眉，也压低了声音："你希望我介意吗？"

苏叶才不想接他扔回来的球，只道："有时候，有些人，在自己面前时无所谓，真去了别的地方，却又会舍不得呢。"

唐皓也没急于辩白解释，只静静看着她。

他瞳仁幽黑，眼神却像是带着炽热的温度，直看得苏叶双颊发烫，索性把手里的宣传册竖起来挡住。

唐皓就笑了起来。

他抬手把宣传册拉下来，顺势就握住了她的手，悄悄地捏了捏她的指尖。

没再说话，但那一眼一笑，其间暧昧情意，简直都要溢出来了。

苏叶那一瞬间简直就好像触了电，差点没跳起来。

偏偏这时旁边正好来了人，苏叶不好说话，便只能愤愤地抽回自己的手，狠狠瞪他一眼。

唐皓由得她抽回去，但上扬的嘴角却一直收不起来，以至于旁边那位本来壮着胆子想来套个近乎的男士都被吓住了。

说好的唐阎王呢？

这如沐春风是怎么回事？

那人不由得看了旁边的苏叶一眼，把原因都归到她身上。

原来唐总私下里和妹妹相处的时候是这样的。

怪不得他平常很少带唐小姐出来，这反差太大了，不利于保持自己的形象啊。

苏叶才不知道旁边的人已经把唐皓脑补成"妹控"了，她正努力集中精神盯着前面的拍卖台。但唐皓的笑容却像是有魔力一般，在她眼前萦绕不去。

苏叶闭上眼叹了口气，这样下去，她都快要心律不齐了。


拍卖会很快就开始了。

这样的拍卖，筹到的钱虽然的确是用于慈善，但其实形式主义和面子工程的因素更多。有领导讲话，有记者采访，大半的拍品，还会请捐献者发言。

好在主持人功力了得，该煽情时煽情，该玩笑时玩笑，灵活风趣地调节着现场的气氛，还不算沉闷。

苏叶并没有什么特别想要的东西，只象征性举了两次牌凑个热闹。唐皓更是兴趣缺缺，他今天最大的目的，就是为苏叶"正名"，带她出来亮个相而已。

苏叶正想着，是不是提前回去算了，就听拍卖师道："下一件拍品，是由苏氏的许建安先生提供的翡翠手镯。"

宣传册上并没有这个，大概是临时加上去的。

苏叶心中顿时就是一凛，不由得直起身子看向台上。

翡翠手镯被小心地拿上台，后面的大屏幕同时放出了图片。

满翠的玻璃种手镯，色泽浓郁，水润通透。

苏叶咬紧了牙。

她对这对手镯再熟悉不过。

——那本是她的东西！

不只是她，台下不少人也变了神色。

当年苏承海可是力压众人才拍到这对手镯，还放出风说同样水种质地的翡翠他想收一套给女儿做嫁妆。这事云城知道的人不少。

谁能想到，苏大小姐死了才几个月，这手镯竟然就被拿出来卖了？

主持人同样请了许建安上台发言。

许建安看了一眼那对手镯，又看了一眼台下诸人，才说了一句"大家好"，嗓子就破了音。

他连忙轻咳了一声，调整了一下，但声音还是有点发颤："我知道在座有很多叔伯都认识这对镯子，现在只怕想活撕了我的心都有。"

许建安把话说到明处，倒让台下有些人又露了丝不自然。

唐皓微不可察地轻哼了一声。

许建安又道："这是我妻子苏叶的遗物。她挺喜欢的，但平常并不怎么戴，说自己太年轻，压不住，说要等自己变成一个富态的贵夫人，再……"他停下来，好像喉咙哽住了说不下去，主持人正要打个圆场，他却又自己摆摆手，"她自己没有能戴上这镯子的那天，我们又没有儿女，我不想再睹物思人，更不想把它交给别人，所以才借这机会捐出来……苏叶向来都是热心公益乐善好施的，想必不会怪我。也请各位原谅我的任性和自私。"

苏叶看着已经微微红了眼圈的许建安，不由得又想起上次见面时他那种歇斯底里的剖白，心情不由得就复杂起来。

主持人顺着许建安的话，又缅怀了一下苏叶，说了说她的成就，她对慈善的贡献，又惋惜了一下她的英年早逝。

一些跟苏叶熟悉的人，泪点低的人，甚至都开始忍不住哭起来。

苏叶自己心头也有些抽痛。

唐皓就在这时伸过手来，握住了她的手。

握得很紧。

像是要传递一种温度，又像是在表达一种态度。

这次苏叶没有挣开，只是侧过脸看着他。

跟手心的温暖不一样，唐皓正看着台上的许建安，眼睛里满满全是冰冷厌恶，似乎下一秒就会冲上台杀人。

苏叶想起他之前掐她脖子那时，似乎就是这样的眼神，连忙轻唤了一声："大哥。"

唐皓转过头来，眼神里才有了温度，低低道："抱歉，吓到你了？"

"不，我只是怕你冲动……"

唐皓深吸了一口气，才调整了情绪："我只是……"他到底还是又咬了咬牙，"人都死了，还要被他消费……真是……不想睹物思人？那就该搬出苏家的房子，交出苏家的产业，远远离开云城。连皮带肉都吃干净了，还要把骨头敲开来榨油。这样的人也配叫她妻子？简直畜生都不如！"

他这时声音很低，但跟之前故意撩她时又不一样。

低沉而森寒，透着无尽的恨意。

他是真的恨许建安。

不是恨许建安娶了自己喜欢的女人，而是恨他没有珍惜。

苏叶看看唐皓，又看看许建安，一时也不知道应该更相信谁。

唐皓跟许建安之间的联系，只有苏叶。

他现在有多针对许建安，就代表着他有多在意苏叶。

虽然他们当年的分手可能真是有点可笑，但从那之后，苏叶避着唐皓，就一直没有见过他，可见唐皓也是故意在避开她。但看他这段时间的表现，这种小心翼翼地回避，其实也算是他对苏叶的心意。

她结婚了，他就不去打扰她的生活。

一直到发现她死得不明不白，那压抑数年的感情一旦迸发，就全部变成了对许建安的厌恶和仇恨。

而许建安……也许的确不是什么完美的好人，背后也有私心和各种小动作，但……对她一直都是好的。婚前婚后，他为她做了那么多事，点点滴滴，总不可能全是假的吧？

哪怕真的只是演戏，他能演到那种程度，演那么多年，跟真的又有什么区别呢？

苏叶心中犹豫不定。

唐皓侧头打量着她的神色，突然问："你跟许建安又见过面？"

苏叶有点意外，她身边保镖助理都是他的人，他为什么会这样问？

"你不知道？"她反问，但还是说了，"上次去枫城的时候，飞机上碰见，后来在那边有个酒会他还特意来找我说话了。"

唐皓皱了一下眉，解释："我给你派人，是为了你的安全，并不是要监视你的意思，也不会让他们事无巨细地汇报。"

"哦。"苏叶似信非信地应了一声，又道，"那你这时又问？"

唐皓道："你看他的神情跟上次稍有不同，我怕你被他灌了什么迷汤。"

迷汤什么的……要灌也是被你灌的吧？苏叶想想最近碰上唐皓智商都下

降了，就不由得窘迫地扭了扭身子，干咳了一声："也没有什么，他就是试图挑拨离间来着。他还是怀疑你和苏叶这些年一直藕断丝连。"

唐皓冷哼了一声。

这时台上已经换了拍卖师说话，正在全方位地介绍这件拍品。

唐皓问苏叶："想不想要？"

"啊？"苏叶眨了眨眼。

这个翡翠手镯的品相本来就很好，又有苏叶这张悲情牌加分，只怕价格不会低。

但她心里倒也没有特别执着。

那对镯子是她父亲送给她的礼物没错，但父亲已经死了，她自己也死了，眼看着苏氏都要改姓了，她买回这对手镯……又能怎么样呢？

用来睹物思人吗？

何必呢？

何况还不是用她自己的钱买，虽然说债多不愁，但总归是多一分债，她在唐皓面前就矮一分，何必？

苏叶摇了摇头，把号牌递给唐皓："我无所谓啊，你想要就自己拍好了。"

唐皓凑过来，用只有他们两人听到的声音，轻轻道："你不想拿回自己的旧物？"

苏叶吓了一跳。

其实唐皓把她当成"苏叶"说话，已经不是第一次。比如之前给她许建安资料的时候。

但之前，他要不就是带着几分包容和无所谓的漫不经心，要么就是带着几分邪气不正经的轻佻调侃，就好像她要玩角色扮演，他就陪她玩一玩，那种私下里的小情趣。

她没想到他会在公众场合也直接这么问。

虽然声音很小，但这个态度就……

在他眼里，她到底是谁？

苏叶犹豫着，试探地问："难道不是你自己想拿回老情人的旧物？何必拿我做幌子？还真想把我当成替代品吗？"

唐皓皱了一下眉，神色略有些复杂，过了一会儿，才道："我去拿回来并没有什么意义。东西是死的，你喜欢，它才有价值。"

如今唐家院子里还种着苏叶最爱的玉兰花，他的卧室拉开窗帘就能看见，甚至还把书房也放在了可见花树的房间。

因为苏叶，放任谢圆圆的接近。

每天日理万机忙得像狗还要追查苏叶车祸的真相。

怀疑她故意冒充苏叶，就恨不得掐死她。

刚刚还在骂许建安，现在却又对着"唐夜弦"的脸说这种话，苏叶心中不由得冷笑。

男人，呵。

她甚至都懒得计较他回避了最后那个问题，移开了目光，抬头看向大屏幕。

那上面已经标出了手镯的底价。

唐皓却又轻轻道："许建安拿了这对镯子出来，比起赚钱赚名声，大概更多的成分还是试探。"

苏叶也能看出来。

她之前登录自己的账号进苏氏的内网，许建安大概一直没有查清楚是怎么回事。

所以，借这个机会，试探一下大家对他变卖苏叶财物的态度，也试探一下谁才是苏叶留下的"后手"。

苏叶不由得叹了口气，然后就看到唐皓举了一下牌，叫："二千五百万。"

苏叶嗤笑了一声："又说不想要，又说他是试探，还不是要拍？"

唐皓已经把号牌放下来："我不拍才比较让人奇怪。"

也是。

他对苏叶的深情，只怕云城上层这小圈子里尽人皆知了，既是苏叶的旧物，他要是无动于衷，才让人生疑。

苏叶又笑了一声，但还没开口，就听到一个女声叫价："三千万。"

一下子就加了五百万。

那声音苏叶还挺熟，她循声看过去果然见谢圆圆正放下号牌，还回头特意往他们这边看了一眼，眼神中又是愤恨又是嫉妒。

那嫉妒当然是冲着已经死了的苏大小姐。

因为之前都是"唐夜弦"在举牌，这次却是唐皓亲自叫的价，可见这东西在他眼里的特殊。

苏叶心头微颤。

谢圆圆这种嫉妒，是因为唐皓这时表现出来的对苏叶的念念不忘，还是早就有的？

从什么时候开始的？

苏叶又转过来看着唐皓。

唐皓并没有要加价的意思，号牌都横过来放在了腿上，也没有去注意谢圆圆，目光一直锁在许建安身上。

许建安却并没有什么多余的动作，就静静站在那里，一脸的伤感又落寞。

苏叶突然觉得有点可笑。

亏她还每天去上课学表演。

看看这些人。

真是人生如戏，全靠演技。

她之前大概就是因为不会演，所以才早早死了。


那对翡翠手镯最终还是被谢圆圆买去了。

拍卖会结束，她办完了手续，还特意过来跟唐皓打了个招呼："虽然知道皓哥对苏叶姐的感情，但是姐姐对我来说，也是非常重要的人。希望皓哥可以谅解。"

"我记得上次应该跟你说过了，你并不是我妹妹，这么叫我不合适。"

唐皓淡淡回答。

谢圆圆脸上的笑容一僵，咬了咬牙，到底还是问了出来："你是不是喜欢上了别人？不然，我叫了这么多年，怎么就突然不合适了？苏叶还在的时候，你怎么不说不合适？"

看得出来，她是真生气，连姐姐也不叫了。

"那跟你没有关系。"唐皓说完转头叫了声唐皑，就准备要走。

谢圆圆却又道："你既然喜欢了别人，为什么还要拍苏叶的镯子？你敢当着那个女人的面拍吗？唐皓，这世上，也就是我，能接受你心里一直爱着别人，换成任何一个女人都不可能做到。"

唐皓没接谢圆圆的话，却伸手过来牵了苏叶的手，道："回去了。"

苏叶看看谢圆圆，又看看他。

唐皓的手紧了紧，直接迈开了步子："走。"

苏叶便应了一声，跟上去。

谢圆圆倒没有追来，只站在那里，大叫道："唐皓，你会后悔的！一定会后悔的！"

# 第六章
## 我从来没有骗过你

　　第二天这个慈善拍卖会就上了新闻，本地各种纸媒和网媒都有报道，但不论是哪家媒体，倾向哪个方面，却都好像不约而同地放出了唐家兄妹的照片。

　　这中间当然有唐皓私下的公关，但即便没有这回事，大概媒体也会这样选择。

　　唐皓的身份地位影响力是一方面，再者说，如今这种视觉社会，什么噱头都比不过本身的高颜值抢眼。几家网媒甚至直接就用了唐家兄妹的照片做封面，只光看这俊男美女，都给他们拉高了不少点击。

　　然后水军跟进，加上安盛官微那边还在雷打不动的一天两封律师函，直接让"唐夜弦"又上了次热搜。

　　当然，这次的关注点就不是什么选角炒CP，而是"即使身为私生女，唐夜弦也是集万千宠爱于一身的豪门千金"。

　　唐皓要的就是这个效果。

　　唐霖也很满意。

　　昨天晚上唐皓他们回来的时候，老爷子已经休息了，到第二天早上吃早饭的时候，才跟儿女聊起拍卖会的事。

　　听苏叶说什么也没买挺遗憾的，唐霖便安抚道："那也没什么。这种活动嘛，大家更多的是去挣面子的，其实也没多少真正的好东西。你也不用多想，如果真想做慈善呢，不如直接捐钱。真想要什么东西，让你大哥给你另买就行。"

他年轻时爱面子又好强，才会被人下套逼成那样，最近几年万事不管，反而看得通透。

苏叶乖乖点了点头。

唐皓也应了声。

唐霖看看苏叶，又看看唐皓，表情十分欣慰，至于旁边的唐皑，直接就被忽略了。

唐皑有点不太舒服，正好老爷子发了话，他连忙刷一下存在感："我昨天看那个限量版的手表……"

他话没说完，唐皓已冷冷一眼扫过来："自己买！"

唐皑没答话。其实他也拿到了唐霖提前分给他的家产，咬咬牙倒也不是买不起。但那是限量版，没有门路，有钱都买不到啊。

他求助地看向唐霖："爸，你看大哥。"

唐霖却意味深长地拍了拍他的肩："年轻的时候，最重要的是要努力奋斗，学会合理支配自己的财富，消费要量力而行，不要一味享乐，盲目攀比。"

唐皑更无语了。他爹恨不得能把天上的月亮摘下来给唐夜弦，到他这就跟他说消费要量力而行？

其实他才是半路捡回来的吧？

唐皑恨恨地瞪了苏叶一眼。

苏叶笑眯眯地给他夹了个虾饺："二哥，等我赚钱了给你买。"

唐霖立刻就换了副慈爱的表情："你看小弦对你多好？你还瞪人家？"

唐皑心想：好什么好？这丫头明显就是故意在气他的好吗？

苏叶好像还嫌不够，问："二哥不喜欢吃虾饺吗？"

气都气饱了，还吃什么吃！但唐皑当着父亲也不敢发火，愤愤地直接出了门。

苏叶吃完了早饭，也准备去学校。

到了门外，她才发现开车在那里等着的，不是曹进，而是唐皓。

苏叶站在那里，有点犹豫。

其实昨天晚上回来，唐皓就好像有话要跟她说，但她那时想着唐皓对苏叶对她的态度，想着许建安的试探，又想着谢圆圆那些话，心里头乱得很，并不想听，所以借口太累直接回房去休息了。

结果唐皓又在这里等着她。

唐皓从车窗内伸出手来向她招了招："上车，我送你。"

苏叶叹了口气，拉开车门坐到后座。

唐皓微微皱了一下眉，苏叶只当没看见，问："曹进呢？"

"他会在后面跟着，我只送你到学校，白天有什么事，你还是找他。"唐皓叹了口气，也不绕圈子，直接道，"我知道你想躲着我，只是有点事必须要跟你交代一下。"

"我没有……"

苏叶下意识地否认，但自己又顿下来。她的态度那么明显，唐皓又不是瞎。她轻咳了一声，又补救地解释："就前一阵赶着拍戏真累着了。"

唐皓挑了一下眉，也没有戳穿她，只是伸手递了一个文件夹给她。

"这是什么？"苏叶随手打开，一面问。

"之前不是在查许建安的事吗？那个私密账户，这几年有资金来往的账户信息都在这里了。"

苏叶一惊，顿时就收拾了那些纷乱的思绪，仔细看起来。

唐皓显然在这事上很用心，这里不但有对方的银行账户，连详细的个人信息都有。

七八份资料，都是年轻女性，年纪最大也不超过三十岁，还附有照片，环肥燕瘦，各有风情，但都算得上美人。

苏叶一份份看过去，眉头越皱越紧。这些人她都不认识，而且从资料看来，似乎互相也没什么联系，籍贯、学历、职业……都不一样。

为什么父亲的账户会定期给她们转钱？

如果不是父亲，而是许建安……那就更可疑了。

他到底瞒了她什么事？

一直看到最后一份，苏叶不由得轻呼出声。

总算看到一个认识的了。

她认识，许建安当然也认识。

那个人叫王思思，是玉和医院的护士。

当年苏承海住院，就是王思思负责他的病房。

唐皓已经发动了车子，一面平稳地向前开，一面从后视镜看了一眼，问：
"有你认识的人？"

"有一个，是当年照顾过我……"苏叶本是脱口而出，但想着自己现在
的身份，又突然顿住，生硬地把"父亲"两个字咽了回去，只接上后半句，
"的护士。"

唐夜弦之前乱七八糟的，大概也是玉和医院的常客，不然之前沈弘行对
她应该也不会那样厌恶。

唐皓也不知道有没有听出那个生硬的转折，顺着她的话就接道："王思
思是吧？她失踪了。"

这份资料他当然早就看熟了，她一说护士，他就知道是谁。

"什么？"苏叶再次叫起来。

她变成唐夜弦之后，那次回玉和医院复查，还用找王思思的名义来糊弄
过沈弘行。她记得当时是有人跟她说辞职了。

"怎么会失踪？"

唐皓道："我的人还在查。顺便，前面这些人，我也有安排人在做更详
细的背景调查。本来想等有了确定的结果再告诉你的。"

苏叶这才注意到，这些文件和唐皓以前给她看的那些似乎不太一样，的
确少了那种有一条列一条的详实与确定，应该只算个半成品。

"那为什么又改了主意？"她问。

唐皓趁着前面红灯，转过头来看着她，叹了口气："你这么容易相信别人，我怕你被人骗。"

苏叶皱起眉："为什么这么说？"

她做了什么让他会有这种错觉？

唐皓反问："你突然这么躲着我，是因为许建安还是谢圆圆？"

苏叶被噎了一下。

好吧，在许建安和谢圆圆的事上，她的确没办法反驳，但那也不是她容易轻信，而是……谢圆圆和许建安，本来就都是苏叶最亲近的人。一个从小一起长大，一个更是相濡以沫的枕边人。

如果她连他们都要防一手，那她又算是什么人呢？

苏叶抿了抿唇，把那些资料重新收回文件夹扔到一边："既然你觉得他们都不可信，那我又能相信你吗？"

她重生到现在，要钱没钱，要人没人，不过只是在按着唐老爷子安排的路走，所有的信息来源，都是唐皓告诉她的。

包括手里这份文件。

他要想从中做点手脚，她也根本无法分辨。

唐皓却点点头，确定地道："能。"

苏叶嗤笑了一声。

这笑声很轻，却像一根针，直刺到了唐皓心上。

他把车靠边停下来。

"在你看来，我已经差劲到这个程度了吗？"

唐皓回过头来看着她，目光复杂，憋闷、愤怒，又心痛，甚至还有几分委屈。

苏叶一时间甚至被他这样的目光震慑住，不知道要怎么回话才好。

"我从来没有骗过你。"唐皓说，"以前没有，现在没有，以后也不会。"

他的语速很慢，一字一顿，认真得近乎虔诚，就像起誓。

苏叶沉默下来。

他也许是大男子主义，固执偏执，还有点自私傲慢，但他的确从未对她说谎。

以前对苏叶是那样，现在……其实也一样。

不喜欢唐夜弦时，连一句话都不会跟她说；喜欢时，这些天下来，也的确算得上赤诚以待了。

苏叶长长地叹了一口气，问："你真的喜欢我吗？"

唐皓毫不犹豫地点下头："是的。"

"为什么呢？"苏叶指了指自己，"你还记得你之前对我的态度吗？现在突然好起来，无非就是因为觉得我像苏叶，你真觉得这是喜欢吗？"

唐皓看着她，两道剑一般的浓眉皱起来。

"唐夜弦"最开始想说服他"我是苏叶"的时候，他真是一个字都不信。

但……就像福尔摩斯说的，当你排除了所有其他的可能性，剩下那个，无论怎么不可能，都是真相。

确定这一点之后，再反过来看……其实也没那么不能接受。

可是在他接受之后，她这个态度又算什么？

"你到底在纠结什么？"他不解地问，"我的确不喜欢以前的唐夜弦，但现在既然已经有了这种变化，你已经在这里，以前的厌恶和现在的喜欢，又有什么冲突？"

"那如果有一天，我不像苏叶了呢？"苏叶继续道，"你是不是又要掐死我？"

这时的她就的确不太像唐皓记忆里的苏叶。

她坐在那里，姿势算不上多端正，斜倚在靠背上，跷着腿，撩起来的裙摆下露着一截白生生的修长小腿。没有他熟悉的优雅，反倒有种完全陌生的张扬。

她碧绿的双眸就好像春日的湖水，带了点笑，但显然并不是因为开心。那眼神里，同样有着让他陌生的尖锐嘲讽。

——这都是属于"唐夜弦"的部分。

唐皓把到了嘴边的解释又咽了回去。

"承认吧，你喜欢的，不过是那个在回忆和岁月里不停美化的初恋，不过是自己的放不下和不甘心。其他人，都是代替品。谢圆圆是，我也是。"苏叶眼底的嘲讽愈浓，"只不过，谢圆圆也许能够接受，但我不行。当然了，我现在这么个正身不明，要依附唐家生存的私生女，如果你坚持想怎么样，我大概也没办法拒绝。但请不要把这样的关系叫'喜欢'。"

唐皓沉默下来。

他突然意识到，他的确太久没见过苏叶了。

他记得的苏叶，她的习惯，她的喜恶，的确都只到七年前为止。

那时的苏叶，不会失态地当街大哭，不会嚣张地说"不服来战"，不会站在一个没开发的山头对人笑得明媚鲜妍。

突然想着那样娇俏可爱的笑容还是对别人笑的，唐皓心头就越发不快。

他看后座那毫无坐相的少女，闷闷地又把那口气压了回去。

没关系，不着急，她现在反正还小，他们有的是时间来重新认识。


苏叶到学校的时候已经迟到了，但还是受到了同学们十分热情的欢迎。

新闻的热度是一方面，另一方面来说，也是因为整个艺术学院，在大一就拍了电视拍电影的学生，也只有苏叶了。

云大毕竟是个综合大学，艺术学院也不是重点院系，表演专业的学生漂亮的倒有不少，但真在演艺圈混出头的也并不多。像苏叶这样第一部电影就演女二，在同学们看来，真的算是非常幸运了，就算搭不上关系，蹭点运气也是好的。

苏叶的态度，当然比之前臭脾气的唐夜弦好得多。同学们下了课就都凑过来聊天，好奇地问她试镜如何如何，拍戏如何如何，甚至有大胆的直接问了她和孟修的八卦，还有人问她能不能要到影帝影后的签名。

苏叶身边热热闹闹，之前跟"唐夜弦"关系亲密的方明雅反而被挤在了外面。

之前苏叶毫不留情面地当众揭穿了方明雅在她和杜怀璋之间生事，当面两边卖好，背后却挑拨离间，还向许建安出卖她的行踪信息。方明雅最近在学校也不太好过。她跟着唐夜弦，可没少作威作福、吃香喝辣，但竟然还觊觎人家的未婚夫，这样的人，谁还敢去接近？

方明雅看着人群中光芒四射明艳无双的苏叶，不由得咬了咬牙。

方明雅最开始的时候，也是因为"唐家小姐"这个身份去接近唐夜弦，不过两天，就把她看得透透的。投其所好，曲意逢迎，唐夜弦果然没多久就对她言听计从。表面上看起来，方明雅好像是唐夜弦的跟班，但事实上，唐夜弦不过是方明雅控制下的傻子，叫她咬人就咬人，叫她掏钱就掏钱，方明雅付出的，不过是几句"掏心掏肺的体己话"而已。

可是，到底怎么会突然就变了？

她想来想去，只觉得自己当初不该操之过急怂恿唐夜弦去自杀的。

她可不是唐夜弦那种蠢货，杜怀璋喜不喜欢唐夜弦，她一眼就看得出来。无非就是为了唐家的钱，只要他继承了唐家的财产，绝对会一脚把唐夜弦踢开。她其实只要再耐心一点等上几年，就名正言顺。

可是唐夜弦天天在她面前璋哥哥前璋哥哥后，她就忍不住有点暴躁。

结果真闹出人命，反而惹得唐家出面了。

方明雅到现在都不相信"唐夜弦"是自己开了窍突然就变聪明了，毕竟她们之前有过那么长时间的"亲密无间"，可以说完全是形影不离，唐夜弦的脾性智商日常习惯她都了解得一清二楚，又不是聊斋故事有个陆判可以给她换心换头，这些变化，只可能是唐家人在背后管教提点了唐夜弦。

可见唐家之前对唐夜弦不闻不问，只是她还没有碰到底线。再怎么样，她都是唐家小姐，唐家不可能真的让她出事。

就像现在这样，舆论一炒，砸钱给她买几个角色，背后教一教她在人前怎么说话行事，唐夜弦的形象就完全扭转过来了。

方明雅掐了掐自己的手心，果然老话说得好，小不忍则乱大谋。她要是一直安心跟着唐夜弦，现在不说别的，唐夜弦去拍戏，她肯定能跟着进剧组，甚至还可以叫唐夜弦推荐她。以她的外形、手段，争取几个配角总不难吧？演了配角，主角还会远吗？

还是得想点什么办法来弥补一下才好。

方明雅正思量着，就听到有人在她耳边幽幽道："你就甘心看她这样得意？"

方明雅侧过头，就看到了陆海薇。

陆海薇和唐夜弦的过节，她当然知道。

这位学姐仗着男朋友是唐夜弦他们的班导，试图抢唐夜弦的机会，自讨了个没趣。后来在云清艺术团又想怼走唐夜弦，反被唐夜弦用钱砸出去了。

之前网上掐得轰轰烈烈的那个"唐夜弦用不正当手段拿下《宫墙月》角色"的帖子，大概也有陆海薇的手脚。但显然也没有成功，反而让唐夜弦在网上火了一把。

这么一个蠢得连唐夜弦都干不过的人，也就是他们班导还当个宝。

不过，陈志杰马上就要毕业了，手上那点本来就少得可怜的权力也快要过期作废，方明雅这时当然也不会给陆海薇面子，冷笑了一声："学姐这阴阳怪气的，是个什么意思？"

陆海薇没想到她会直接怼回来，脸色也冷了冷，但想着自己的目的，还是按捺着脾气，道："我只是替你不值得。"

方明雅不动声色："哦？"

陆海薇道："想想唐夜弦之前是个什么鬼德行？全校这么多人，也就是你能受得了她。你对她那么好，看看她现在，电视什么的，还一部都没播呢，已经把你撇到一边了。简直是小人得志，忘恩负义。"

忘恩负义都出来了，这女人为了说动她，可真是什么都敢说。方明雅心中不齿，却做出有些意动的模样，露出几分委屈来。

陆海薇趁热打铁："她唐夜弦算个什么？我们还不知道吗？要才华没才华要人品没人品，成绩那么差，现在能去拍戏，还不都是唐家砸的钱？"

方明雅点点头，这一句她倒也认同。

她还是装模作样地叹了口气："但人家家里就是有钱啊。"

陆海薇压低了声音："如果她不是唐家的人呢？还有谁会给她砸钱？"

方明雅只觉得可笑。

这陆海薇还真是屡败屡战，勇气可嘉。这回倒是敢想，还打算从唐夜弦的根本下手吗？

唐夜弦不是唐家的人？

唐夜弦这种蠢货，为什么就偏偏运气好是唐家的女儿？这种想法方明雅也不是没有过。每次唐夜弦自己作死，或者她挑着唐夜弦去做蠢事，或者看着杜怀璋满眼厌恶却依然跟唐夜弦卿卿我我的时候，她都忍不住想，如果换她是唐夜弦的身份，该有多好？她才不会像唐夜弦这样愚蠢、窝囊，一定能活出完全不一样的人生。

陆海薇拿出手机，翻出一张唐夜弦站在唐皓唐皑兄弟中间的照片，递到方明雅眼前："你仔细看，虽然唐总裁冷峻，唐二少明朗，但兄弟俩五官轮廓还是挺像的，但唐夜弦却跟他们一点都不像。而且她十四岁才回云城，以前在哪里，生母是谁，都没有人知道，你不觉得奇怪吗？"

以前唐家兄弟和唐夜弦虽然也不是没有照片流出，但真正的正式清晰合照，这还是第一次。他们外形特征上的差别，也算是第一次这么清楚地放在了大家面前。

方明雅也不由得认真看了看，然后抬起眼来看着陆海薇："奇怪又怎么样呢？"

"如果有办法拿到唐夜弦和唐二少的 DNA 样本……"陆海薇顿下来，充满期待地看着方明雅。

唐总裁隔得太远，她不敢想，但唐皑就在本校，男生嘛，不拘小节的时候很多，想弄到头发指甲什么的样本也容易。但"唐夜弦"就不太好说了，尤其她现在都开始随身带着保镖。那男人牛高马大，她连靠近都不敢，只能找方明雅这个唐夜弦的"前闺蜜"帮忙了。唐夜弦现在虽然疏远了方明雅，但她们之前那么亲密，方明雅总会有办法的。

方明雅还真没想到她竟然是在打这种主意，不由得笑了声："你觉得唐家这么富贵的家族，随便一个女孩子都会认吗？如果连DNA都没验过就姓了唐，那我都早就找上门去啦。"

毕竟唐老爷子早年的风流也不是什么秘密，这么容易就能被认回去，那唐家真真假假的私生子女说不定都能有一个排了。

而且不要说唐家，杜怀璋是多精明的人？如果唐夜弦不是真的唐家小姐，他又怎么可能压抑着自己的厌恶应付她？

"那你不必多管，你只要帮我拿到唐夜弦的DNA样本就好。"陆海薇索性直说。她对方明雅也没什么好感，更谈不上信任，也不可能告诉方明雅具体的计划，"只要你拿到有效样本，我就给你五千块。能看唐夜弦倒霉，还能赚点小钱，何乐而不为呢？"

方明雅也懒得打探她这注定又要失败的计划，嗤笑了一声："一个唐家小姐，只值五千块？"

陆海薇也知道这个价可能有点低，毕竟唐夜弦手指缝里随便漏点就是几万起，她涨红了脸，咬了牙道："就算订金，事成之后，自然另有重金相酬。"

那也要"事成"啊。方明雅真不看好她，但转念想想，也没有把话说死，只道："我也不敢保证能拿到，学姐也看到啦，如今她都不理我。如果我拿到的话，我再联系学姐？"

"好。"陆海薇点点头，看向正在同学们的簇拥下走远的"唐夜弦"，嘴角撇过一丝冷笑。

看你还能得意到几时？


苏叶下午没课，一闲下来，就忍不住想起唐皓早上给她看的那些资料。

到底是怎么回事呢？

其他人她不认识，这时也不好查证，但她可以确定王思思在负责照顾苏承海之前跟苏家并无关系。而从那个私密账户汇给王思思的钱一共五笔。第一次是一年多之前，那时苏承海已经去世了。最后一次是三个多月前，也是账户上最后一笔，加起来总共六百多万。

对苏家来说，这点钱虽然不算多，但为什么许建安会在苏承海死后还给她一个护士这么多钱？这都够得上她几十年的工资了。

在她不知道的时候，发生了什么？

苏叶越想越觉得不安，索性直接去了玉和医院。

这次她没去病房，而是直接去找了院长。

玉和医院是沈家的，本来应该是沈弘行的父亲沈劭当家，但沈老先生潇洒得很，子女成人之后，就直接退休周游世界去了。沈弘行专心医术，对管理不太上心，所以这一任的院长是沈弘行的一位堂叔，叫沈勋，在圈子里向来以圆滑著称。

"唐小姐"如今风头正劲，沈勋自然不会怠慢，客客气气地招待了。知道她只是想来找一个护士之后，又和颜悦色地安排自己的秘书带她去人事科。这种小事，他犯不着得罪唐夜弦，让人注意点看着她不要在医院里闹出事来就行了。

王思思的档案调出来，果然是在几个月前辞了职。

电话和地址都和唐皓那份资料是一致的，紧急联系人一栏写了父亲王原。

苏叶试着打了一下，王思思的手机是关机，王原的是无人接听。

她又问王思思在医院的时候，有没有关系特别好的朋友。

这个人事科的人当然说不出来，建议她去问王思思辞职前所属科室的护士长。

上班时间，护士们是不能长时间离开工作岗位的，苏叶只能自己去了住院部。

到了护士站，她看到沈弘行正拿着个病例本，在跟护士说什么。

苏叶就站在旁边，等着他们说完。

但如今的苏叶长相实在太抢眼，身后还跟着曹进这样一个强健大汉，想不惹人注意都难。

沈弘行顿时就皱了眉，冷冷问："你又来做什么？"

"找人。"苏叶索性直说，"我还是来找王思思的。"

沈弘行还没说话，旁边的一个护士已经意外地"噫"了一声："又有人来找王思思？"

"很多人来打听她吗？"苏叶立刻就看向她问。

那护士倒有点讪讪的样子，道："也不是很多啦，之前有个男人来问过，前两天她父母也来找过。"

"她父母？"苏叶皱了一下眉，"他们不知道女儿辞职的事吗？"

护士摇摇头："说是好久没跟家里打电话了，就偶尔发几个微信，有人去他们老家找她，她父母才觉得不对，跑来找人。王思思都辞职好几个月了，我们上哪儿给他们找去？"

所以……王思思是真失踪了？

苏叶又问："那王思思在辞职前有什么异常的表现吗？"

"这么长时间了，谁还记得？"那护士想了想，给苏叶指了另外一个护士，"要不你问问连芸，她跟王思思关系好。"

"哦，谢谢。"

苏叶道了谢，转身要去找那个叫连芸的护士，就听沈弘行不悦地咳嗽了一声："你以为自己是警察吗？不要随便扰乱医院的正常秩序。"

苏叶想：这真的是她认识的那个沈弘行？

她忍不住道："现在你们医院有个护士失踪了，生死未卜。你不帮忙就算了，还不让我问？"

"已经辞职的护士。"沈弘行纠正她，并道，"如果你真的想找，我建议你报警，专业的事交给专业的人去做才是最好的办法。你这样的，只会添乱而已。"

他说完就一脸厌恶地走了，好像跟"唐夜弦"说这么长一段话会沾上什么脏东西一样。

苏叶看着他的背影翻了个白眼，问旁边的护士："我之前是不是得罪过你们沈医生？"

护士的脸色顿时就变得尴尬起来。

苏叶静了静，看起来……还真有啊。

一边是自家小老板，一边是风头正劲的唐家小姐，谁都不能得罪，护士们也不敢公然讲他们的八卦，顶多只是赔个笑脸而已。

苏叶也就不再追究这个，叹了口气："算了，既然沈医生这么说了，我还是等你们下班再聊吧。到时我请你们吃晚饭？"

反正王思思如果真的失踪，只怕也已经是几个月前的事，不差这几个小时了。


苏叶说话算话，果然等护士们下班，请她们全科室吃饭。

虽然最终去的只有四五个，对苏叶来说也足够了，她就是打听一下王思思平常的为人而已。

不在医院里，当事人也不在，护士们说话就开放多了。

"王思思是我同学。"连芸道，"我们一起进的玉和。她长得漂亮，业务能力强，为人又细心，很快就被调到了VIP病房这边。"

苏叶见过王思思，的确长得挺漂亮，是那种温柔和婉的传统美人。

"她脾气也蛮好的，平常请她帮个忙换个班都很好讲话。"另一个护士说。

"我倒是觉得她有点假。爱表现，装好人。"

"这话就说得有点偏颇了，她可能是有点小虚荣，但又不是把事接过来就不管，交到她手上的事都好好地做完了嘛。年轻人上进一点有什么问题？"

"她才不是什么上进呢。我听说她家里条件不怎么样，一心想在玉和钓个金龟婿。"

玉和医院的医生收入都很不错，在一般人眼里，妥妥能算得上金龟。而且王思思所在的科室负责VIP病房，能住到这里的，当然非富即贵。她表现好了，也不是没有那种可能。

苏叶便问："那她为什么又辞职了？"

"成功钓到金龟了吧。"

"怎么可能？她要是钓到了，她爸妈能不知道？前几天还来找她呢。"

"但她辞职前那段时间，好像的确有钱了，我有次看她提了个名牌包，不像是假的。"

"反正以她的个性，如果要结婚不可能不告诉大家的吧？"

"那就是地下情？"

"你们不要胡说了，她辞职是要回老家。"

"那她父母怎么不知道？"

"哎，我倒是听说，她那个时候怀孕了呢。"

"什么？"

"有人看到她买了验孕棒。"

"那也不能就说她怀孕吧？"

"但那个时候，她可能真的有个男人。有一次她手机忘在桌上，我问了一声是谁的，她就紧张得要死，飞快地冲过来，那样子真是生怕被人拿去了。"

"说话要讲证据，只凭这个也不能认定她有男人吧。有些人比较注意隐私，不想让别人看自己手机也很正常啊。"

说到后面，大家甚至说出了几分火药味，好在有两个老成持重的和了稀泥，才没有吵起来。

苏叶总结了一下，王思思年轻漂亮爱虚荣，在玉和医院工作的目的是钓金龟婿，辞职前有不明来源的收入，疑似怀孕。

护士们虽然空口无凭，但她手上却有明确的转账记录。

苏叶心中不由得阵阵发冷。

许建安。

呵呵。

# 第七章
## 谢圆圆的内情

苏叶回家的时候，唐霖还没休息，正坐在沙发上看电视。

苏叶深吸了一口气，把那些郁闷的情绪先丢开，露了甜美的笑脸去跟父亲打招呼："爸，还没睡呢？"

"嗯。快来看。"唐霖应了声，顺便叫她过去，"你那部《宫墙月》的预告片。"

"欸，这就要播了吗？"

星美的效率还挺高的。

苏叶凑过去跟唐霖一起看。

预告片制作精良，恢弘大气的开场，悬念重重的剧情，美轮美奂的画面，简直算得上是一场视觉盛宴。

苏叶也在其中露了一面，有个两三秒的镜头。

不要觉得短，一部五十集的电视剧，剪出三分钟的预告片，丽姬这种连台词都没有的角色，能露个正脸就算不错了。

这都是沾了颜值高的光。

三分钟时间一晃而过，苏叶还有点意犹未尽，却见屏幕上又从头开始了。她这才发现，老爷子这明显是把这个预告片下载之后设置了循环播放。

苏叶有点哭笑不得，又觉得心头一片温暖。

老爷子对她这一片拳拳爱女之心，也真是没说的了。

就算她亲生父亲……苏承海当然也疼她，但要求还是非常严格的，毕竟是把她当继承人培养的，不可能这样溺爱放纵。

但这个时候想起苏承海，苏叶就不可避免地想起那个私密账户和那些名单上的女人。

许建安再有能耐，也不可能在苏承海还活着的时候，用他的身份去开那个账户，最多也就是替他管理。

而那些汇款的时间，绝大部分也是父亲去世之前。

到底是怎么回事？

唐霖看出了女儿的心不在焉，拍了拍她的手："你隔了这么久没去学校，今天回去有人为难你吗？"

"没有。"苏叶连忙摇摇头，"我这么厉害，怎么会有人为难我？"

她是表演专业，出去拍戏，早早成名，学校求之不得呢。至于同学，她还真没放在眼里。

"有什么事不要闷在心里，解决不了就找你大哥帮忙，他最近跟之前不一样啦，你不要怕他。阿皓其实很心软的，你有事好好跟他说，就像对爸爸这样撒撒娇，乖巧一点，他不会不管你的。"

唐霖拉着女儿的手，絮絮地交代。

苏叶鼻腔不由得一酸。

他这分明是自觉时日无多，还是不放心女儿。

苏叶偎在老爷子身边，柔柔应了一声。


苏叶有意想问问唐皓那个名单上其他人的调查情况，但一直到她睡着唐皓也没回来。她到第二天早上吃早饭，才算又看到他。

当着唐霖的面又不太好问，苏叶只能时不时悄悄看唐皓一眼。

那边的父子俩当然看出来了。

只不过唐霖觉得应该是自己昨晚特意嘱咐的关系，乐呵呵没有说破。

唐皓则直接道："小弦一会儿吃完饭到我书房去一下，有几个文件要你自己签署。"

"哦。"苏叶应了一声，就加快了吃东西的速度，匆匆吃完了早饭。

唐皓有点好笑地看了她一眼，慢条斯理地喝完了手里的咖啡，两人一起上了楼。

唐皓的确有文件让苏叶签，进门就拿出来一份份摊在桌上给她看："这个是高胖子赔礼用的那块地的转让协议。这个是你那个电影的投资合同。"

都是挂在苏叶名下，所以才要她自己签字。

苏叶一点点看过去，半晌没有说话。

唐皓就道："不必担心，都是已经谈妥的。也不必觉得过意不去，姓高的用投资拍戏猎艳也不是一两次了，整天教别人做人，自己总得也出次学费。"

苏叶被逗得笑了声。

那天酒桌上的详细对话她其实没有跟唐皓说，他肯定还是从别的地方了解了细节。

说是保镖助理只是为了她的安全，但说到底，还不是一言一行都在他眼皮底下。

"不，我只是……"苏叶顿了一下，看向唐皓，"就算你说都给我，但我可没有这么多钱啊。"

"没事。"唐皓笑了笑，目光温柔，"以前安盛从没有涉足影视娱乐圈，突然间有这种投资也不好立项，就当是我借你的名义用一用，先拿这个电影试一试水。收益不错的话，才好说服董事会正式进军。"

苏叶有点无言。

上一次她要做旅游，他好像也是用类似的借口。

但是，说服董事会什么的……谁不知道安盛的董事会其实就是唐总裁的一言堂？不然"唐阎王"的名号是怎么来的？

再者说，就算安盛不好出面，他私人做点投资谁还敢不同意吗？

非要用她的名义，还不用她出钱……

有个总裁想要花式给她送钱怎么破？

苏叶其实也知道，这其中也有唐皓对她的补偿，毕竟是他以前的态度，才会让她在外面受委屈。可"唐夜弦"这种前后变化，让他也不好挑明，能做到这一步，其实已经算是照顾她的自尊了，苏叶也不是真的一点都不领情。

她沉默半晌，才轻轻叹了口气，道："赚了我们对半分，亏了……我以后分期还你。"

唐皓也不在这上面与她多纠缠，点了点头："好。"

苏叶又认真看了合同，确认没什么问题就签了字。

唐皓留给她一份，其他的收起，又问："之前想跟我说什么？"

"我昨天去问了一下王思思的事。"苏叶去玉和医院是曹进开的车，后来请护士们吃饭他也一直跟着，这事瞒不了唐皓，她索性直说了，"也不是不相信你，就……还是想自己了解一下。"

"了解到了什么？"唐皓问。

苏叶把从护士们那里听来的消息简单说了一下。

唐皓并没有什么表情，一副了然的样子，看起来这些情况他早都知道了。

苏叶有点泄气，想起沈弘行说专业的事交给专业的人，看起来唐皓请的人在这方面应该是比她专业多了，毕竟人家都找到王思思老家去了。

苏叶抿了一下唇："我想问一下，名单上其他人，也是这样的情况吗？"

唐皓道："具体的结果现在还没有出来，我的人是沿着时间顺序从后往前查的。毕竟时间越近，留下的线索才可能越多。结果第一个王思思就找不到，就拖了下来。现在只知道前面那几个，都不在云城了，具体下落还在调查中。"

苏叶心中不由得一凛："该不会全失踪了吧？"

唐皓的脸色也不太好看："希望不会如此。"


唐皓还是很忙的，答应了有进展会随时告诉苏叶，就匆匆上班去了。

苏叶自己其实也不是太悠闲，上完了课还要关注一下明畅公司的事，夏千蕾又给她筛选了几个工作——毕竟她只是想暂时不离开云城，又不是说完全不做事。不然她欠唐皓那么多钱，可要还到什么时候？

夏千蕾拿着自己的备忘录，跟苏叶道："我觉得这个《FG风尚》的封面完全可以接。就只要拍几组照片，不用出城，一天内应该可以搞定。这边还有两部电视剧，一部是青春校园，一部是刑侦……"

她正说着，就见方明雅一脸讨好的笑容，小心翼翼地凑了过来。

夏千蕾把后面的话暂时按下，转头看向苏叶。

苏叶挑了一下眉，她倒真没想到上次话都说开了，方明雅竟然还能来找她，这脸皮也算是无敌了。

方明雅赔着笑，轻轻道："小弦，对不起，我错了。"

苏叶看着她没说话。

方明雅又道："我知道我之前做错了事，辜负了你的信任，让你伤心了，对不起。我……真是被嫉妒冲晕了头。我这段时间一直在反省，我真的知错了，以后再也不敢了。你原谅我这一次好不好？"

她这番话，苏叶一个字都不信。

但方明雅演技是真不错，这时红着眼睛，一副泫然欲泣的样子，将一名羞愧悔过、凄惶地祈求着好友原谅的少女演绎得淋漓尽致。这又是在学校里，人来人往，她这公开道歉一下子就拉到了不少同情分。就算苏叶还是不理她，她多少也能挽回几分形象，以后的日子总要好过一些。

苏叶轻笑了一声："你真是打得一手好算盘。我要是不原谅你，就是我不近人情了对吧？"

"不，不。"方明雅连忙道，"我绝对没有要胁迫你的意思，我只是……"她眼睛一眨，眼泪就滑了下来，声音哽咽，"我知道我对不起你，可是……我们之前……的确是好朋友吧，我也只有你这个朋友了……这段时间，我一直想起我们以前的事，我们一起上课，一起……"

"收起你这套吧。"苏叶又不是之前那个缺爱的唐夜弦，根本不为所动，

"如果你老老实实的，不再在我面前耍小心眼，咱们还可以算是普通同学。再有这样的小动作……你猜会有什么后果？"

"我都是真心的……"方明雅还是抽噎着辩白了一句，但也很识相地没再打感情牌。

苏叶招呼着夏千蕾："我们走吧。"

方明雅连忙又叫住她："等一等。"

苏叶回头看着她。

方明雅抿了一下唇，道："我知道你现在不相信我，但有件事我还是要提醒你。"

苏叶问："什么事？"

方明雅左右看了看，上前一步，还没等她靠近苏叶，曹进直接就伸手一拦："站住。"

虽然说只是个小姑娘，但这小姑娘有对大小姐不怀好意的前科，他作为保镖，当然要防一防。

方明雅的脸色顿时就僵了僵，哀怨地看向苏叶。

苏叶连眼都没抬："不需要靠那么近，有话就这么说，不能说就算了。"

方明雅咬了咬牙，还是直接说了："你要小心陆海薇，她昨天找了我，要我替她拿到你的 DNA 样本。"

方明雅考虑了一天，还是决定直接把陆海薇卖了。

她真心不看好陆海薇是一方面，另一方面来说，就算陆海薇真能把唐夜弦从唐家小姐的宝座上拖下来，对她又有什么好处？

她被苏叶冷落这段时间，不要说出名的机会了，就连生活水准也是急剧下降。她以前跟着唐夜弦连去馔玉楼都不排队，现在吃食堂都要看打饭大妈的脸色。

更何况，她不跟苏叶在一起，就真的连杜怀璋的面都见不到。

她来找苏叶时已经打定主意要重新抱稳这条大腿，因此卖陆海薇卖得毫不犹豫。

苏叶在知道"唐夜弦"不是真正的"唐夜弦"之后，就知道DNA鉴定这种事，迟早会发生，但她真没想到，竟然会是从陆海薇这里先爆出来，一时不由得惊愕得愣住了。

方明雅便道："陆海薇小肚鸡肠，一心想要报复你。我当然相信你的身份不会有问题，但谁知道她暗地里还会有什么花招，小弦你一定要小心。"

"随她便吧。"苏叶回过神来，就随意地一挥手。

其实她的身份现在就算爆出来，对她本人也不会有什么实质性的伤害了。该知道的人大概也都知道了。

唐皓根本不在乎，有人爆出这事，还省了他一道手续呢。

唐霖大概也不在乎，不然也不会早早把财产都分给她，唯一要顾忌的就是爆出来的方式会不会影响到老爷子的情绪而已。

真正在乎的人，应该只有杜怀璋。

但对苏叶来说，她正愁找不到机会跟杜怀璋解除婚约呢。如果她的身份曝光，杜怀璋就没有非要跟她绑一块的理由了吧，说不定都不用管那个把柄就能解决了。

多好。

这么一想，苏叶甚至有点希望陆海薇能够成功了。


苏叶回了唐家，老爷子在看电视。

自从苏叶进了娱乐圈，唐霖对电影电视的兴趣似乎就比以前大了不少。

这时在看的是一部老片。

苏叶兴趣不大，就坐在那里一面随口陪老爷子说话，一面看着夏千蕾拿回来的剧本。

一个是青春校园剧。

给她的角色是女一，清纯校花。男主是那种痞痞坏小子类型。剧情就是那种欢喜冤家的偶像剧套路。说起来好像都是些让人酸掉牙的狗血桥段，但这样的情节能风行这么多年经久不衰，当然也有它的道理。

亲情、友情、成长、爱恋……本身就是人类社会永恒的主题，青春年华的纯真，少年热血的无畏，加上一群俊男美女，再老套的故事都能让观众沉迷其中，少女心炸裂。

另一个刑侦剧则是一个系列单元剧的第二季。硬汉刑警队长与高冷法医的双男主戏。这戏里的女性，哪怕就算是常驻角色，戏份都不算大。找上苏叶也是看上了她的外形，想让她出演其中一个单元里的美貌歌手。

这么一比较，好像是青春剧更有诚意，但苏叶自己却对刑侦剧更感兴趣一点。

倒不是因为剧本本身，而是因为人。

这部戏的第一季口碑爆棚，所有主创都表现出了极高的专业水准，播出之后也爆出了不少台前幕后的消息，据说不但编剧许嘉本人曾经有在刑侦一线工作的经验，也请了很多业内的顾问，力求推理缜密，细节完美。

苏叶感兴趣的，就是这些所谓的"业内顾问"。

她现在正缺这方面的人脉。

苏叶连自己的车祸还没搞清原委，现在又有了王思思失踪的事情……虽然唐皓在查，她也不是不相信他，可是这种只能等着他告诉她消息的状况太过被动，也太单一，她不太习惯。

她手里能动的钱不多，也没有足够信任的人手，如今的身份更不能贸然跑去找警察，如果能在拍戏的时候结识一下这方面的专业人士，打探一些消息，也未必不是一条路。

苏叶正犹豫着，电话响起来。

是李华仁打来的。

唐皓的效率很高，苏叶这边合同签完，他很快就把后续的事务都处理好了。现在苏叶已经算是《我家娘子有点病》的正式投资人，李华仁当然要赶紧联络一下。

他先把苏叶夸了一通，又夸了一通唐皓，然后跟苏叶说了一下电影的事，说有了唐家这笔投资，拍摄和后期都能更上一层楼，就连唐皓派去的监制都被夸成了一朵花，说这位雷监制认真严谨细致，一去就把剧组的旧账清查得清清楚楚，实在是不可多得的人才。

苏叶听到这里还有什么不明白的。

唐皓给钱给得爽快，同时也派了人去监管。

这个人只能他来派，苏叶一个光杆司令，明畅公司那个班子都还没磨合好，不可能有合适的人选。

唐家以前没有涉足影视圈，行事风格肯定和李华仁他们的习惯不太一样，李华仁也拿不准唐家这边的态度，只能拐个弯试图在苏叶这里探个口风。

"李先生。"苏叶道，"你知道的，我这么年轻，要动用这么一大笔钱，家里肯定要有人看着的，账目清晰难道不是最基本的吗？不过，具体的事务上，如果有矛盾，大家都可以摊开来说，我和大哥不是不讲道理的人。这毕竟是我参与的第一个电影，折腾到现在也不容易，我当然是希望以后都能平平安安、顺顺利利最好。"

"那是当然。"她这么一说，李华仁大致也就明了，连忙应了声，又表决心又下保证，说绝对会好好做完，顺利上映，争取大卖。

苏叶又跟他聊了几句电影拍摄进度的事，就挂了电话。

唐霖正在看她刚刚放下的剧本，见她打完电话回来，就问："这是准备要拍的新戏吗？"

"嗯，还没想好要接哪个。"苏叶索性问他意见，"爸爸觉得呢？我去演哪个好？"

唐霖不由得就正经起来。

工作上的事，唐皓极少征求他的看法，一开始是因为他病着，后来唐皓就能独当一面，他也插不上嘴了。

所以，苏叶让他参考工作，竟然让他心里生出了一种奇异的满足感。

唐霖认真看了两个戏的介绍，比较衡量了一番，道："各有优劣吧。这个《血案直击2》虽然戏少，但是口碑已经立起来了，只要保持第一部的水准自己不作死就应该会继续火爆。《青空奏鸣曲》就差一点了，青春剧的受众有限，导演也没名气。但你是女主角，我们出钱宣传捧一捧，也可能一炮而红。"

唐霖也很犹豫，双手各拿一个剧本，左看看右看看，最终都不太满意的样子："就只有这两个吗？要我说呢，还是应该自己投资，为你量身打造一个片子。你大哥最近不是投了你那个电影吗？索性搞个影视公司吧。"

苏叶心想：不愧是宠女狂魔唐老爷子！

唐霖拍拍她的手："出名就要趁早。你就应该趁着现在这个势头稳固自己的地位。认认真真挑个好剧本，挑个好导演，拍个可以称为代表作的好片子。以后就算……"他顿了一下，"总之现在基础打好，以后的路就好走了。"

他那半句话没说完，但苏叶还是听明白了。

老爷子是真不放心女儿，怕他死后儿子们不会善待她，只想趁唐皓态度缓和这段时间，赶紧把苏叶捧起来，拍几部大戏，最好拿个影后视后什么的，等于再上一道保险。

苏叶也不知道要说什么好，唐皓真要对付她，她名气再大又有什么用？

但唐霖真是但凡能为女儿想的都想到了。

苏叶心头温暖，抱了唐霖的胳膊，偎在他身边："我想多在家陪陪你。"

唐霖皱了一下眉，想再劝她，但最终只是摸了摸她的头，轻叹道："傻丫头。"

苏叶没再说话。

她上辈子，肩头扛着家族的责任，努力打拼，发愤图强，只恨不得一天二十四个小时都在公司，父亲病危时，她从公司赶过去，最终却连话都没说上。

她一直深感遗憾。

之后才调整了心态，把更多的时间和精力放到家庭上来，对许建安也更加亲密依赖。

但……结果才过了多久？

苏叶突然想起疑似怀孕的王思思。

她那段时间其实也在准备想要个孩子了，结果还没有怀上，她就死了。

苏叶伸手拿过刑侦剧《血案直击2》的剧本,道:"我觉得,我还是去试试这个吧。戏份不多,又是在云城拍。跟剧组商量一下,应该可以每天回家来住。"

唐霖看看她,又摸了摸她的头:"你高兴就好。"


大概因为是混血儿的关系,唐夜弦的五官比普通人更为立体明朗,这样的长相尤其适合拍时尚风格的照片,再加上苏叶自带那种从骨子里透出来的傲然气场,拍摄效果好得让杂志编辑和摄影师都大为赞叹,甚至在原来的计划完成之后,又拉着她多换了一次造型又拍了一套。

等拍完了,她从椅子上站起来,就看到谢圆圆站在摄影棚一侧,双手环胸,静静地看着她。

就像以前很多次谢圆圆等着她忙完手里的事情一样。

苏叶下意识就笑着挥了挥手。

谢圆圆却愣了一下,才勉强笑了笑。

苏叶这才意识到,她已经不是谢圆圆那个闺蜜了,谢圆圆来这里,只怕也不是等她。

摄影师陈东因为苏叶的动作转头看了一下,也打了个招呼:"圆圆你来了啊。"

苏叶便问:"谢小姐也是找陈先生拍照吗?抱歉,我是不是耽误太久了?"

陈东是云城很有名气的摄影师,尤其擅长人像,不但杂志喜欢用他的照片,云城各界名人也都喜欢找他拍照。所以,他的时间排得很紧。

虽然刚刚多拍一套是陈东自己要求的,但如果挤掉了谢圆圆预约的时间,苏叶还是有点过意不去。

"不是,不是。"谢圆圆连忙道,"我只是约了阿东吃饭,听说他还没有收工,才上来看一眼。我没打扰你们吧?"

上次虽然跟唐皓闹得不太愉快,但苏叶态度好,又首先打了招呼,她也不太好端着架子，毕竟"唐夜弦"现在风头正劲，她想再接近唐皓，说不定还要靠"唐夜弦"。

她一说吃饭，杂志编辑先叫起来："哎呀，都这个时候了，真是对不起，是我没有注意时间，耽误唐小姐和陈先生这么久。不如这顿我来请？"

"那就不必了，我和谢小姐早就约好的。"陈东和谢圆圆交情还不错，算是比较熟悉她的脾气的，知道她其实没有耐心应酬这些不相干的人，索性直接就拒绝了。

谁知谢圆圆却道："还是我来请吧，正好也难得碰上唐小姐，上次的事还想跟你道个歉。不知道唐小姐赏不赏脸？"

陈东意外地看向她。

连苏叶都挺意外。

她记忆里的谢圆圆，因为是家中幼女，被父母兄长宠得率真又娇气，喜形于色，爱憎分明。上次拍卖会的时候，谢圆圆能够低下头来讨好"唐夜弦"，已经让苏叶觉得很陌生了，没想到今天竟然还能把姿态放得更低。

是因为谢圆圆对唐皓的爱吗？

那到底是多深的感情，才能让人做出这样的改变？


虽然是大家一起吃了中饭，但编辑和陈东都是挺有眼色的人，他们明显看得出来，谢圆圆请这顿饭，重点是在苏叶身上。所以不多时就各自找借口离开，给她们留下了说话的空间。

"上次拍卖会，我真的不是有意要跟唐家抢风头。"谢圆圆还是拿拍卖会的事做了开场白。

苏叶没有接话，要拍那对翡翠镯子的人是唐皓，她并不能替他表态。

谢圆圆玩着手里的杯子，轻笑了一声："不过我上次有句话真没说错，传言还真是不可信。我从没想过真的接触之后，你是这样沉静的性子。"

苏叶也笑了笑："人总是要自己交际过才算认识。"

"说得对。"谢圆圆点了点头，"你这样子，倒有点像我一个姐姐。"

苏叶挑了一下眉。

谢圆圆果然道："你知道苏叶吗？苏氏的大小姐。"她自己顿了一下，又笑了笑，"欸，我这不是废话吗？唐皓对她那样，你是他妹妹，怎么可能不知道她是谁。你说句真心话，是不是特意学苏叶的做派讨好唐皓，他最近才对你另眼相看的？"

这才有点像是苏叶认识的谢圆圆，有什么说什么，根本不顾忌别人的感受。

苏叶笑了笑："谢小姐跟我大哥也算是认识多年了，你觉得他是那种会吃这套的人吗？"

"我也就是顺口一说。他要是吃这套，我早就用了，还轮得到你？学苏叶嘛，我们从小一起长大，还能有谁比我学得更像？但是啊……"谢圆圆靠到了椅背上，叹了口气，"如果真有人在唐皓面前刻意模仿苏叶，他大概会杀了那个人吧。"

苏叶沉默下来。

谢圆圆的确很了解唐皓，比她以为的还要更了解。

唐皓可不是真的差点就要掐死她？

"他那么喜欢她，怎么可能容忍一个劣质的赝品？"谢圆圆嗤笑了一声，"我有时候都会觉得，他真是可笑，真的那么喜欢的话，直接去找她不就好了？自以为是地顾忌这个顾忌那个，连见面都不敢，却偏偏又还要旁敲侧击打听她的消息。伤己伤人，何必呢？"

苏叶看着谢圆圆，突然有点羡慕她。

她认识的人里，大概，也真的只有谢圆圆会这样无所顾忌吧。

爱情固然重要，但家人、责任、自尊……当年的唐皓，当年的苏叶，谁的肩头没有压着比爱情更重的担子？

苏叶不想多做评价，改问："既然这样，大哥当年为什么会跟苏小姐分手？"

谢圆圆斜眼看着她："唐皓没跟你说？"

说是说了，但她想听听谢圆圆的版本，苏叶便摇了摇头。

刚刚还在肆意抱怨唐皓的谢圆圆，这时却突然间沉默下来，过了好一会儿，她才道："也没有什么，不过是两人都年少气盛互不低头罢了。"

她说得轻描淡写，垂下眼掩去了眼中神色。

她越是这样，苏叶便越发确定，她必然知道更多内情。

但是……

连苏叶自己都不知道他们当年怎么就闹到要分手的地步了，谢圆圆是从哪里知道的？


篮球场上的比赛已经到了最激烈的阶段。

唐皑喘着气，甩掉了从发尖滴下的汗珠，从侧翼冲上去，晃过对手的拦截，接下队友的传球，高高跃起，投篮。

篮球在空中划过橙色的弧线，准确地落入了篮筐里。

"好球！"

"唐皑！唐皑！"

"太帅了！"

"我爱你！"

"二少，加油！"

唐皑在学校很受欢迎，来看球的至少有八成是他的粉丝，只要他上场就会一片尖叫欢呼，进球时就更不用提了。

如雷的欢呼叫好声几乎要把球场都掀翻。

唐皑和他的队友们也算是早就习惯了，但是这一次，唐皑却唰地扭头看向左侧。

他好像听到了唐夜弦的声音。

他讨厌唐夜弦，三天一小吵五天一大吵，所以反而熟悉她的声音。

即使夹在这样嘈杂的喧闹中，也清晰可辨。

这怎么可能？

唐夜弦怎么可能来看他打球？

但唐皑一转过头，就看到了她。

唐夜弦的长相太过出众，站在哪里都像自带光源，任周围有多少人，你总能第一眼就看到她。

唐皑看过去，她还跳起来挥了挥手，伸手做喇叭状大喊："二哥！加油！你最棒了！"

唐皑差点没一头栽到地上。

这臭丫头又在打什么鬼主意？

"唐皑！"旁边潘景翔叫了他一声。

唐皑这才回过神，扫视了一下场上的情况，匆匆回防。


比赛结束，唐皑他们赢了，但唐皑一点也高兴不起来。

"唐夜弦"竟然还没走，而且还进了他们的休息区，几个队友围在旁献殷勤，只差没化身为狼了。

见唐皑过来，苏叶笑眯眯地给他递上毛巾："二哥辛苦啦，先擦擦汗？"

唐皑根本不接，没好气地瞪着她："你来做什么？"

苏叶一点都不在意唐皑的冷脸，眨着一双湖水般的大眼睛看着他，又乖又无辜的样子。

"正好路过，见二哥在打球，就过来看一看嘛。这也不行吗？"

唐皑还没开口，队友们已经赶紧接了上去。

"当然行了。我们巴不得你天天来看呢。"

"唐小姐能赏脸，是我们的荣幸。"

"滚滚滚。"唐皑不耐烦地把他们都赶开，"你们知道什么，不要上她的当。"

队友们只当他护着妹妹，还嚷嚷着起哄：

"不要这么小气嘛，我们又不会怎么样。"

"对啊，你的妹妹就是我们的妹妹，大家都只是一片爱护之心……"

"当然如果唐小姐有意思想发展一下，我也不介意叫你舅哥啦。"

越说越离谱，唐皑都懒得跟他们分辩，索性不管他们，伸手一把拉过苏叶，拖着就走。

"欸？怎么就走……"

"真生气啊？"

"就开个玩笑嘛。"

队员们面面相觑，气氛一时相当尴尬。

结果还是潘景翔见唐皑真黑了脸，打个圆场把大家叫去撸串了。

唐皑那边，把苏叶拖到操场一角相当僻静的地方，就甩开了手，再次板着脸问："你到底来做什么？"

"真的就是路过啊。"苏叶揉了揉自己的手腕，唐皑生气时一点也没注意力道，她的手都被抓红了。

唐皑根本不信。

唐夜弦就算是真的路过看到他在打球，不跑到对面那边去给他喝倒彩就不错了，加油递毛巾？不存在的。

他哼了一声："这里没有别人在了，收起你那套吧，我才不会上你的当。老实说到底什么事？"

苏叶只能叹了口气，道："不信算了。不过，我这时倒是有点事想问下你意见。"

唐皑又哼一声，一脸的"果然如此"。

苏叶有点无奈，她真是没想到唐皑的成见这么深，明明之前赛车啊，拍卖会啊，相处都还算平和，她还以为自己套套近乎就能顺理成章地问当年的事，现在也只能再转一个弯了。

"谢圆圆今天找了我。"她说。

这个名字果然吸引了唐皑的注意力，他追问："她找你做什么？"

"也没什么，就一起吃了个饭聊聊天。"苏叶顿了一下，"她说是正好约了我今天拍照的摄影师。我不确定是不是真的。她说了点拍卖会的事，说了点苏叶的事，我不知道她是专门说给我听，还是想让我替她传话。"

传给谁，就不必明说了。

唐皑沉默了片刻，也理解苏叶为什么要找他问意见。这种事也只能找他了，别人都不合适。

他皱了一下眉，就道："大哥的事……他自己没问你就不要多事了。"

"哦。"苏叶应了一声，又问，"谢小姐……真的很喜欢大哥啊？可是拍卖会的时候，他们又……"

唐皑没好气地打断她："那跟你没关系。"

"我就是好奇嘛。"苏叶道，"那她再来找我怎么办？"

"该怎么样就怎么样，只是她提跟大哥有关的要求你不要接话就是了。"

苏叶又应一声，然后又轻轻叹了口气："其实怪可惜的，谢圆圆长得漂亮，又是艺术家，跟唐家也算门当户对，最难得的是大哥对她那么凶，她还喜欢他……"

"谁说不是呢。"唐皑本来就挺同情谢圆圆，忍不住跟着叹息，"要是没有苏叶就好了。但是……如果没有苏叶，说不定她和大哥也就不会认识了。就是有缘无分吧。"

那倒也未必。

苏叶觉得拍卖会时谢希文对唐皓的亲近，似乎也不只是表面上的应酬。云城就这么大，有钱人圈子也就这么大，更不用说老家族之间的盘根错节，就算没有她，唐皓能认识谢圆圆的场合也多得很。

如果是唐皓和谢圆圆先认识，苏叶还会喜欢唐皓吗？

苏叶其实也不太敢确定。

感情这种事，大概真没有什么先来后到的规矩。

有时候，可能某些人，命中注定就会被某些人吸引。

就像少年时她一眼看到唐皓，时隔这么多年，她依然……只能看到唐皓。

只不过，她大概做不到像谢圆圆那个程度。

苏大小姐与生俱来的尊严不容许她把自己放得那样低微，再喜欢都不可能。

苏叶心里暗叹了一口气，打量着唐皑的神色，试探着又轻轻问："既然谢圆圆跟大哥和苏叶两边都关系好，当年……大哥他们吵架的时候，她就没劝一劝吗？"

"怎么没有？苏叶那段薄情的录音就是她带回来……"唐皑顺口说了一半，又突然顿住，恶狠狠地盯着苏叶，"你总绕着大哥和苏叶的事问来问去，到底想干什么？我警告你，你要是敢对大哥动什么歪主意，我第一个饶不了你！"

这兄弟俩……一个威胁她不要招惹唐皑，一个就警告她不要对唐皓动歪主意，真不愧是兄弟。

但……动歪主意的可不是她。

苏叶也没法跟唐皑解释，只能道："放心，我怎么敢。我只是……想先了解一下大哥的忌讳，毕竟以后……得罪你，你顶多跟我吵个架，万一不小心在大哥面前说错话，可能就活不成了。"

这个理由倒也勉强能说得过去。

"唐夜弦"只能依附唐家生活，唐皓对她的态度，完全可以决定她的生活。

唐皑嗤笑了一声："算你还有点自知之明。"

"所以啊，"苏叶试图把话题拉回来，"谢圆圆带回苏叶的录音是怎么回事？"

"嗯。"唐皑说起这个，又不由得生出一股怒火，"她说什么跟苏氏的家业比起来，爱情根本不值一提。又说她肯定是同意她父亲的决定……哼，一副高高在上的腔调。那她跟大哥那么多年，算是什么？大哥那么爱她，又算是什么？她根本从头到尾都是在耍着大哥玩儿？"

苏叶没有反驳。

她心中一样掀起了惊涛骇浪。

唐皑说的那些话，的确挺符合她的性子，她觉得她自己当年可能真的说过，但绝对不是在跟唐皓分手的那段时间，也不太可能是谈及和唐皓相关的话题。

她当年对唐皓绝对是真心的，她那时是真的想要嫁给他，朝夕相处白头到老，每天一睁眼就能看到她最爱的玉兰花和更爱的男人。

她绝不可能主动把唐皓和家业放在一起比较，就算比了，也不可能直接说"不值一提"。

那种录音，只可能是谢圆圆把她在其他时候其他语境里的发言，掐头去尾组合在了一起。谢圆圆把这样的录音带给唐皓，用意不言而喻。

唐家正值风雨飘摇，苏承海让唐皓改姓入赘是趁火打劫，那份录音就是雪上加霜。

然后唐皓约了她见面，她却根本毫不知情，所以根本没有赴约……

怪不得他们一分手，谢圆圆就去了国外。作为"闺蜜"，在苏叶最伤心的时候，都没有多陪陪她。

现在想来，根本就是怕苏叶知道她在中间还插了这么一手吧。

亏她之前还为唐皓对谢圆圆的态度打抱不平。

再看她谢圆圆做了什么？

但是……唐皓知道吗？

就算当初情绪不稳，又忙着处理唐家的事，之后呢？

之后这么多年，真是一点都没有怀疑吗？

苏叶记忆里的唐皓，也是眼里揉不得沙子，真的会被这种小伎俩蒙蔽那么久吗？

她又不是一分手马上就嫁给了许建安，中间那么长时间，他为什么没来找她？

苏叶思绪纷乱，不由得长长地叹了口气。

唐皑也从怒火中回过神来，闷声道："我也是有病，跟你说这些做什么！反正现在人都死了，大哥跟圆圆姐也不可能……"

"是不可能。"苏叶还是不太明白唐皑的想法，却不愿意唐皑一直站在谢圆圆那边，嗤笑了一声，"你真觉得谢圆圆有多好吗？"

总裁的
二次
初恋
2

唐皑皱了眉："你什么意思？"

苏叶道："如果你和你女朋友吵架，你兄弟来劝你，却悄悄把你说的话录了音。而且明知道你女朋友听了会不舒服，还是把录音拿去给她听，你会怎么想？"

唐皑被绕得愣了一下，忍不住沉思起来。

# 第八章
## 你最好希望我能赢

杜怀璋过来的时候，就见苏叶坐在操场边的长椅上发呆。

她今天穿了条薄荷绿的裙子，修身的裁剪衬出完美的好身材，加上那得天独厚的好相貌，即便是在美女如云的云大，也是绝对亮眼的存在。

操场这一角已经聚集了不少荷尔蒙过剩的男生，操场上运动的人也在"不动声色"地往这边靠近，时不时就炫个技或者故意跑来捡个球什么的。

但苏叶静静坐在那里沉思的样子，却似乎自带了一种不好接近的清冷气场，红着脸偷看她的男生不少，倒还没有人真的上前去搭讪。

杜怀璋一路走来，将这些情景尽收眼底，心情就不免有点复杂，甚至突然有点怀念非主流的唐夜弦。

至少那个时候她没人觊觎，而且还会低声下气围着他转。

哪像现在？他不来找她，她根本连电话都懒得打一个。

之前唐霖直接把名下财产全都分掉的时候，杜怀璋其实有点受打击，那代表他们控制"唐夜弦"去争夺遗产引起唐家内部动荡趁机夺取安盛集团的计划彻底破灭了。

当然，其实唐霖当年竟然没死，他们的计划就已经死了一半。

可是之前费了那么大劲，布下这着棋，谁甘心就这么废掉？就这么一天天耗着，试图等待翻盘的机会。

结果呢？

翻盘的机会没看到，倒是眼睁睁见证了唐皓的成长，一步步站稳脚跟，大刀阔斧地改革重组，将整个公司牢牢地握在手中。

他们那个计划已经彻底变成了一个笑话。

如今不要说一个私生女，就算是唐皓吃错药倒向他们那边，也掀不起风浪来了。

当年败在唐皓手里之后，这个计划的主使者分成了两派，一派心灰意冷地养老去了，一派还想伺机再动。

至于杜怀璋本人，之前是倾向后者，最近倒觉得，他忘掉那个可笑的计划，老老实实做唐家的女婿，也没有什么不好。

你看许建安，也只是苏家的女婿，还不是照样在云城呼风唤雨？

何况"浪子回头"的唐夜弦还挺对他胃口的。

可惜人算不如天算。

杜怀璋觉得唐霖这老不死真是个碍事的灾星。之前该死的时候不死，现在终于差不多要死了，却又提前玩了分家产这一手。

安盛和唐家的大权原本在他第一次发病时就已经转交给唐皓，剩下的还要再分给唐皓，留给唐夜弦那点……能抵什么用？了不起能保证她衣食温饱。

那他和她结婚，又还能有什么好处？

他如果要的只是普通人吃饱穿暖的生活，当年又怎么可能冒死掺和这样的计划？

他在那天之后考虑了很久，以后的路到底应该怎么走。

他是有把握控制唐夜弦，可是一个没钱的唐夜弦，对他而言有什么意义？

但就这么放弃，又有点不甘心。

而且，他发现，这么久没见，他还挺想念"唐夜弦"的。

杜怀璋自己都忍不住自嘲地笑了声。

大概男人真的都有根贱骨头。

当初她缠着他黏着他哪怕不能见面也恨不得一分钟发三十条信息，他只觉得烦。

结果她说不爱了，就真的不爱了，他却开始想她。

杜怀璋叹了口气，走到苏叶面前，替她挡了挡太阳。

夏日阳光浓烈，即使到了黄昏，却依然散发着如火热度，苏叶却似乎毫无察觉，这时被挡住了，才眨了眨眼，抬起头。

"想什么呢，这么专注。也不知道找个阴凉的地方坐着，晒伤了怎么办？"杜怀璋温柔地说。

苏叶这才意识到自己待得有点久，活动了一下脖子："没什么，就反省了一下。你怎么来了？"

"前些天有点忙，好不容易有点空，想见见你，结果打你电话你也没接，还是问了夏千蕾才知道你在这里。"杜怀璋在她身边坐下来，幽幽地叹了一口气，"我现在都不如一个经纪人了。"

夏千蕾并不在这里，去替苏叶谈新剧试镜的事了，但曹进就在附近。苏叶说想一个人静一静，但他职责所在，也不敢真的甩手走开。所以夏千蕾想知道苏叶的位置还是没有问题的。

苏叶无视了杜怀璋语气里的抱怨，避重就轻地道："是吗？手机在包里，大概我没注意吧。"

杜怀璋也不是非得追究这个，柔声问："晚上有空吗，一起吃个饭？"

苏叶摇了摇头："抱歉，我今天心情不是很好……"

"发生了什么事？"杜怀璋追问，"跟我说一说吧，说不定我有办法帮你解决呢？"

苏叶心情不好，当然是因为谢圆圆当年在她和唐皓之间扮演的角色。

已经过去这么久，她死都死了，还能解决什么？

所以她只是又摇摇头："算了，也不是什么大事。"

杜怀璋拉了苏叶的手，看着她，郑重地道："只要是你的事，对我来说都是大事。"

苏叶也抬起眼看着他。

杜怀璋一脸真诚，甚至真能看出几分爱意。

真不怪唐夜弦对他死心塌地。

只要杜怀璋愿意，这简直分分钟都能撩上天，而且长得还这么英俊。

可是啊……

这个人并不真的是什么吃软饭的小白脸，而是一条潜伏在暗处伺机而动的阴狠毒蛇。

他来找苏叶，当然不会真的只是来看看她。

苏叶不太情愿，却也没有办法拒绝。

没有办法，谁让他手里握着她的把柄呢——虽然她连那个是什么都不知道。

而这时的苏叶，并不敢赌，只能乖乖听话。


杜怀璋直接带了苏叶去吃饭，席间更是温柔体贴，看起来比真正的情侣还要亲热几分。

"你之前到底在想什么？"吃得差不多时，杜怀璋再次问。

苏叶叹了口气，道："在想……女人的友情。"

杜怀璋嗤之以鼻："女人之间哪有什么真正的友情，全都是塑料情。"

苏叶不知道要怎么反驳。

这种论调她当然听过，说爱嫉妒爱攀比是女人的天性，所以女人之间的友情浅显而轻浮，经不起一点考验。

苏叶以前自然是不信的。

她和谢圆圆一起长大，她自认完全可以为了谢圆圆两肋插刀，什么考验都不怕。但真没想到，谢圆圆会为了唐皓，直接插她一刀。

苏叶自己心里清楚，当年她和唐皓分手，并不完全是因为谢圆圆，就算没有谢圆圆在中间掺和，他们也未必就一定能和和美美白头到老。但谢圆圆插的这一脚，却将她们的友谊毁得一干二净。

苏叶甚至都有点怀疑，谢圆圆到底是因为唐皓才对她变了心，还是她们之间，从一开始就没有"友情"这个东西存在？

苏叶心头抽痛，一时甚至无视了杜怀璋的存在，忍不住低喃道："我还要怎么样呢？但凡只要我有的，她一开口，能给的我什么没有给？结果她偏偏喜欢我的男人……"

她顿下来，突然在想，如果当年，谢圆圆没有私底下玩这些小花招，而是直接跟她说喜欢唐皓，她会怎么样？

退让当然是不可能的。

那要怎么样？

大概也只会反目了。

感情这种事，什么对外公平竞争，私下还能继续做朋友，简直想一想都觉得荒谬。

说不定谢圆圆只是比她想得更明白而已。

之前谢圆圆说为了真爱能够放弃一切，苏叶还很羡慕谢圆圆的恣意洒脱。却想没过，其实她们的友情也属于可以被放弃的那一部分。

这么一想，苏叶倒有点能理解她了。

毕竟每个人的人生都是自己的选择，谢圆圆也只是更忠实于自己的感情。

而她……

只是太蠢！

苏叶叹了一口气："我真是太蠢了。"

杜怀璋伸手摸了摸她的头，安抚道："我早提醒过你的，以后不要再跟方明雅来往就好了。"

方明雅？

她刚刚说方明雅了吗？

苏叶眨了眨眼，回想了一下自己刚刚的话，然后联系了一下"唐夜弦"的情况，突然有点无言。

苏叶的闺蜜谢圆圆因为喜欢唐皓，就做了个假的录音，在苏叶和唐皓之间挑拨离间。

而唐夜弦的朋友方明雅因为喜欢杜怀璋，甚至能挑唆唐夜弦自杀。

呵呵。

苏叶想起自己刚刚重生时对唐夜弦的鄙视，不由得自嘲地咧了咧嘴，她有什么资格看不起唐夜弦？说不定就是因为她们犯蠢的波段都一样，才让她重生到了唐夜弦的身体里。

这时又听到杜怀璋问："前两天你跟唐皓去拍卖会，怎么没跟我说？"语气里有几分不满。

毕竟那种场合多少人想去都没有门路，哪怕搭不上关系，混个脸熟都好啊。

苏叶回过神来，收拾了自己的情绪，轻声解释："大哥临时通知我的，而且……"她顿了一下，看了杜怀璋一眼，"你以后有什么打算？"

杜怀璋没想到她会这样反问回来，皱了一下眉："你指什么？"

苏叶道："老爷子的财产分割……你也看到啦，以后……不该有个打算吗？"

杜怀璋的脸色阴沉了下来。

苏叶悄悄打量着他的神色，又试探着劝道："明知事已不可为，战略性转移也不是什么丢人的事。"

杜怀璋磨了磨牙。

连"唐夜弦"这傻丫头都知道事不可为，他难道不知道？

要他说，他们从一开始的方向就是错的。

费什么精力去控制一个私生女？

早早就该对唐皓下手。

唐霖没什么本事，又病着，唐皑当年才几岁？只要唐皓一出事，唐家还不是任他们为所欲为？

可惜当年主持这事的人一方面是妇人之仁，一方面又想先让唐皓把唐家的烂摊子收拾好了再来摘桃子。

他那时也天真，根本没想过，天下哪有那种两全其美的好事？

结果到现在……想再动唐皓就难了。

唐皓现在羽翼已丰，有他在，唐家就稳如磐石，杜怀璋又还能打算什么？

他看着面前的苏叶，突然笑了笑："看起来，我还真是一直都小瞧了你。讨好唐皓，扭转自己的名声，又拐弯抹角地跑去枫城跟人合伙做旅游……你从什么时候开始这种'战略性转移'的？你是不是早就知道那老不死的打算？"

苏叶摇了摇头："我不知道。但……老爷子迟早是要走的。如果我真的是他的女儿还好，但我并不是。唐皓大概也早就知道这个，你觉得老爷子真的去世之后，他还会这样放任我们吗？现在我们借唐家的名头爬得越高，到时候就会摔得越惨。"

杜怀璋哼了一声："你那明畅公司，难道就不是在借唐家的名头？你用唐皓的钱为自己准备后路难道他会不清楚？"

"所以我也是在试探，看他能容忍我到哪一步。目前来说，大概有两点是底线，"苏叶依次竖起两根手指，"不要插手安盛，不要招惹唐皓。不触犯这两条，他应该还是愿意养着我的。"

杜怀璋想起上次她带了唐皓去双石山，心里也认同了她的说话。这段时间以来，她的一反常态，大概真的是不停地在作死的边缘试探吧。

但苏叶能试，他不能。

而且，不插手安盛，他留在唐家有什么意义？真的做一个混吃等死的小白脸吗？

苏叶大致也能猜出他这时的想法，又道："我对唐皓来说，就是个无足轻重的小人物，所以他不会介意就当废物养着，但是你呢？你是有本事的人，可现在在安盛也就是个闲职，等老爷子去世，他难道还会重用你吗？你难道要一辈子这么蹉跎下去？"

杜怀璋微微眯起眼："那你觉得呢？"

苏叶道："其实，明畅很快就会走上正轨了。唐皓是借了钱给我，但明畅的收益就跟他没有关系了。而且我还会有片酬，都可以给你做启动资金，凭你的本事，在哪里不能做出一番事业来？又何必非得吊死在唐家？"

杜怀璋反而笑起来，甚至轻轻鼓了一下掌："说得真不错，唐皓教你的吗？随便拿笔钱打发我离开？然后就皆大欢喜，只当什么事也没有了？"

苏叶怔了一下，但也没有太意外，杜怀璋要是真的这么好说服，又怎么会在这事上纠缠这么多年？

她轻轻叹了口气，道："没有人教我，我是真心想为我们的将来打算。"她看着杜怀璋，抿了抿唇，"我只是想能够真正挺起胸膛问心无愧地走在阳光下。再说了，唐皓不用教我这个，他真要打发你，连钱都不必给。你其实只能威胁到我，可是我跟唐皓有什么关系呢？我死在他面前，他也未必会多看一眼。"

杜怀璋沉默下来。

他知道苏叶说得没错，唐皓现在没赶他走，不是做不到，只是在顾忌唐霖的想法。

唐霖信任他，"唐夜弦"爱慕他，才是他在唐家立足的根本。

一旦老爷子去世，唐夜弦的身份曝光，唐皓真要打发他，不要说钱了，借口都不用找。

可是苏叶这么说，倒激起了他的好胜心。

杜怀璋咬了咬牙，眯起眼来盯着苏叶，压低了声音："你就这么不看好我？觉得我输定了？"

苏叶没有回话。

这还用说吗？

"那就等着瞧好了。"杜怀璋冷笑了一声，"不过，我话说在前面，你最好希望我能赢。"

他伸过手来，轻轻挑起了苏叶的下巴，拇指在她光滑的皮肤上温柔摩挲，声音阴冷。

"我赢了，你才是荣华富贵的杜夫人。我要是输了，你就只能跟我一起下地狱。"

苏叶一点都不喜欢这样轻挑的动作，但这时却偏偏一点都挣不开。

整个身体似乎都是僵硬的，就好像有一种本能的恐惧。

——他到底拿住了"唐夜弦"的什么把柄？

——他到底对"唐夜弦"做过什么？

苏叶的手机就在这时响起来，杜怀璋收回手，苏叶把手机掏出来。

屏幕上"唐皓"两个字正在闪动。

她抬手给杜怀璋看了一眼。

杜怀璋点了点头："接吧。"

苏叶接通了电话："大哥。"

"你跟杜怀璋在外面吃饭？"唐皓问。

"嗯。"

"在哪里？"

苏叶报了餐厅名字："蓝月花园。"

唐皓道："我就在附近应酬，现在过来接你。"

苏叶眨了眨眼："欸？"

唐皓的声音冷了冷："难道这时候还没吃完？之前还说要多陪陪老爷子，这个时间爸爸都该睡觉了。"

苏叶瞟了一眼时间。

还不到八点。

对很多人来说，夜生活都还没开始。老爷子虽然习惯早睡早起，但也没早到这个程度。

可是唐皓用这个做借口，苏叶也不好反驳，只能乖乖应了一声："哦。"

唐皓又道："我大概十分钟以后到，你先出来。"说完也没给苏叶拒绝的时间，直接挂掉了电话。

苏叶举着手机，看着上面那个"结束通话"的画面，有点无奈地撇了一下唇。

"他说什么？"杜怀璋问。

"他说他在附近，正好接我回去。"苏叶歉意地看向他，顺手就把唐皓的借口再拿出来用，"我昨天才说过会多陪陪老爷子，今天就一整天不在家，他大概不太高兴。"

这个杜怀璋倒也能够理解，毕竟在唐皓看来，"唐夜弦"也就是这点用处了。

他也没想非得今天晚上跟苏叶怎么样，没必要在这个时候为这种事跟唐皓杠上。

他点点头，叫了服务生买单。


苏叶和杜怀璋从饭店出来的时候，唐皓的车已经停在了门口。

苏叶走过去。

唐皓自己开的车，但并没有下去，只从车窗内看了杜怀璋一眼，的确是不怎么高兴的样子。

杜怀璋也没想到会是他亲自开车过来，不过他在唐皓面前向来不敢造次，恭敬地打了个招呼。见唐皓没有搭理他的意思，也没再多话，就主动替苏叶拉开了后座的车门，伸手挡着车顶让她上车，又附下身向她柔声道："回去好好休息，改天我再找你。"

苏叶点了点头。

杜怀璋把车门关好，唐皓没等他再说什么，就发动了车子。

杜怀璋便只能退开两步，站在路边挥了挥手。

唐皓一脚油门，开车上路，只差没直接喷他一脸尾气了。

苏叶有点好笑地看着唐皓："要不要做得这么明显？"

唐皓从后视镜里看了她一眼，脸色阴沉："是谁说不喜欢他的？"

所以……这是……在吃醋？

苏叶眨了眨眼，攀着前面的座椅，探过头去看他。

唐皓板着脸，伸手把她拨回去："坐好，车开着呢。"

好吧。

苏叶乖乖靠回椅背上，却还是盯着他看。

少年时的唐皓，也许是太自信，也许是不想在苏叶面前表现出来，又或者是苏叶自己那时不够细心没看出来，总之她从没见过唐皓吃醋的样子。

她觉得有点新鲜，从后面看着他小半侧脸，嘴角不受控制地向上扬。

唐皓从后视镜里看到了，眉头顿时就是一皱："看起来你今天的约会真是挺开心的？"

苏叶索性就笑出声来，道："还行吧。"

车突然就停了下来。

巨大的惯性几乎要将苏叶直接甩出去，她惊叫着抓紧了前面的椅背，看了一眼前面的红灯，又看了一眼唐皓已经有点发黑的脸色，把到了嘴边的抱怨咽了回去，无奈地看着他。

他显然就是故意的。

她真没想到吃醋的唐皓能这么幼稚。

苏叶又凑过去，靠近唐皓轻轻嗅了嗅，问："你之前说是应酬，喝了酒吗？要不要换我来开？"

但她并没有闻到酒气。

可见并不是什么借酒装疯，他就是吃醋了不高兴。

唐皓果然道："我没喝酒。"

他斜了苏叶一眼，再次把她的头推开，道："以后……"只说了两个字，自己便顿下来。

他叫她以后不要喝酒，叫她以后不要接近许建安，都是理所当然。

但要她以后不要见杜怀璋？

就……目前好像还没有那个立场。

杜怀璋现在还是她名正言顺的未婚夫，不论是约她出去，还是去唐家见她，都天经地义。哪怕她自己跟他说过不喜欢杜怀璋，可毕竟现在自己和她的关系……也不是那么明朗。

何况她那个小脾气……

唐皓咬了咬后槽牙，生硬地转了话头："以后坐车记得把安全带系好。"

"哦。"苏叶应了一声，坐好系上安全带。

她这么听话，唐皓更觉得一口气堵在胸口下不去，正纠结的时候，又听她轻轻道："我今天不只见了杜怀璋，还见到了谢圆圆。"

唐皓忍不住又皱了皱眉，回过头来："她去找你？"

"她说是碰巧遇上，请我吃了个饭，顺便为拍卖会上那对镯子的事道歉。"

虽然唐皓叫她不要多事，但苏叶还是把白天遇上谢圆圆的事简单说了一下。

唐皓沉默了半刻，道："你不必多想。我跟她以后再也不会有什么牵扯了。"

苏叶笑了笑，问："那以前呢？你什么时候知道她喜欢你的？"

唐皓没有回答，看着前面的红绿灯变化，默默地开动车子。

苏叶却不想让他这样蒙混过去，追问："你知道她喜欢你，但你和苏叶吵架的时候，却更相信她？"

"我没有。"唐皓辩解。

苏叶挑了一下眉等着他进一步解释，他却在这句话之后又沉默很久，才轻轻叹了一口气。

"我跟苏叶分手，并不完全只是因为彼此的误会，也有很大一部分原因是因为我自己。"他说，"那个时候唐家的情况太糟糕了，我根本没有足够的自信能撑得住。"

苏叶沉默下来。

她曾经骂他只考虑自己，连多争取一次都不肯。但这时听他自己亲口承认没有自信，却又多了几分理解。

少年时的他们，有着一样的骄傲。

她虽然不介意跟唐皓一起奋斗，但在唐皓的立场，未必愿意拖累她。

换作濒临破产的是苏家，她说不定也只会选择默默地独自去扛。

所以，被苏承海刁难，被谢圆圆挑拨，唐皓心中激愤肯定是有的，但也不可能一直没法冷静，后来提分手，大概也是有几分为苏叶考虑。

是的，现在看起来的确是有点傻，有点自私，有点想当然的自以为是……但年轻的时候，说不定还会觉得是一种悲壮的浪漫吧。

然后，她身边就有了许建安。

对唐皓来说，自己提的分手，又明知道苏承海不同意，苏叶没有他过得似乎也不错，再去纠缠，也不符合他的性格。

不过……

"那之后呢？"苏叶又问，"安盛好起来之后，你真的一直都没有喜欢过别人？"

唐皓又侧过脸来看了她一眼，脸色却似乎比之前好了一些，甚至微微勾了勾嘴角："你是以什么立场来问我这个？"

苏叶："……"

可不是？她已经明确拒绝过唐皓了，而作为妹妹，问哥哥这种事，第一次可以算是好奇，接二连三地揪着不放，就不太合适了。

她干咳了一声，有点心虚地扭头看向窗外："这不是今天谢圆圆找上我，我才有点好奇嘛。你们当年到底算怎么回事？"

唐皓笑出声来，却还是回答了："当年也没什么。我们认识的时候，她才多大？在我看来就跟阿皑差不多。那时阿皑也是喜欢跟着我们混，小尾巴多一个和多两个也没区别。"

是啊，他们认识的时候，也才不过十几岁，谢圆圆就更小了。所以苏叶那时也根本没想过，谢圆圆会对唐皓有意思。

"后来，苏伯父对我提了那个改姓入赘的要求，谢圆圆来找我，传了一些话，替我打抱不平。我当时……其实理智上是知道她这样不太对劲，但……那的确是我心理上最薄弱的时候吧。又找不到苏叶，电话不接，人也见不着。我就想，这样也好，就这样吧。"

唐皓开着车，并没有回头，只缓缓说话，语气也很平常，就好像已经完全不在意那段往事。

可是……苏叶只想一想，都觉得心痛。

他那样艰难……她却一无所知。

其中虽然有父亲的原因，但说到底，还是因为她……太蠢了。

她有什么资格指责唐皓"只顾自己"？

她难道又不是吗？

苏叶叹了口气，自嘲地勾了勾嘴角，却又忍不住泛了点酸。

唐皓心理最脆弱的时候，在他身边的人，是谢圆圆。

她闷声问："那谢圆圆竟然没有趁着你这个最脆弱的时候乘虚而入？"

"她很快就出国了，之后就没有再联系。"

"意思是她如果没出国，你们说不定就已经在一起了？"苏叶脱口而出，但自己又顿下来。

这话……大概也不是在她的立场能够问的了吧。

唐皓抬眼从后视镜里看看她，竟然笑了笑，道："没有，不会，别乱想。后来谢叔叔试探过我几次，我想谢圆圆大概是被家里人强行送出去的。毕竟，她拿出来那个录音，也经不起推敲。三方一对质，就什么都明白了。"

苏叶闭了一下眼，那点嫉妒又变成了闷闷的被背叛的心痛。

谢圆圆既然做了那种事，又怎么可能半途而废？不过是因为谢家动作更快而已。

苏承海不想女儿嫁到濒临破产的唐家，谢希文同样不愿意，又不想真相揭露之后女儿被两头怪罪，不如索性避开。

唐皓继续道："谢圆圆一直到苏叶结婚的时候才回来的。她找了我道歉，说当年是因为太喜欢我，一时冲动才做了错事。我想，事情都过去这么久，也没什么可计较的了。"

苏叶不由得轻哂："她还真是喜欢用道歉做借口。"

如果真的是心生愧疚的话，谢圆圆最应该道歉的人，是苏叶才对。

但唐皓和她出国之后没联系，苏叶跟她可是每周都有通电话的，她从来没提起录音的事，甚至回国之后和唐皓有来往的事，也从来没在苏叶面前漏过口风。

不过这大概就是她聪明的地方。

苏叶自分手之后，就一直没见过唐皓，甚至连唐家其他人都一起回避了。跟着又结婚了，就更不会追究当年的事。何况那的确是苏叶自己说过的话，谢圆圆也不怕对质。

只要有唐皓不计较她当年的行为，这事就算翻篇了。

要不是苏叶重生在唐夜弦身上，指不定她和唐皓的好事都快成了。

苏叶这么想着，不由得又有点生气。

"那你从那时就知道她喜欢你了，这么多年，一直这么暧昧着，还说没有什么？"

"真没有。也许你又会觉得我自私，但是……我的确只是为了苏叶。就算知道她有别的心思，别的目的，我其实也不太在意。"唐皓顿了一下，声音变得轻软，"我一直……满心只有一个苏叶，容不下其他人。"

苏叶的心跳骤然就快了一拍。

一时间甚至觉得，就连当年热恋时的甜言蜜语，都不及这一句隔空剖白更加让人脸红心跳。

苏叶脸红了一会儿，又突然生出几分微妙的恼怒来。

唐皓这个人……曾经她努力想证明自己的身份时，他不由分说直接给她定了罪。到现在，又根本不由分说只把她当作苏叶。

是真的相信她重生？还是像他自己说的，现在有这么一个人，他不想再错过一次。所以她以前是谁，现在是谁，其实都无所谓？

她以为上次已经算说得很清楚了，但好像对他而言根本没有任何作用。

就好像他决定了，世界就得围着他转。

苏叶心底不屑，但以她现在的立场和能力，又无可奈何。

她索性不再接话，低下头开始玩手机。

唐皓时不时从后视镜留意着她的神色，也皱起了眉。

他并不是一个会找话题的人，再者苏叶的抗拒那么明显，他也做不出死缠烂打去讨好女孩子的事。

于是车内便安静下来，一路无言回了唐家。

唐霖还没有睡，见他们一起回来还有点意外："不是说跟怀璋一起吃饭吗？"

唐皓道："我正好顺路，就接了她一下。"

苏叶也早就收拾了自己的情绪，一副兄妹亲昵的样子附和着点头。

唐霖当然乐于看他们关系好，笑眯眯地把一张请柬递给唐皓："郑家的小儿子要订婚，你要是有空去的话，顺便也带小弦去玩玩吧。"

郑家在云城的富豪圈子里，大概算二梯队三梯队的样子，跟唐家平常也没什么往来，这种请柬也就是礼貌性地送一送。不要说忙上天的唐皓，就算是唐霖，以往大概也是不理会的。这时挑出来讲，显然是想多给苏叶制造些在公众面前露脸的机会。

唐皓看了一眼，又顺手递给苏叶，问："想去吗？"

苏叶本人对这种应酬其实也不太感兴趣，但是现在身份不同，目前的确需要大量混脸熟的机会，也不想辜负老爷子的苦心，就点了点头："好啊。"

"那行，到时我们一起去看看。"

唐皓算了一下时间，看从哪里能挤出几个小时来，又悄悄地决定了这次连唐皑都不带，就只他和苏叶两个人去。

订婚宴有趣就多待一会儿，没意思就露个脸就走，还可以去别的地方……约个会？

这么想着，突然还有一点小期待。

但是转念又意识到，即使是两人出去，也只能对人说是兄妹，那点期待又变成了郁闷。

还是得快点……

唐皓抬眼看向父亲，正好护士也过来，给唐霖拿了要吃的药，又提醒他差不多应该去休息了。

唐皓就觉得喉咙梗了一下，到底什么也没有多说。

苏叶送了唐老爷子回房，又陪他说了一会儿话，看着他快睡着了才道了晚安出来。

自己洗漱完之后，发现隔壁亮着灯。

唐皓还在书房里。

这倒不算奇怪，他的工作强度苏叶很能理解，今天回得这么早，有工作带回来处理也很正常。

苏叶虽然这么想着，却还是不由自主地走到了阳台上，往那边看了一眼。

从她这里当然是看不到唐皓的，只能看到一个斜斜的剪影，从窗户映出来。

苏叶靠在阳台的栏杆上，轻轻叹了口气。

她和唐皓的关系，真是越来越奇怪了。

她为什么偏偏变成了唐夜弦呢？

即使能够公开"唐夜弦"并非唐霖的亲生女儿，和唐皓并不是真正的兄妹，她大概也没办法坦然接受他。

——哪怕她依然爱着他都不可能。

古人对婚姻，讲究门当户对，并不是没有道理。

同等的出身，同等的见识，同等的环境，才能有平等的关系。

她如今要依靠唐家生存，欠着唐皓的债，天然就在他面前低人一等。

唐皓可能不会介意，但是她会。

而且会越来越敏感。

就比如唐皓送她的车，如果她还是苏大小姐，那不算什么事，选个同价值的礼物回赠就好了。

但"唐夜弦"回不起。

只能小心翼翼地先问有没有附加条件。

又或者抢先尖锐地攻击。

她不喜欢这样。

她引以为豪的那些特质，会在这样的境地里一点点磨掉，最终变得面目全非。

那她还能用什么来爱他？

但短时间内，她根本摆脱不了这种处境。

所以她想努力赚钱，想离开唐家。

但这又牵涉了杜怀璋。

杜怀璋肯定不会轻易同意的。

杜怀璋手里那个把柄到底是什么？真有他说的那么严重吗？

苏叶想想今天晚上杜怀璋的态度，就不由得有点头痛起来。

她揉了揉太阳穴，不由得呻吟出声。

"不舒服？要不要请周医生来看看？"

突然听到唐皓的声音，苏叶抬起眼来，才发现唐皓不知什么时候已经站在隔壁的阳台上，这时正皱了眉看着她，目光充满了担心。

苏叶摇了摇头："我没事。只是在想杜怀璋的事。"

唐皓那满腔担心，就变成了一声没好气的冷哼。

苏叶有点无奈，索性把今天劝杜怀璋放弃的事简单说了一下："我觉得，他没有得到足够的好处，大概真的不会放弃。"

"你真是白费苦心。"唐皓又哼了一声，"他要是有自己创业的勇气，又怎么会这么多年还不死心？不过就是打着不劳而获软饭吃到底的主意而已。"

也是啊。杜怀璋就算一开始是听命行事，但这么些年下来，唐夜弦对他百依百顺，他手头也不是攒不下钱，不要说大富大贵，换个地方重新开始肯定没有问题。说到底，只是不想放弃安盛集团这个现成的提款机而已。

唐皓递了份文件过来："拿去看看。"

"什么？"苏叶有点不解地伸手接过来，才发现是唐夜弦的资料。

她不由得一怔，抬起头来看着唐皓。

唐皓脸上并没有什么表情，只道："看完了仔细想想，看是不是能想起来，你到底被人抓住了什么把柄。"说完也不等苏叶有什么反应，自顾回书房去了。

苏叶也拿了资料回房，认真看起来。

唐家要认女儿，当然不可能什么阿猫阿狗说是就是，当年还是做了很细致的调查的。

唐夜弦的母亲什么时候在哪里跟唐霖有过接触，怀孕的时间，生产的时间，之后她母亲的生活轨迹，什么时候什么原因去世，唐夜弦通过什么手续到了孤儿院，又怎么被杜怀璋找到……这份资料里都有详实的调查报告，还附有照片文件证言各种证据。

里面还有三份不同权威机构出具的 DNA 报告，年份比较早的两份证实唐夜弦是唐霖的女儿，第三份则恰好相反。

苏叶皱着眉沉吟起来。

DNA 报告当然也有出错或者造假的可能，但从这份资料看起来，她倒是觉得，更大的可能是唐霖的确有一个流落在外的私生女，但是不知道什么原因，在接回来的时候，却被掉了包。

唐皓指望她能想起点什么，苏叶却没有办法，她根本没有唐夜弦的记忆，怎么可能想起什么？

唐夜弦自己已经不在了，现在知道的人，大概只有杜怀璋。

但杜怀璋一直没有直说，她也不好问得太直白，只能自己猜。

苏叶的目光落在资料里那家孤儿院的照片上。

她猜，最有可能出问题的，应该就是这里了。

# 第九章
## 我只是希望你好好的

　　郑瑞的订婚宴办在丽华花园酒店。

　　这个酒店最出名的就是他们的花园，这次也是办成了户外自助酒会的形式。

　　苏叶才刚一下车，就被闪光灯晃了眼。

　　很多记者。

　　虽然现在大众对八卦的热情已经不只限于明星大腕，也有很多人出于各种各样的目的自己也会请媒体来炒作，但苏叶还是觉得这个数量真是太多了。至少她印象里那个郑家，一个并不算很优秀的小儿子订婚，应该不至于会惊动这么多记者才对。

　　唐皓抬手护住苏叶，也皱了一下眉，难道是他们把他要来的消息放了出去？虽然他和唐霖的意思都是想最近多让苏叶在公众场合表露身份，但他可不喜欢冒出什么意料之外的状况。

　　保镖上前拦开记者，郑家的人已经迎了出来。

　　唐皓算是今天分量最重的贵宾，郑家人知道他要来完全都喜出望外了，这时几乎是全家上场，男女老少一群人恭恭敬敬地簇拥着唐皓和苏叶进入会场。

苏叶还看到了一张认识的脸。

她在双石山见过的那个染着黄毛的郑威，正跟在郑家队伍的后面，挤眉弄眼地向她使眼色。

苏叶没看懂他这眼色是什么意思，唐皓先开口问："是你认识的人？"

苏叶点点头。虽然她才见过一面，但从当日郑威那个轻佻的语气来看，说不定和唐夜弦还挺熟。

唐皓微微沉了脸，当着郑家的人没说什么难听的话，但那嫌弃真是明晃晃写在脸上了。

她什么时候还认识了这种上不了台面的家伙！

郑父顺着他们的目光，也看向了郑威，顺手就把他招过来，笑道："这是我侄儿郑威，既然唐小姐认识，就再好不过，不如今天就让他招待二位？有什么事，唐总您尽管吩咐他。"

虽然他是很想抱紧唐皓这条大腿，但今天是他儿子的订婚宴，他一个做长辈的，全程陪在唐皓这里，姿态就未免太明显太难看了一些，这么多媒体的人在，传出去也不好听。郑威这样的身份反而正合适。

唐皓也无所谓，反正他已经决定待个几分钟就走了。

郑父又寒暄了几句，便去招呼别的客人。

郑威留在唐家兄妹身边，但唐皓一张冷脸，他反而不敢像之前那样挤眉弄眼，简直连大气都不敢出。

气氛就有点奇怪。

苏叶叹了口气，先问："今天怎么这么多记者？你们家自己请的？"

"你不知道？"郑威显然是真吃惊，都冲破唐皓的低气压叫起来了。

苏叶眨了眨眼："我应该知道什么？"

郑威道："跟我堂哥订婚的人，是杨梦琪啊。"

苏叶又眨了眨眼："啊。是她啊。"

唐皓皱起眉："谁？"

之前苏叶拍那个电影《我家娘子有点病》，接替的角色，原本就是杨梦琪演的。那会儿临时换人，网上还传过八卦，说杨梦琪根本不是生病，是怀孕了要嫁入豪门，所以才毁约辞演。

原来杨梦琪真是要嫁进郑家。

唔，以她那个三线小花的身价，郑家勉勉强强也算是个豪门吧。

这事也算是持续发酵有这么一阵了，怪不得这么多记者呢。

不过，苏叶看着明里暗里留意着她这边的记者们，想想刚刚那阵闪光灯，不由得又想叹气。

现在的媒体，无风还要起三重浪，刚刚记者们看到她出现这么兴奋，她简直都可以想到马上就会出现的新闻标题了。

是不是得先跟夏千蕾提个醒？


苏叶以前没见过杨梦琪，跟她其实也没有什么恩怨，她来之前都不知道今天的女主角是杨梦琪。

但对记者们而言，这都不重要。

杨梦琪母凭子贵嫁入豪门，因而毁约放弃了拍到一半的电影，甚至放出风声说要息影，安安心心结婚生子做少奶奶。结果接替了她那个角色的"唐夜弦"本人却是更加富贵的唐家大小姐，现在还出现在她的订婚宴上。

这就有无数的文章可做。

有些娱记狗仔简直都已经两眼发光、摩拳擦掌了。

有个胆大的甚至直接就冲到苏叶面前去了。

"唐小姐您好，我是樱桃周刊的记者，请问您今天是特意来恭贺杨小姐的吗？"

这问题……怎么听都像是有坑。

苏叶仔细看了一眼这名记者，心里不由得有点怀疑他的立场，表面却只淡淡笑了笑，道："今天来这里，当然是为了恭贺两位新人，难道记者先生不是？"

记者被噎了一下，还要再问，旁边的唐皓已经沉了脸。

郑威十分机灵地上前拦在记者前面，道："今天的订婚宴我们有安排专门的采访时间，现在请不要打扰我们的宾客。"

跟着就有人上前，有礼但坚决地将他请走。

记者有点不死心，但也没有办法，毕竟也不敢真的在这种场合闹事。

但唐皓还是不开心。

什么莫名其妙的人，什么莫名其妙的事！

郑威也看出来了，小心翼翼地提议："要不，两位先请到楼上的休息室喝个茶？那边清静。"

唐皓点了点头。

他本来是打算露一面就走，但现在苏叶被记者们盯上，却不好这时候离开了，不然也不知道会被写成什么样，好歹待到他们完成订婚仪式再说。

到了休息室，让人上了茶点，唐皓还是沉着脸不发一言。

郑威只觉得整个后背都被汗沁湿了。

当日见到唐皓，他还能硬着头皮尴聊几句，面对这样的唐皓，真是连话都不敢说。眼见着气氛越来越沉闷，他索性咬了咬牙，直接告辞了："那么，就请两位在这里稍事休息，我先出去了，有什么事，您直接叫我一声。仪式开始前我再来请两位下去观礼。"

唐皓一点头，他就逃也似的溜了，出了门就给苏叶发了个信息："你大哥真是太可怕了，你叫他大魔王真是一点都没错。"

苏叶刚刚在微信跟夏千蕾说杨梦琪和记者的事，之后喝茶，手机就放在茶几上。这时闪过信息提示，她也没有多想，顺手就点开了。

唐皓正好转过来要跟她说话，目光不经意地一扫，就看了个正着。

"大魔王？"唐皓盯着苏叶，挑了挑眉。

虽然"大魔王"这外号不是苏叶本人干的，但被他看到——而且还是第二次了——还是让苏叶觉得挺窘的。

她讪讪笑了笑，干咳了一声："那个……之前……年轻不懂事……"

唐皓看了她一会儿，也不跟她计较这个，只问："你怎么会认识他的？"

苏叶知道他问的是郑威，不太确定地说："双石山飙车的时候吧。"

她没有唐夜弦的记忆，但反正上次就是在那里见到的，这么说应该没错。

唐皓轻嗤了一声："都不记得在哪里认识的，就跟人诉苦叫我大魔王？"

"呃……"苏叶被噎了一下，那都是唐夜弦做的，但她也没办法辩解，只能心虚地打了个哈哈，跟唐皓保证，"以后不会了。"

"还有以后？"

唐皓其实不太在意别人的看法，不要说"大魔王"，更难听的外号他也听过。但苏叶这么叫，还跟根本毫不相干的外人那么说，他就觉得有点憋屈。

他对她做什么了？

就算是之前，顶多也就是对她视而不见罢了，好歹还供她吃穿零用呢，怎么就变成大魔王了？

可是看着她这时心虚窘迫的样子，又有点不忍心。

他犹豫了半刻，只是淡淡道："双石山那种地方，以后就不要去了。最好也不要自己开车。"

"欸？"苏叶有点不情愿，说不准她飙车赛车还可以接受，普通的开车也不行？那她以后出门办事呢？虽然说家里有司机也能打车，但哪有自己开车灵活方便？

看她不满地嘟起了嘴，唐皓又轻声解释："苏叶的车祸还没有查明。"

是怕她也出事？

她的车祸……刹车坏掉的事，有可能是意外，也有可能是人为，现在车都没了，想查也无从查起。

苏叶自己也很郁闷，可是为了这个以后就不再开车了，那跟因为怕摔倒就不敢走路有什么区别？

她挑了挑眉："可是车祸这种事，又不是我自己不开就能保证万无一失。司机出错呢？别的车出错呢？路上有别的情况……"

唐皓打断她的话："你是非要跟我抬杠吗？"

苏叶闭了嘴。

唐皓叹了口气，放柔了声音，低低道："我只是希望你好好的。"

苏叶并不是有意要跟他抬杠，其实也能理解他的心情，只是没有办法接受这种"保护"。但这里不是适合争论的场合，她也就闷闷地闭了嘴。

唐皓这样温柔的目光也让她心里有些烦乱，索性直接避开了，起身走到窗前去看热闹。

她的手机这时又响了一声，唐皓顺手拿了起来想递给她，却不小心点到了相册。

苏叶平常很少用手机拍照，里面的照片并不多，所以只一眼，唐皓的目光就几乎黏在上面，他把手机又拿了回去，直接点开了大图。

那是一张他和唐夜弦的合照。

看背景，应该是在红枫镇。

大概就是那天他匆匆赶过去，她和剧组的人在溪边搞篝火晚会。

唐皓从没想过会被人拍下这样的照片。

照片拍得很好。

两个人都很漂亮，表情也好。

他已经忘记了她那时在说什么，甚至也忘记了自己说了什么，这时只震惊于这张照片上所展现出来的亲昵温情。

原来……那么早的时候，他就在用这样的目光看她了吗？

为什么那个时候，自己却没有觉察？甚至，就在那天晚上，还跟她动了手。

唐皓默默抿了一下唇，只恨不得跳进照片里回到那个时候去，把那天的事全都改写。

苏叶听到提示铃声正回头，就看到唐皓在看她的手机，连忙跑过来："你怎么这样，没经过允许乱动别人……"

话说到一半，又咽了回去。

到了近前，她已经看得清楚，唐皓并没有一直乱翻，而是一直在看一张照片。

他和"唐夜弦"在红枫镇溪边的那张合照。

苏叶顿时就红了脸，一把将手机抢回来："知不知道什么叫尊重隐私啊？"

"抱歉，我不是故意的。"唐皓收回了心绪，抬起头来看着她，虽然道着歉，眼睛里却全是笑意，"只是，貌似也有人没经过允许就私藏了别人的照片，所以……我们算扯平？"

苏叶连耳根都红了，扯什么平，怎么就算扯平？

关键是，她拒绝了他，毫不留余地地拒绝了几次，结果却被他发现了手机里保存着跟他的合照。这真是……她窘得简直想原地自杀。

唐皓倒很高兴。

"照片拍得不错。"他说，"也发给我吧。"

看都被看到了，这时要再删掉，反而显得矫情。苏叶抿了一下唇，索性大方地把照片发了过去。

唐皓在自己手机上又看了一会儿照片，然后保存下来。

看他那认真又小心的样子，苏叶不由得有点好笑："怎么好像没拍过照一样。"

"没和你合照过。"唐皓说。

"明明拍卖会那天也拍过……"

"没和你单独合照过。"唐皓纠正。

唐皓之前对"唐夜弦"那个态度，会跟她合照才怪。

就连这张，其实也只能算是偷拍的。

但他和苏叶其实是有合照的。

还不少。

从正经正式的合照，到亲密的大头贴，当年她的床头，他的钱包，随处可见。

所以，看着他这样郑重其事地收好跟"唐夜弦"的合影，苏叶心里莫名其妙有点不快。

虽然以前的苏叶是她，现在的唐夜弦也是她，但……

如果唐皓是把"唐夜弦"当成了苏叶的替身,她固然不能接受,但如果他真的放下了苏叶,喜欢上"唐夜弦",她其实也未必就真的会开心。

苏叶觉得自己就好像真的在吃自己的醋,甚至有一种微妙的分裂感。

简直要疯。

她叹了口气,再次转头看向楼下。

这个房间的位置很好,窗口正对着将要举行订婚仪式的花园。

郑家看起来也的确挺重视这场订婚,布置得华丽唯美。娇艳的鲜花、漂亮的气球、飞舞的轻纱……整个会场都洋溢着一种粉红色的浪漫气息,新人还没出场,就能嗅到甜蜜的味道。

苏叶不由得轻叹道:"从这里看下去,还真是挺漂亮的。"

唐皓也到了窗边,跟着她往下看,却微微皱了一下眉:"你喜欢这样的?"

苏叶年轻的时候,当然也想过自己的订婚礼结婚礼,想过她身披美丽的婚纱,和唐皓一起携手穿过长满鲜花的拱门……

但……

后来她接受许建安,却已经没有了那份少女心思。

婚礼也只是顺从苏承海的意思操办。

是传统的中式婚礼。

盛大而隆重。

但对于苏叶自己来说,到底还是少了几分怦然心动。

这时唐皓问,她顺口就答了:"充满了少女心的罗曼蒂克啊。"话出口,才又意识到好像有点不对,唰地扭头看向唐皓,"大哥,你别误会了,我们是不可能的。"

唐皓没有回答,薄唇抿成一线,乌黑的瞳仁映出面前少女的脸,意味不明。

苏叶索性就当自己没看到。


订婚仪式的一应流程都按部就班地顺利进行。

大概是唐皓之前的不高兴表现得太明显,之后郑家也专门有一些措施,接下来都没有人来打扰他们，清清静静地做了一回看客。

男女双方交换完订婚戒指，杨梦琪发表感言的时候，却特别点了"唐夜弦"的名，感谢她特意挤出时间来给她祝福之类。

真情流露，热泪盈眶，一副感动得不行的样子。

就连坐在下面的苏叶都差点要觉得杨梦琪跟唐夜弦是有什么过命交情的闺蜜。

但显然并不是。

重生之后的苏叶这还是第一次见到杨梦琪，重生之前的唐夜弦跟她应该也没有交集，不然郑威刚刚就会说。而且，杨梦琪之前也算是挺红的流量小花，如果唐夜弦之前认识这种明星，方明雅肯定早就黏上去了，但她之前试探唐夜弦的人际关系时，方明雅提都没提，可见根本没什么关系。

苏叶不由得哂笑。

之前似乎还有人批评这些流量小花没演技。看看这位杨小姐，奥斯卡也许够呛，金像奖什么的总可以角逐一下。

娱乐圈这种捆绑炒作，她用起来真是炉火纯青。

苏叶却偏偏还不好辩解。

这种大喜的日子，她难道还能当众跳起来反驳说我根本不认识她？何况人家也没有说什么不好的话，哪怕真不认识，她人都在这里了，人家只是在感谢她出席，又有什么不对？

但她不说话，在其他人眼里，说不定就是默认了。

杨梦琪这种小明星嫁入富商之家，其实是天然缺乏几分底气的，但如果她是唐夜弦的朋友，情况自然又不一样。

最近唐家对唐夜弦的重视，大家有目共睹。唐皓又特意亲自带她出门见人，很明显是在宣示，就算老爷子去世，唐夜弦也会是他承认的妹妹，高贵不凡的唐家小姐。

杨梦琪要真能巴上唐家，郑家人都会高看她一眼。

其实说起来，苏叶也没什么实质上的损失。

但这种莫名被攀附的感觉，还是让她心里不太高兴，甚至突然有点理解孟修的粉丝们骂她的心情。

唐皓看了苏叶一眼，突然站了起来，向她伸出手："走吧，回去了。"

苏叶有点意外："欸？现在就走？"

订婚仪式还没结束，准新娘才刚发言，他们就要走，这可不像是来恭贺，反而像在拆台了。

郑家在云城，好歹也算有头有脸，这样未免有点太不给面子。

唐皓看出苏叶的意思，冷着脸道："我带你出席各种社交活动，是为了早点让人正视你的身份，但不是为了让别人利用你的身份惹你不高兴。"

苏叶愣了愣。

唐皓已经牵了她直接往外走。

他没有刻意大喊，但刚刚的声音也并不算太小，至少周围的人都听到了。

再联系一下前后时间，哪还有什么不明白的？

郑威已经顾不上看其他客人的脸色，慌忙跟上唐皓，急得简直想哭，他这是摊上了个什么差事啊。

"唐总唐总，您稍等一等，请不要误会，我们郑家绝对没有要惹唐小姐不高兴的意思……"郑威一面追着唐皓解释，一面给苏叶使眼色，希望她能帮忙说点好话。

可惜苏叶跟他真没那份交情。

事实上，即便是有，这时也不可能站在他那边说话。

毕竟她的确是不高兴，她之前保持了沉默，不过是因为她是跟着唐皓来的，不能给唐家丢脸。既然唐皓主动为她出头，她还有什么好说的？

郑父赶过来时，唐家兄妹已经出了门。

以唐皓的身份，他要走就没有人敢硬留，何况他们还带了保镖。

郑父也只能眼睁睁看着他们上车，转过头来就向郑威发火："到底怎么回事？"

"问你那个好儿媳吧。"郑威在唐皓面前陪了半天小心，也憋着一肚子火呢，"要拉人炒作，也得先问问人家愿不愿意。真以为唐夜弦也是她们娱乐圈那些被蹭了热度只能忍气吞声承认塑料姐妹情的小明星啊？"

郑父顿时就沉了脸。

他早觉得那女人出身不好心又大，根本不想同意这门婚事，偏偏郑瑞被迷得神魂颠倒，郑母又心疼没出世的孙子，结果在订婚宴上就给他搞出这种事来。

像什么话！

苏叶上了车，就掏出手机跟夏千蕾说了一下后续的发展。

夏千蕾回复："突然想为杨小姐默哀三分钟。"

杨梦琪为了嫁入郑家，不惜毁约放弃拍到一半的电影，又放出了要息影的风声，现在却在订婚宴上得罪了唐皓，只怕就算能顺利结婚，在郑家的日子也不会好过。想再复出，大概也会很艰难。

苏叶不由得叹了口气，她倒不至于圣母自责，却还是忍不住感慨，有时候，人的命运转折，真的就在一念之间。

如果杨梦琪今天不是公开点名强行碰瓷，而是私下里先跟她接触攀点交情，她也未必会这么不给面子。

唐皓听到她叹息，侧过脸来看她。

今天是司机开车，两人都坐在后座，但苏叶离他远远的，几乎都要贴在车门上了。

再想想她之前那句斩钉截铁的"不可能"，唐皓就觉得有点胸闷。

可是她坐在那里，微低着头，刘海儿垂下来遮了小半张脸，露着白皙小巧的下巴，看起来纤细而又乖顺，叹息时又有如袅袅轻烟，有一种楚楚动人的脆弱感。

为什么在对待他的态度上就那么犟？简直都可以算得上不识好歹了。

唐皓忍不住也叹了口气。

苏叶抬起眼来，正对上他的目光，顿时僵了僵。

唐皓看得出来，心情就更差了。

亏他之前还以为可以约个会呢，屁！

苏叶也不知道他是在气这个，只以为还是为了杨梦琪的事，轻咳了一声，道："对不起，今天是我给大哥添麻烦了。"

"没有麻烦。"唐皓说。

"郑家……没有关系吗？"苏叶问。

"我们跟郑家没什么交情，更不需要看他们脸色。我们来，就是给他们面子了，他们不知分寸，是他们自己把脸往地上扔，怪不得别人。"唐皓顿了一下，又道，"我们努力工作拼搏，不就是想让自己让家人过得更舒心一点吗？如果我在场，还让你受那种闷气，我要这身家地位又有什么意义？"

苏叶看了他很久，突然笑了笑。

"怎么？"唐皓问。

苏叶摇摇头。

她只是突然觉得自己——以前的自己——有点不值得。

作为苏家唯一的继承人，她的言行，就代表着苏家，所以碰上什么事，总会先想，是不是符合自己的身份？是不是符合苏家的利益？不能给苏家丢脸，不能给苏家惹祸，各种衡量周旋，力求完美。

但……真的就完美了吗？

都不用说外人，看看许建安，看看谢圆圆，就知道她其实有多失败。

这一点上，她真不如唐皓。

他也许偏执，也许霸道，也许招人恨，但至少忠于自我。

"你真厉害。"她轻轻地说。

唐皓想听的并不是这句，也不知道她为什么突然就夸了这么一句。

但……听到她夸奖的瞬间，那些郁闷和不高兴顿时就一扫而空。

他微微挑起眉来，坦然承认："那是当然。"

自恋狂。

苏叶暗自吐槽，嘴角却还是忍不住向上扬。

唐皓带苏叶去馔玉楼吃了中饭，又问："你下午有什么安排？"

今天苏叶学校那边已经请了假，明畅最近一切顺利，也没有什么必须她到场处理的事，她偏了偏头："回家看剧本。"

夏千蕾已经帮她约了《血案直击2》的试镜，虽然是个小角色，但该做的准备还是要做的。

唐皓便道："我一会儿要回公司开个会，你跟我一起去吧。完了再一起回去。"

苏叶愣了愣，睁大了眼看向他。

唐皓神色平静，就好像说的只是一句再寻常不过的话。

她一直以为"不插手安盛"是唐皓划给她的底线之一，但他这主动邀请又算怎么回事？

但她还没有问出口，唐皓已经接着道："你可以在我办公室看剧本，累了的话，那边也有休息室。"

好吧，原来不是要她旁听会议。苏叶眨了眨眼，不过，能让她待在他办公室，其实也算是相当信任了。

可是……苏叶都已经决定以后要离开唐家了，这样的信任，她都不知道算不算好事。

苏叶略一沉默，唐皓就直接拍板了："那就这样。"

苏叶心想：好吧，反正……她还从来没去过安盛呢，就当去参观好了。


唐皓把苏叶带到公司，对安盛的员工来说，有如平静的湖面投入了一颗小石子，表面上的动静似乎不大，但水下的涟漪却一圈圈荡开，久久不能平息。

毕竟八卦之心人皆有之，唐家这位私生女的事整个云城上层都在当笑话讲，他们作为安盛的员工怎么可能不知道？但不论唐小姐之前如何刁蛮任性荒诞不经，唐老爷子都一直对她疼爱有加，最近这一连串的事更不必说，好像连唐总裁都对她另眼相看了。

她从唐老爷子那里继承了股份，成了安盛的小股东，她本人还拍了电影上了电视，也算个小明星了。现在真人就在大楼里，谁不想去亲眼看一看，这位唐小姐到底有什么神奇之处？

但唐皓是真有事才回公司的，也没有时间带苏叶慢慢参观，直接就先将她领到了自己的办公室，吩咐她随意，自己则整理了一下资料就去了会议室开会。

他说随意，是他对苏叶的信任，但苏叶对自己的身份和立场很有自知之明，并没有真的在安盛随便乱走，只乖乖待在他办公室等着。

所以员工们再好奇，也并没有什么机会看到她，毕竟总裁办公室真不是什么人都可以随便进的。

只有总裁办公室的秘书俞晓借着送茶的机会进去看了一眼，回来就在自己的一个八卦小群惊叹。

"唐小姐真人比照片还好看，而且看起来好小哦，好像个乖巧的高中生。"

"乖巧？你说唐夜弦？开什么玩笑？"立刻就有人反驳。

唐夜弦虽然没来过公司总部，但在别的地方闹的笑话可不少，还有些安盛的老员工在她手上吃过亏，他们的切身体会可不是公关一洗白就可以忘记的。

"真的呀。"俞晓说，"唐总出去，她就一直乖乖坐在沙发上看手机，我给她送茶也客气地道谢了呢。她真是长得好好看啊，声音也好好听，我都要被圈粉了。"

有人觉得颜控狗花痴起来不讲道理，也有人将信将疑："难道真的改了？"

"毕竟唐总最近都对她这么好呢，不可能是假的吧？你们总该相信唐总的眼光啊。"

这句话倒是挺有说服力。

又有人撺掇俞晓去拍个照片来看。

俞晓找借口进去偷看没事，拍照她可不敢。不要说偷拍"唐夜弦"若被发现有什么后果，单只在总裁办公室里偷拍这种罪名她就担不起，正在推辞着，就见一个高大的男人急匆匆地走过来，直接就越过她的办公台去推总裁办公室的门。

"哎，你等一下。"俞晓连忙起身阻拦，"这是总裁办公室，不能随便乱闯，你……"

那男人转过头来，俞晓后面的话就顿了顿。

那是唐家二少爷唐皑。

唐皑早些时候就进了安盛实习，常驻总部的员工当然都是认识他的。

对这位二少爷，大家倒是一致好评，做事认真，谦逊好学，性格又开朗爽快。

但这个时候，唐皑浓眉紧锁，一脸阴沉，看起来倒似乎更像是有"阎王"之称的唐皓了。

不愧是亲兄弟，长得像，生起气来时的气场都像。

俞晓咽了口唾沫，还是硬着头皮道："总裁开会去了，唐先生要找他的话，请稍后再来，或者这边稍等一下？"

就算知道他们兄弟感情好，这也是她的职责。

唐皑也不为难她，道："我找唐夜弦。"

他怎么说也是哥哥，听说妹妹来了公司，过来找她，似乎也很正常，但他刚刚那个气势汹汹来者不善的表情，还是让俞晓心里打了个突，道："那……也请您稍等一下。"

她说着飞快地抓起电话，拨了总裁办公室的内线。

唐皑却没等她打通这个电话，而是直接推开了门。

他匆匆赶来就是怕唐夜弦在大哥办公室里闹什么幺蛾子，等她这个电话惊动了里面的人，那还能发现什么？

唐皓的办公室很大，但装修是简洁明朗的风格，站在门口看过去毫无遮挡，所有的空间都一目了然。

苏叶坐在离办公桌最远的沙发上，本来正看向响起来的电话，听到开门声，又转头看向门口，见是唐皑，就笑眯眯地站起来挥着手叫："二哥。"

"唐先生，您等……"俞晓在后面阻止他的话还没说完，也只好咽了回去。

唐皑目测了一下她离文件柜的距离，又估算了一下唐皓去开会的时间，俞晓在群里说去送茶的时间，脸色才算稍微缓和了一点。但他还是先检查了一下办公桌，电脑是关着的，抽屉是锁好的，其他东西也都整整齐齐没有翻乱的痕迹。

唐皑这才转过头，没好气地盯着苏叶："你来这里做什么？"

他表现得如此明显，苏叶也有点无奈："二哥觉得我在做什么？在自家大哥的办公室做小偷吗？"

唐皑哼了一声："谁知道你这种人能做出什么事来？"

苏叶没有说话。

她现在这种身份，这种处境，她偷唐皓的东西，能有什么好处？

唐皑这也算是积怨已深，反正看到她就先往最坏的方向去想了。苏叶一时也没办法，解释不清，也不想在这种场合跟他吵架，索性就不再理他，低下头继续在手机上看剧本。

唐皑气鼓鼓地瞪着她，却得不到任何回应，自己也觉得有点没趣，一个人吵不起来，当然更不好动手，但要是就这么走……又算怎么回事？

他憋着一肚子火，索性在她对面坐下来，继续盯着她。

苏叶乜斜了他一眼，就直接无视掉了。

反正这是唐皓的办公室，她能坐，唐皑当然也能坐。

更郁闷的是站在门口的俞晓。

这算个什么情况啊？

她要怎么办啊？

小秘书一脸茫然，索性直接给她的顶头上司大秘江涛发了个信息。

老板不在的时候，老板的弟弟和妹妹在老板的办公室玩冷战怎么破？在线等。

唐皓回来的时候，就看到苏叶悠闲地斜歪在沙发上看手机，而唐皑在对面的沙发上正襟危坐，一脸严肃地瞪着她。

苏叶还穿着上午去订婚宴的礼服长裙，这时的姿势让长裙的不规则裙摆斜斜滑落，虽然还不至于会走光，但唐皓还是觉得露出来那截修长匀称的小腿有点雪白，白得刺眼。

尤其她还时不时晃两下腿，一只鞋还好好地穿在脚上，但另一只却只挂在纤细秀气的足尖上，要掉不掉，晃悠悠的，让人心痒。

只在他面前就算了，可是还当着唐皑，还有跟在他后面的江涛。

唐总裁当即就沉了脸，向苏叶轻叱："坐好，像什么样子。"

苏叶倒没意会到他这些小心思，只以为他不喜欢她在办公室这种地方坐没坐相太过随意懒散。苏叶自己以前其实也不喜欢。大概是重生之后身份不一样，一直都松散惯了，刚刚又觉得没有外人，就没有注意。

苏叶一面暗自感慨人要堕落起来真快，一面整理了一下衣服正经坐好，乖乖道歉："对不起。下次不会了。"

唐皓对她端正认错的态度还算满意，微微颔首，转向唐皑："你怎么过来了？"

唐皑讨厌唐夜弦，但在她手上吃亏的次数多了，多少也学乖了一点，也不好在公开场合争吵，只道："听说大哥把她带过来了，就来看看。"

是来监视她才对吧？苏叶无奈地瞟了他一眼，也没有反驳。

唐皑当然没好气地瞪了回去。

唐皓把他们的眉眼官司尽收眼底，却也没什么办法。

在"唐夜弦"这件事上，他该说的早就都说了，但唐皑的心结也不是随随便便就能解开的。哪怕现在"唐夜弦"变得不一样了，宿怨和观感也不是一朝一夕就能扭转的，能不能想通都只能看他自己。

好在唐皑也还算有点分寸，吵归吵，总算没有闹出大事来。

目前保持这样就好。

至于其他……索性等"唐夜弦"的身份能曝光了再说吧。

所以唐皓也没有深究，只问他："今天的工作都结束了吗？"

唐皑只是来见习，手上其实并没有多少正经工作。何况他既然打算来盯着苏叶的，当然早就安排好了，这时便点点头："嗯，没事了。"

"那一会儿跟我们一起回去吧。"

唐皓说的"我们"当然是指他和苏叶，但听在唐皑耳中，就有点不太舒服，好像分了亲疏。

明明他和唐皓才是亲兄弟。

唐皓完全无视了弟弟哀怨的眼神，跟江涛交代了一下工作上的事，收拾了东西就准备回去。

唐皑就更不爽了。

大哥越来越偏心，显然是受了那小妖女的蒙蔽。他虽然暂时不能揪出她的狐狸尾巴让大哥看出她的真面目，但至少要在她和大哥之间制造障碍，不能让她有更多迷惑大哥的机会了。

所以一起乘电梯下去时，唐皑就拉了拉苏叶："一会儿你坐我的车。"

苏叶眨了眨眼，只觉得太阳要从西边出来。

唐皑磨着牙："叫你坐就坐。"

苏叶看看他，又看看唐皓，虽然还是有点不明所以，但今天唐皓主动得让她有点心慌，这时也的确不太想单独跟他在一起，既然唐皑主动跳出来，她就顺水推舟地应了："好呀。"

出了电梯，苏叶很顺手地挽住了唐皑的手臂，笑眯眯地跟唐皓挥了挥手："大哥，一会儿见。"

唐皑的目的就是要把她和唐皓分开，听她这么说，连招呼都顾不上打，直接就把她拖走了。

江涛看着他们的背影，不由得感慨："二少和小姐的感情很好嘛。"

俞晓什么眼神？竟然发信息给他说随时会打起来，吓得他冒着风险打断会议给老板传话。

这哪里像会打？

但他转过头来，却被自家老板吓了一跳。

唐皓脸上其实没什么表情，但一个称职的秘书，自家老板即便是面瘫，也必须能看出情绪来。

唐总裁这分明都快要想杀人了。

江涛努力回想，刚刚到底是什么事惹到他的，但完全没有头绪，难道是因为他说二少和小姐关系好？他犹豫着试探道："当然，对二少来说，唐总肯定还是最重要的啦，毕竟是亲兄弟嘛。"

如果不是亲兄弟，这已经够他死上十次了。唐皓哼了一声，默默地走向自己的车。

内心的声音是——求助：有个丝毫没有眼色长年拖后腿专业坑哥二十年的弟弟怎么办？在线等。

那边唐皑一到车边就甩开了苏叶的手："上车。"

苏叶活动了一下手腕："我来开？"

唐皑顿时记起了双石山上被她支配的恐惧，连忙抢先上了驾驶座："做梦。"

苏叶也不争，跟着上了车，一面系安全带，一面道："不是怀念我的车技，为什么要拉我上你的车？"

唐皑哼了一声："我警告你，以后离大哥远一点。"

苏叶挑了挑眉，突然笑起来。

唐皑斜眼瞟她："笑什么笑？"

苏叶道："我最近看了一些剧本，有一个经常会在言情剧里出现的桥段，就是女主角在男主角的办公室等他，然后女配冲进来，指着女主角的鼻子骂'你配不上他啦''你居心叵测啦'，诸如此类，最终会丢下一句警告'你给我离他远点'。"

最后一句，苏叶是学着唐皑刚才的语气说的。

她最近演技渐长，学得很像，学完了，自己又先笑起来："虽然咱们不是那种关系，但总觉得挺像的。"

"闭嘴！"唐皑咬牙切齿道，"你少跟我胡说八道想蒙混过关。大哥只是太忙了，一时顾不上多想才会被你蒙蔽，你不要得意忘形，以为你就真的是什么唐家小姐了！我绝对不会认的！野种就是野种，就算一时骗过大哥的眼睛，也不会变成凤凰！你最好给我老实点，不然我一定让你吃不完兜着走！"

苏叶叹了口气："我说我真的没有半点恶意，你肯定也不会信喽？"

唐皑又哼了一声。

苏叶便道："不管你信不信吧，等父亲去世，我就会离开唐家。"

唐皑转过头来看着她。

苏叶道："我希望到时你能帮我一把。"

她说得很真诚，但唐皑半点都不信。

她最近好像的确变聪明了一点，不像之前那么明晃晃地跟他吵架，又是演戏又是开公司，连大哥都上了当，他也不知道她这次又想玩什么花样，索性根本不接她的话，转过头去专心开车。

他只认定一条，绝对不要相信她，盯紧她的一举一动，只要她有不对劲的地方，就直接拿下！

# 第十章

### 我不能再失去你一次了

苏叶在《血案直击 2》的试镜十分顺利。

毕竟只是个双男主戏里的单元剧情女配角，导演的要求只要漂亮就行，苏叶能接下这个角色，对他们而言，已经算是意外之喜了。

外形漂亮不必说，还自带话题——前几天唐家兄妹高调亮相的新闻网上还在热转。豪门八卦嘛，人人都爱的，何况还是俊男美女。

演技虽然还有点生涩，但在她这个年龄这样的资历也算正常，比起不少选秀网红出身的流量小花，她已经算相当不错了，而且态度还挺端正，就这么个小角色，几句话几个动作的试演，也看得出来是认真琢磨过剧本的。

导演宫逸十分开心，当场就拍板定下来，至于苏叶那些只在云城拍摄，方便每天回家的小条件，在他看来都不算事。他们这个剧本来就是都市题材，一半以上都是在摄影棚里，少部分实景也都是云城街头，苏叶这个角色也只有那么几集戏份，随便调整一下就行。

苏叶也挺高兴，请剧组众人吃饭。

冲她唐家小姐这重身份，大家也都愿意给几分面子。

一顿饭下来，也算混了个脸熟。

苏叶跟学校请好假，第二天下午就进了组开始拍摄。

然后就发现，这片子的编剧许嘉竟然是一直跟在片场拍摄的，而且看起来比吃饭时靠谱多了，严肃认真，对一些细节上的要求甚至比导演还要严格。

这个片子已经拍到第二季，演员和工作人员显然对这种事都习以为常，导演宫逸也不介意，反而对他的意见十分重视，不时会跟他商量调整。

苏叶拍戏的经验不算多，但不论是《宫墙月》的刘导，还是《我家娘子有点病》的傅导，在片场都是绝对的掌控者，很少见到有编剧在旁边指手画脚的，不由得有点好奇。

宫逸真是个好脾气，还特意跟她解释了一下。

他和许嘉算是发小，《血案直击》这部剧，也是许嘉先找了他。

"这部剧是老许倾尽几年精力的心血，当然得重视啦。"宫逸说，"而且，我擅长的是拍戏，他擅长破案推理，这也算是分工合作嘛。"

宫逸掌握着片子的叙事结构表现手法，许嘉则负责剧情走向细节完善，第一季的口碑已经证明了他们的合作方式完全没有问题，于是第二季顺理成章地延续下来。

"欸……"苏叶拉长了声音，"这么说，许老师是真正的行家呀。"

"那是，他是专业的嘛。"宫逸一脸的与有荣焉，"现在警方有时候还会找他咨询呢。"

苏叶看向正在一个小本子上写写画画的许嘉，目光就多了几分考量。

许嘉三十多岁，戴副黑框眼镜，相貌普通。他原本是个法医，业余写点小说，后来有了名气，出版改编，又自己做起了编剧。现在其实已经离了职，但在警方那边还保留了一个顾问的职务，偶尔也会参与破案。

正是因为他的生活经历，积累了很多素材，写出来的东西才更加细致缜密，引人入胜。

苏叶这几天在《血案直击2》剧组的表现很不错，演戏认真，平常也随和大方，很快就刷到了许嘉的好感度，除了剧本之外，闲下来也愿意跟她聊别的。各种悬疑类的小说漫画影视作品啦，以前碰上的案子啦，自己对推理的理解啦。

"……所以，你不要看那些小说漫画写得天花乱坠，又是密室杀人，又是不可能犯罪什么，现实生活中哪有那么多完美犯罪？绝大部分的案子，都是有迹可循的，无非都是功名利禄爱恨情仇。以我个人的经验来说，最难的案子不是精心策划的密室谋杀，而是碰上毫无规律无差别杀人的疯子。"

苏叶觉得颇有受益，见许嘉谈兴正浓，便试探性地问："那许老师听说过苏家大小姐苏叶的车祸吗？"

"云城人都知道吧？"宫逸凑过来，叹了一口气道，"说起来我还见过苏小姐一面，年纪轻轻的，出了那种意外，真是可惜。"

他和许嘉年纪差不多，三十多岁，作为导演，在这圈子里还算是新生代，《血案直击》爆红之前，他也没多大的名气。

苏叶努力想了一下也不记得是在哪里见过，当年的苏叶……对娱乐圈毫无概念，大概就算真见过也只是点点头就翻过去了，根本没留下什么印象。

现在他提起来，苏叶不免觉得有点尴尬。

好在许嘉跟着就轻嗤了一声，道："意外？乡下穷小子入赘富豪之家，结婚第二年岳父去世，又过一年，老婆也死了，亿万家财，尽归他手。这要真的只是意外和巧合，我把名字倒过来写！"

宫逸重重咳嗽了一声，不赞同地看着老友："没有证据的事，不要胡说。"

许嘉本事是有的，就是吃亏在这张嘴上。

就像现在，无缘无故，无凭无证，这样口无遮拦，真要传出去，除了得罪许建安，还能有什么好处？

许嘉自己也意识到了，讪讪咳了一声："这不就跟你们说说嘛。走过必有痕迹，证据肯定是有的，只是苏家人都死绝了，没有苦主，也就没有人追查了而已。"

还有的。

苏叶想，她还活着。唐皓还在查。

但到底不那么理直气壮光明正大。

而许建安……

想想刚才许嘉的话，如果真的连苏承海的死都不是意外……

父亲去世时，她跌跪在病房里那种悲痛无助……

车祸发生时，身体的剧痛与灵魂的绝望……

那些深刻在记忆里的沉痛感触交织在一起，齐齐涌上心头，苏叶只觉得从骨髓里泛出冷意，不由得就握紧了拳。

宫逸注意到了，关切地问："唐小姐脸色好像不太好，不舒服吗？"

"啊，不，没有。"苏叶回过神来，连忙找了个借口，"就是有点紧张，我们一会儿不是要拍车追逃吗，我还是第一次拍这种场面。"

宫逸也不疑有他，安抚道："不用担心，不会有危险的。你只需要在车里做个样子就好，其他都是后期来加特效。真正飞车的场面，也会有专业的特技车手来开。"

苏叶倒很想自己来开。

这一刻，她心里压抑了太多负面情绪，只想要一个途径痛痛快快地发泄出来。

就像少年时每一次飞驰在双石山时一样。

她试探着向宫逸提了。

宫逸十分意外，现在的小花小鲜肉，不连走路都找替身就算敬业了，这位还是唐家的大小姐，竟然想自己去拍危险镜头？

作为导演，他虽然挺高兴演员能有这个觉悟，却有点怀疑苏叶是不是有这个能力。

毕竟她是个还不到二十岁的女孩子，之前也没有这方面的经验。

"让我试一次吧，不行就算了。"

苏叶这么说了，宫逸也就只能通知特技组，准备现场考验一下。

负责汽车特技的是个三十多岁的精瘦男子，皱着眉，满脸不高兴地走过来跟宫逸抱怨："这不是胡闹吗？设计了那么多复杂动作，还有追尾爆炸，要换人的话，都得重新练习磨合……"

苏叶却愣了愣，下意识地叫了一声："昆哥？"

那人便停下来，转头看向她，挺意外的样子："你认识我？"

可不是认识？

他叫张毅昆，苏叶的车技，都是他教的。

只是中间消失了很多年，上次唐皓去双石山找他，苏叶才知道他又回来了，没想到这时会在片场遇见。

不过，这时当然不好直说，苏叶只能道："我以前在双石山玩的时候，经常听人说起昆哥。"

张毅昆眼中闪过一丝唏嘘，摆了摆手："那都是过去的事了，不值一提。"

他又打量了苏叶几眼，在双石山混过的，怪不得想自己来开。不过，他自己好多年不在双石山混了，对这位唐小姐也眼生得很，不知道她到底有几分本事。还是想跟宫逸商量最好别改就照原计划拍，毕竟他们都准备得差不多了。

宫逸拉了他到一边，悄悄交代："只是测试而已，你搞一点困难的花样，让她知难而退就最好啦。不过呢，还是要注意以唐小姐的安全为重，毕竟是唐家小姐嘛，就算只是划伤都不好交代。"

拍戏这种事嘛，说安全当然各种安全措施都是有的，但万一有个意外呢？尤其是特技啦替身啦，谁没负过点工伤？

但苏叶的身份不一样，她可不是一般的小演员。

之前只是在网上被骂，不痛不痒的，唐家现在还在给人发律师函，她要真受了伤，唐家还能善罢甘休？到时解释说是她自己要求的，人家会听吗？

可是直接拒绝，也不太好。

所以最好是让她自己放弃这个念头。

张毅昆点头会意，带着苏叶走向准备好的车子。


接下来，就是苏叶的表演时间了。

她开的车子，就好像活过来一般，灵活而迅速地完成了各种特技动作，绕过障碍，飞越断桥，漂移甩尾……再稳稳当当停下来。

不要说宫逸等人看得目瞪口呆，就连张毅昆也大为赞叹。

"像你这样有天赋，胆大手稳、冷静果断、反应又快的女车手，我之前只见过一个。"张毅昆说。

"哦？是谁？"苏叶其实心里有数，但还是问了一句。

"就是后来被称为'双石山女王'的苏叶。"张毅昆十分感慨，"她那个时候，也不过就是十五六岁而已。可惜她是苏家的大小姐，天生就不可能吃车手这碗饭。"

说到这个，他又看了看旁边的女孩子。

这一位，是唐家的大小姐，又是明星，更不可能吃这碗饭了。

苏叶一脸兴奋地道："我听说过苏小姐的事。可惜没有亲眼见过她在双石山飙车的英姿，我去的时候，她早就不玩了。"

张毅昆不由得失笑："你才多大？"

"快二十啦。"苏叶顿了顿，又问，"昆哥好像也有很长时间不去双石山了，是因为进了剧组拍戏吗？"

"也不是。"张毅昆显然并不想多说这个，"有些私事而已。"

苏叶也就不好追问，只道："那一会儿收了工，我请昆哥吃个饭？我好想知道你们当年混双石山的事啊，他们现在说起来，就好像传奇一样。"

张毅昆轻哂了一声，倒看不出来是怀念还是讽刺，低低道："有什么好说的，什么传奇，还不是灰溜溜地被赶出了云城？"

赶出云城？

苏叶眨了眨眼，那是怎么回事？

但不等她细究，外面宫逸已经跑过来，几乎是整个人扑在车门上，叫道："你没事吧？"

苏叶开门下车："没事啊。"

"没事就好，没事就好。"宫逸舒了口气，"你快吓死我了，小姑奶奶，那么宽的断桥你也说跳就跳，这万一出了事，可怎么办？"

苏叶咧了咧嘴："这不是没事吗？我知道能行啊，车子的性能挺好，而且还有昆哥在旁边呢。"

"太莽撞了。"宫逸横了张毅昆一眼，他是说要让苏叶知难而退，没有让他真的叫她做这种高难度动作啊。他真是心脏都要跳出来了。

苏叶才懒得管他和张毅昆打什么眼色，只问："宫导你只说我算不算通过考验吧？"

算当然是算的，宫逸看过替身的练习，还没有她刚做的难，只是……宫逸心中不免还是有点犹豫，毕竟是真开车，每一次都有不敢保证的风险。

张毅昆这时却开口为苏叶说话："让她开吧，她比小刘得好。"

小刘就是本来安排的替身，是个身材瘦小的男人，现在都已经戴上假发穿上衣服了。但老实讲，男女体形的差异还是很明显的，一眼就能看出来。

苏叶也抓住了这一点："只要观众细心一点，肯定会穿帮的。再说啦，我自己来开车，表演情绪也能比较到位啊。我能做到的。"

宫逸怕出事，许嘉倒很欣赏苏叶亲力亲为这一点："年轻人敢拼敢闯是好事嘛，我们把防卫措施做好一点不就行了？"


于是，唐皓好不容易抽出点时间来探班，就看到苏叶开着辆挡风玻璃已经碎掉，车门也被撞得变了形的破车，飞快地突破其他车辆的围追堵截……

江涛还在念叨这替身找得跟小姐很像嘛，但唐皓一眼就看出来，那根本不是什么替身。

真正的替身小刘，早就不知蹲哪儿画圈圈去了。

唐皓当时脸就黑了，但也不好出声。

毕竟是在拍摄中，他突然叫停说不定会让场面更危险，所以只能站在那里默默释放着低气压。

江秘书只觉得背后有点发毛，忍不住替所有人捏了把汗。

但这时正是这场戏最关键的时候，大部分人的注意力都放在拍摄上，倒也没受太大的影响。

一直到宫逸喊了"过"，才有人觉得气氛好像有点不太对。

宫逸自己一回头，顿时冷汗都下来了。

他为什么在苏叶自己要去开车的时候那么犹豫，不就是怕出了事"唐阎王"要找后账吗？

真是怕什么来什么，没想到这位竟然不声不响直接来了现场。

好在拍摄顺利完成了。

苏叶从车上下来，几乎是立刻就看到了唐皓。

他站在那里实在太显眼了，身高长相不必说，这时的气势也跟整个片场有点格格不入。

他在生气。

苏叶知道是为了她开车的事。

但那也没办法，有些事她是不可能妥协的。如果是因为客观条件，比如说她的身体状况，或者车况路况不行，不能开，那也就算了，但是仅仅只是因为"可能存在的危险"，今天答应他不开车，明天他说不定就有借口得寸进尺不许她出门了。毕竟潜在的危险这种事，谁能说得准呢？

只是……一味跟他硬顶，好像也不是办法。

苏叶暗叹了口气，还是笑眯眯地迎上去，叫了声："大哥，你怎么来啦？"

唐皓冷冷看着她："我的话，是不是一点用都没有了？"声音低沉，带着压抑的怒气，简直好像周围的气温都要跟着下降好几度。

跟惯着他的江涛都忍不住打了个寒战，下意识退了一步。

苏叶却一点也觉察不出来的样子，伸手拉住了唐皓的手，像撒娇，又像邀功："看到我刚才的表演了吗？大哥觉得好不好？"

唐皓低头看了她一会儿，转向宫逸："宫导是吧，我能不能替她请个假？"

"哦，不用不用，"宫逸连忙道，"唐小姐今天的戏份已经拍完了，她随时可以走。"

事实上，本来还要拍苏叶在车内受伤的镜头，化妆师都已经准备好血浆了，但现在谁也不敢提。

毕竟唐皓刚刚过来时看起来心情还不错，是在看清开车的人才沉了脸。只是看到妹妹在做危险动作就已经要黑化了，再让他看到她浑身是血从车里爬出来？

在场所有人都不敢去想那个后果。

宫逸也不是那种特别坚持原则不畏权贵的人，何况也没这个必要。看苏叶的样子也没有不乐意，人家是兄妹，有什么话私下交流就完了，他们没必要往里掺和。比起得罪唐皓，这么一两场戏的时间又不是耽误不起，所以痛痛快快就放了人。

苏叶连妆都没卸就被唐皓带上了车。


没带秘书和司机，唐皓自己开车，一路都没说话。

车内的气氛沉闷，苏叶也不好贸然开口，抿着唇看向窗外。

没过多久，就发现这并不是回唐家的路。

苏叶心中不由得涌起一股不安，下意识问："你带我去哪儿？"

唐皓回眸看她一眼，只道："老实坐好。"

那冷淡的语气，直接就让苏叶感觉回到了几个月前她刚刚变成唐夜弦的时候，顿时有股寒意从足底升起，不敢再问，只能乖乖地坐好。

唐皓把车开到了一幢高级公寓。

苏叶开手机地图看了一眼，这里跟安盛大楼距离不太远，估计是他平常不回唐家时落脚的地方。

这公寓楼一梯一户，安全性和私密性都是一流的。

唐皓带着苏叶，按指纹进门，回头就把门给反锁了。

苏叶心中的不安就更浓了，不由得就退开了一步，怯怯地叫了声："大哥？"

"别这么叫我，你知道不是。"

唐皓的声音还是很冷淡，一面说着，一面脱掉了自己的西装外套，拉松了领带。

他从公司出来直接去探班的，一身正式的西装，这大夏天的，当然挺热。不过车内有空调，公寓里也有，体感温度其实还算舒适，他这样的举动，更多是为了表达一种情绪。

苏叶又退了一步。

她努力想保持镇定，但并没有什么效果。

唐皓身材高大，一步步逼近，几乎将苏叶整个人都笼在他的阴影里，压迫感十足。他乌黑的双眸盯紧了她，就好像丛林里锁定了猎物的野兽，声音森冷："我最近是不是太惯着你，以至于你都忘记了我的脾气？"

唐皓的脾气从来就不算好。

这些年在商场拼杀，更添了几分冷酷的煞气，令人不寒而栗。

苏叶还想再退，但后背已经抵在了沙发上。

她转身想绕开，唐皓的手已经伸了过来，直接将她拦下。

苏叶跌在沙发上，只能仰起头来看着他。

从这个角度，唐皓英俊的脸庞背着光，看起来就有如来自深渊的魔神，高傲而冷漠地俯视众生。

苏叶甚至有一种下一秒就会被他吞噬的错觉，她极力压制着心底涌起的恐惧，但身体却不受控制地开始颤抖起来。她咬了咬自己的下唇："你想怎么样？"

唐皓一只手撑在沙发背上，一只手伸过来，大拇指抚过她的唇，将她的唇瓣从牙齿下拯救出来，又恋恋不舍地流连不去。

"你记不记得你骂过我什么？"唐皓说，"我在明知道不可能的情况下，放任了谢圆圆的感情，的确是很差劲，但你这样又算什么？"

他的手指留在她唇上，苏叶根本没法说话，而且这句话，她的确没办法反驳。

她最近……大概的确是有点恃宠而骄、得意忘形。

接受了唐皓的好处，却又拒绝跟他有进一步的关系。

唐皓又不是傻。

"我顾虑着父亲的病情，现在不好公开给你承诺，这是我的问题，我认，我也愿意补偿你。但你这一边说不可能，一边又欲拒还迎……跟我之前，又有什么区别？"唐皓嗤笑了一声，"所以现在是我要问你，你到底想怎么样才对？"

他能问出这一句，其实已经算是泄了自己的气势，有了几分示弱。

毕竟是他放在心上的人，看到她被吓得瑟瑟发抖，自己就先有了几分不忍心。

"我……"苏叶张嘴想要辩解，却又发现真是……真没什么可辩。

她没有吗？

她心安理得地收了唐皓的钱就是。

她还说了想他。

她在他面前脸红心跳。

她抱了他。

她保存着他们的合照。

她前两天还夸了他厉害。

当然她可以强辩说这也不算什么，普通男女交际也会有。可是她明知道他对她有意……唐皓当她欲拒还迎，真不算冤枉。

但她说了一个字就停下来，嘴唇半张，却像是正好含住唐皓的拇指。

他的指腹甚至摸到了她柔软湿润的舌头。

唐皓的眸色顿时就好像又深了几分。

苏叶这时的形象其实不算太好，拍戏时化的妆本来就重，她之前又在拍飞车追逃的场面，又是爆炸的烟灰，又是飞扬的尘土，天热又有汗，简直满脸乱七八糟的。

但她这样看着他。

浅碧色的美丽双眸里，写满了各种复杂的情绪。

委屈、内疚、挣扎……以及深深的不舍。

她到底，还是对他有情的。

唐皓低下头去，吻上了她的唇。

这个吻有点突然，苏叶愣了愣，一时甚至没有避开。

他的动作算不上温柔，也没有什么技巧，甚至没有深吻，只是紧紧地贴在她的唇上。

透着一种压抑的思念与小心翼翼的珍惜。

但那温暖柔软的触感和近在鼻端的炽热呼吸却让苏叶瞬间想到了自己的初吻。

也是和这个人。

两人都是第一次。

情难自禁。

热烈又急切。

还嗑了牙。

少年时的她忍不住笑得花枝乱颤，又被少年的唐皓拖回去继续亲。

但这时……

苏叶的眼泪唰地涌了出来，她挣扎着伸手推开他。

其实唐皓特意带她来这里而不是回唐家，很明显就是不想接下来的事被人干扰。

他如果真的想要她，她根本没有办法逃得过去。

唐皓这么帅，又有钱，年轻有为，愿意宠她，而且她的确还爱着他，按说她也没有什么损失，但她不能在这种情况跟他发生关系。

这算什么事呢？

之前让唐皓误会是她的错，是她不够坚决谨慎，但要真的跟他睡了，她成了什么？

那可真算是又想当婊子又要立牌坊的贱人了。

"别这样。唐皓，不要。"她哭着说，"我不想这样，我不能嫁给你，也不想做你的金丝雀，我们……"

唐皓再次封住了她的唇，没让她把后面的话说出来，但这次用的是手。

他看着她，轻轻叹了口气："我从没想过要拿这个跟你做交易。我做的那些事，只是我想做，不是想让你有什么回报。我只想你好好的，我只想你这辈子能活得高高兴兴、自由自在。所以，你对我的态度怎么样，我都能忍。可你不该把我的话当耳边风，不把自己的安危当回事。"

苏叶没有说话，就算嘴没被捂住也说不出来。

胸口闷闷的，又酸又胀。

眼泪就像断线的珠子，掉个不停，唐皓捂着她嘴的手都被打湿了。

他抬手替她擦了擦泪，蹭了一手脏，也不在意，只继续道："叫你不要找的人，偏找。叫你不要管的事，偏管。叫你不要开车，还非得去开随时会爆炸的破车！怎么就这么犟！你到底想要怎么样才好？"

苏叶也不知道，这时脑子已经完全一片混乱了，只管哭。

唐皓松开手，改成抱住她。

紧得好像要把她嵌进自己的身体。

苏叶听到他的声音从自己背后传来，轻轻的、闷闷的，让人连心都忍不住随着那低沉的音波发颤——

"我不能再失去你了，你知不知道！"

# 第十一章

## 她死了

苏叶早上起来时带了两个大大的黑眼圈。

她一晚上都没有睡好。

昨天唐皓倒没有真为难她，抱了一会儿也就罢了，送了她回唐家，陪父亲一起吃了饭又出去了。

但苏叶一直平静不下来。

如果说，之前她还在怀疑，唐皓到底是在把"唐夜弦"当成代替品还是真喜欢上"唐夜弦"，现在已经完全没有悬念了。

他说，我不能再失去你了。

再。

她早先的感觉并没有错，他的确从头到尾，爱的一直只有苏叶——他记忆里的那一个。

——她成了她自己完美的替身。

这种话说起来，外人或者会觉得矫情而荒谬，但苏叶自己，只觉得悲凉。

她看着镜子里的自己。

这张脸，这个身体……她每一次照镜子，都会有一瞬间的茫然。

她的确拥有苏叶的灵魂，但是这个身体，这个身体的身份，只会是"唐

186

夜弦"。

真正的苏叶，早在那个雨夜，已经变成了一团焦炭。

她再也回不去了。

不同的身份，不同的处境，她还可能保持灵魂的自我吗？

她现在衣食住行都要依赖唐家，连在饭局上喝不喝一杯酒，都得要靠唐皓来替她出头，还算是那个天之骄女的苏大小姐吗？

没了那份底气和骄傲，她永远只不过是个"替身"。

苏叶反而坚定了要离开唐家的决心。

可是唐老爷子对她那么好，她也不想在这个时候刺激他，只能等他过世再慢慢计划。

何况还有杜怀璋和他手里捏着的把柄。

杜怀璋昨天还给她打了电话，打算接她下班顺便一起吃晚饭，知道她跟唐皓在一起又改约了今天。

苏叶用脚想都知道是因为她去了一趟安盛，还在总裁办公室待了两小时。杜怀璋必然是要问清细节的，他并不喜欢"唐夜弦"出现什么他无法控制的情况。

那天唐皓给了苏叶一份唐夜弦的资料，她估计问题出在之前唐夜弦待过的孤儿院，但她现在根本没办法出国去查当年的事。

许嘉那边又斩钉截铁认定苏家的事绝非意外，再加上张毅昆的出现又让她想起当年的事和自己的车祸。

时间太少，事情太多，这千头万绪，她能睡得好才怪了。


杜怀璋来得比苏叶预料中还快。

他直接来了唐家吃早饭。

唐霖当然是欢迎他的，唐皓不在，苏叶也不可能把他往外赶。

一起吃了早饭，杜怀璋送苏叶去片场。

车才开出唐家，杜怀璋就问："前天唐皓带你去安盛了？"

苏叶心想果然如此，一面轻轻点了点头："嗯。"

"怎么不去找我？"

"我倒是想去来着，被二哥堵住了。"苏叶有点无奈的样子，说出早就想好的借口，"他把我当贼防呢，死盯着不让我到处走动。"

这事杜怀璋倒也听说了。

唐二少气势汹汹地冲去总裁办公室的事，看到的人很多。

唐皓跟唐夜弦不对付也不是一天两天了，不要说盯着不让走动，就算是把唐夜弦锁起来他也完全做得出来。

杜怀璋挑了一下眉，没再追究这个，却又道："唐皓之前就让你自己待在他办公室？他倒是挺信任你的。"

"我在他办公室能做什么？"苏叶嗤笑了一声，"电脑有密码，柜子上了锁，保险箱藏在哪儿我都不知道，而且还装了监控。不老实就是自己找死吧？"

这也是实情，安盛总裁的办公室不可能一点防范措施都没有。

杜怀璋想，也许唐皓带她去，就是想试探一下。

他轻哼了一声，倒是表扬了苏叶一句："算你机灵。他最近带你去这去那的，说不定就是想看你得意忘形露出马脚，你自己注意点。"

苏叶随口应了声，又不由得自嘲地弯了弯嘴角。

她可不就是得意忘形了？在唐皓面前那样……

她甩了甩头，先撇开了这些情绪，索性又问杜怀璋："老爷子的身体一天不如一天了，你到底打算怎么样？"

杜怀璋沉默下来。

唐皓在这个时候试探"唐夜弦"，未必就没有在为老爷子死后的翻脸做准备的意思。如果能抓到她的马脚，到时要对付他们，当然就容易多了。就算唐霖上次分财产的时候说了分给唐夜弦的就不能动，但唐皓如果真的要赶尽杀绝，他们保得住吗？

再说就算唐皓不赶绝他们，那么一点东西，又算得了什么？

杜怀璋在安盛待得久了，眼光比一般人可要高得多。

可是……他上次跟苏叶说他未必会输，其实心里真没有什么把握。

他心头不由得涌起一股烦躁，没好气地道："该告诉你的自然会告诉你，没跟你说，就不要多问。"

苏叶也没想这么简单就能套出他的话，只应了一声，转头去看窗外。

杜怀璋侧头看她一眼。

她今天的气色并不太好。

因为想着到片场也是要重新化妆，所以她早上也只做了基础保养，黑眼圈都没有遮。这时就显得有几分苍白憔悴，加上托腮看向窗外的姿态，看起来落寞孤清。

杜怀璋的心头不由得悸动，轻叹了一口气，放柔了声音哄道："我也是为你好。你天天跟唐家人见面，要是知道得太多，万一在他们面前露出不自然来，不是自讨苦吃吗？唐皓的脾气那么坏……他要是真把你怎么样，我还不得心痛死？你只管像现在这样哄着他们就好了。到时就算真的要到撕破脸那刻，也可以说你完全不知情。"

说得好像真的一心为她打算一样。

苏叶心中冷笑。

要真的为她好，从一开始，就不该利用这个女孩来谋取唐家家产。

上一次还威胁她要一起下地狱，现在再说这些，骗鬼呢？


杜怀璋把苏叶送到片场，又给剧组的人买了早点，和导演、主创们闲聊了几句，感谢他们对苏叶的照顾之类，才匆匆赶去上班。

宫逸叼着豆浆的吸管跟苏叶道："你这未婚夫还挺细心哈？"

许嘉则相当不以为然："做了唐家女婿，得少奋斗多少年呢，细心点算什么？"

宫逸瞪了好友一眼，你当着唐小姐本人，说这种话合适吗？

许嘉自己也反应过来了，轻咳了一声，试图补救："不过你有两个哥哥呢，跟苏家小姐不一样，他肯定得一直讨好你才行。"

苏叶没有说话。

许老师你就是这么耿直才不得不辞职专心搞创作的吧？

宫逸也放弃抢救他了，转移话题问："唐小姐看起来没睡好？昨天唐总没怎么样吧？"

"没有，我哥就是爱操心，怕昨天那个车真的会爆，就拎着我回去训了一顿。"苏叶笑了笑，"耽误了拍摄真是不好意思，今天我请大家吃饭算赔罪吧。"

本来后面那场戏昨天就应该能拍完的，但是她走了，也就只能停了，但是搭好的场景还不能动，要说起来，的确还挺麻烦的。

但是苏叶之前给大家的印象都不错，身份也摆在那里，现在还愿意道歉请客，当然也就没人真去计较。拍了收工时，也都高高兴兴一起去吃饭了。

苏叶还特意去敬了张毅昆一杯酒。

"小弦真喜欢开车的话，真得抓住机会好好跟阿昆讨教，咱们云城，论车技他绝对是这个。"许嘉竖起了个大拇指，"一般二般的人绝对比不上。"

苏叶点点头："我早听说过昆哥的事啦，早年双石山就没有不知道他的。"

张毅昆只是腼腆地笑了笑："许哥过奖了，都是过去的事了。我现在也就是讨个生活而已。"

"昆哥当年为什么突然就消失了？双石山那边流传着七八种说法，一种比一种离奇。"苏叶问。

当年苏叶十几岁，各种课程都紧，苏承海还让她到公司见习，根本没有注意到张毅昆是哪天走的，等她再到双石山，他早已经消失多日，连找都没地方找了。其实她后来虽然不再玩赛车，但对于张毅昆的离开，一直都还是有点遗憾的。

张毅昆不想多说的样子，淡淡道："家里突然有事就回去了。"

许嘉却直接拆了他的台："其实是被人逼走的。"

"欸？"苏叶意外地睁大了眼。之前张毅昆也透露过一句灰溜溜被赶走，这时许嘉又说，到底是怎么回事？

"许哥！"张毅昆想打断他的话。

但许嘉喝了点酒，谈兴上来，根本拦不住："现在苏家人都死绝了，说一说又有什么关系？当年啊，苏家大小姐总喜欢半夜溜出去飙车，她爹呢，就觉得是阿昆教坏了女儿，给了他一笔钱，让他离开云城……"

他话没说完，苏叶已经愣在那里。

什么？

她倒没有觉得她溜出去飙车的事父亲毫无察觉。

但是苏承海从没有正式跟她说过这事，即便是后来她"成熟"到放弃了飙车的幼稚游戏，他也只是呵呵笑着说，年轻人嘛，谁没点一时冲动的爱好？

她一直都觉得父亲是理解她的，但这时回头来想一想，大概就是从张毅昆失踪之后，她在双石山没了导师，也没了对手，乐趣就少了一大半，而功课又越来越多，才慢慢放弃了。

的确是父亲一贯的办事风格。

苏叶看着许嘉不停张合的嘴，一时却什么也听不进去了。

她……

当年……

父亲到底瞒了她多少事？


苏叶一晚上都在反思自己和父亲苏承海之间相处的细节。

苏承海对她的疼爱当然毋庸置疑，不然也不会在她身上花那么多心思。

一般的家长，若是发现儿女有了不该有的兴趣，又或者爱上自己不同意的对象，大概八成都会直接简单粗暴地勒令他们改正放弃，像苏承海这么迂回的……反而少见。

对张毅昆也好，唐皓也好，虽然肯定是出于他自己的考量，但他这样绕过苏叶，不让她知晓，也未尝不是在以他的方式"保护"她——如果苏叶一直不知道，她的生活便能按部就班继续往前，一派阳光明媚岁月静好。

事实上如果不是重生，她的确毫不知情，也并没受什么影响。她到死都觉得自己的一生幸福美满，甚至刚重生的时候，还心心念念想要回去找许建安继续下去。

毕竟她对自己的父亲肯定是绝对信赖的。她是他唯一的骨肉，他又怎么可能会害她？

现在想来，未免有丝悲凉。

父亲瞒了她这么多事，可见这种信任，并不对等。

她那么努力想成为一个合格的继承人，想得到父亲的认可，想让父亲为她骄傲，却原来他根本都没信过她。

苏叶的心情十分复杂，原来她上辈子引以为豪的那一切，都不过只是假象。

她以为相濡以沫的丈夫，其实只想谋财害命；她以为相交莫逆的闺蜜，其实只想要她的男人；就连父亲也……

她一时间甚至有点庆幸自己已经死过一次了。

所以虽然有些震惊，有些失落，有些伤感，但也并没有到崩溃的地步，毕竟跟死亡相比，也没有什么大不了的事了。

比起自艾自怨，倒不如打起精神来，至少先搞清楚自己到底是怎么死的吧。


苏叶在《血案直击2》里的戏并不算太多，拍完了飞车戏之后，再有几个小场景就差不多了。

宫逸对她的表演和为人都十分满意，在她戏份杀青的时候，还特意给她准备了一个蛋糕。

大家吃蛋糕休息的时候，许嘉带着两个人过来。

那两个男人苏叶都不认识，看起来也不太像圈内人，年纪大一点三十多岁，头发乱糟糟的好像个鸡窝，眼神却锐利如鹰，不动声色地观察着四周。年轻的那个高子更高一点，二十四五岁的样子，长相颇为端正，却满眼通红的血丝，看起来好像很长时间没有休息好了。

苏叶正好奇是什么人，许嘉便找上她，道："我跟你说点事，能私下聊聊吗？"

苏叶还发愁戏拍完了以后要怎么联系他咨询苏家的事呢，他自己先提了，她当然求之不得。

"不如到我车上坐坐？"

虽然是在云城市内，但苏叶还是开了那辆房车来。毕竟片场的房间设施有限，她的咖位也轮不上休息室，倒不如自己的车方便。

许嘉点点头，跟她一起往房车那边走，那两个男人也都跟了上来。

苏叶回头看了一眼，倒也并没有多说什么。

一上了车，那年轻人便倒抽了一口气："这车……真不愧是唐家小姐啊。"

苏叶笑了笑："请随便坐，喝点什么吗？"

"唐小姐不必客气。"

"我们其实是警察，有个案子，想跟唐小姐了解一下情况。"

那边两人直接掏出证件来，货真价实。

许嘉也确认了他们的身份。

"我叫孙宇。"鸡窝头警察道，"这是朱宏文，我们联系过你的经纪人……"

苏叶挑了一下眉，她从决定正经往娱乐圈发展之后，对外的联系就交给了夏千蕾，私人号码的确只有亲近的几个人才有。但有警察找她这事，夏千蕾竟然根本没有跟她提过。

"什么时候的事？"苏叶问。

"前天。"孙宇打量着她的神色，"看起来夏小姐没有告诉你，她也回绝了我们的请求。唐家那边，我们更是连门都进不去，这也是不得已，才找了许哥帮忙，还请唐小姐不要见怪。"

许嘉道："你放心，在事实真相查明之前，这次会面一定会保密，不会传出去的，也不会有什么负面新闻。"

"唐夜弦"在网上很红，但也算是站在风口浪尖，如果被人发现有警察找她谈话，指不定会被写出什么黑料。他不太好拒绝孙宇，但也不想给"唐夜弦"带来太多麻烦。

苏叶皱起眉来："你们找我到底什么事？"

"唐小姐不必紧张，只是有件事情想跟你确认一下。"孙宇盯紧了苏叶，开门见山地问，"你之前为什么要去玉和医院打听一名叫王思思的护士？"

苏叶没想到他们竟然是为了王思思来的，不由得一怔，脱口而出："你们找到她了？"

孙宇嘴角微勾，却不回答，只道："请先回答我的问题。"

苏叶犹豫了一下，道："只是好奇。"

孙宇道："据我们调查，唐小姐和王思思以往毫无交集，怎么会突然对素昧平生的人产生好奇呢？"

苏叶抿了一下唇："也不算毫无交集，只是……说来话长。"

孙宇很放松地靠到了椅背上，甚至跷起了二郎腿："唐小姐的戏份不是已经拍完了吗？我看我们有足够的时间可以讲这个故事。"

苏叶当然在去找王思思的时候，就已经想好了借口，但是她真没想到会是警察先来听这个借口，不由得又看了许嘉一眼。

许嘉也有点无奈，只能道："有什么，你只管实话实说就好。只要跟案子无关，我担保他们不会乱讲。"

就你那个口无遮拦的……还替别人担保，苏叶简直满头都是黑线了，但还是叹了口气，道："其实也没什么不好说的，只是牵涉了我大哥的私事……你们知道他和苏叶是初恋情人，苏叶死了之后，他一直怀疑那场车祸是人为的，所以一直在找人调查。"

这事在云城其实已经不算秘密，两个警察也知道。孙宇点了点头，朱宏文却问："那跟王思思有什么关系？"

"苏叶死得太干净了，车子烧成了废铁，还早早被处理了，什么都没有留下，要查出真相有点困难。"苏叶说着自己的死，胸口不由得有点发闷，"所以后来我想，既然苏叶的死可能不是意外，那苏承海呢？真的只是病死

194

的吗？我就想换个方向查查看。苏承海最后那段时间接触的只有三个人，主治医生沈弘行、女婿许建安，还有就是护士王思思。如果你们真有调查过我，就应该知道，其实不止王思思，这三个人我都找过，但只有王思思没找到。"

许嘉皱了一下眉："所以你前几天问我苏叶的死……"

"是啊，我没办法了嘛，毕竟也不是谁都会破案。"苏叶摊了摊手，她其实也想尽量把话题往自己的车祸上靠，最好是能让警方重新立案调查。

孙宇若有所思地看着她："所以你找王思思，完全是因为苏家的事？"

朱宏文也跟着道："那跟你有什么关系？"

"关系大啦。"苏叶又叹了一口气，"大家都知道我家的情况啊。我一个私生女，以后要在异母哥哥手里讨饭吃，不得表现一下吗？但是唐家的事我又插不上手，当然只能为他做点别的了。就算他大概也不指望我能查出点什么来，但我的态度要有啊。"

这番话也算是合情合理了，两个警察交换了一个眼色，却都没有忙着表态。

苏叶便又重新问了之前的问题："你们找到王思思了吗？"

孙宇点了点头："找到了。"

苏叶眼睛顿时一亮："她在哪儿？"

孙宇看着她，缓缓道："她死了。"

苏叶整个人僵在那里。

死了？


唐皓的调查行为惊动了王思思的父母，老两口来云城找女儿，没找到之后报了警。

正如许嘉所说，走过必有痕迹，只要有人盯死了追查，总会发现些蛛丝马迹。

于是王思思的尸体被发现了。

绑着石头，沉在湖底。

面部和指纹都被破坏，通过 DNA 对比才确定了身份。

而且因为在水里时间太久，尸体已经不成样子，目前法医只能推测，至少已经死了好几个月了。也就是说，很可能从她失踪那天起，人就已经死了。

警察找"唐夜弦"了解情况的原因也很简单。

第一，她在打听王思思的事，还去过两次。

第二，沉尸的那个湖所在的地方，目前正在她的名下。

没错，事情就是这么巧。刚好就是在高波赔给她那块地的湖里，发现了王思思的尸体。

巧合什么的，警察们是不信的。

一次是巧，两次三次都有你，那必然其中有因。

好在两点苏叶都能给出情合理的解释，碍于她的身份，警察也没有过多纠缠。孙宇留下一张名片，说希望她有什么线索就通知警方，之后便告辞离开。

许嘉对自己没有打招呼就带了人来这事还是有点尴尬，又觉得苏叶的态度合作敞亮，越发不好意思，拍着胸口向她保证，他会尽自己所能，帮她搞清苏叶车祸的真相。

苏叶来这个剧组，本来就是为了接近一些业内人士，去调查苏家的事，他这样表态，她当然求之不得。

虽然唐皓也在查，但她还是想要有自己的消息来源。

不说别的，单看今天的事，警察早两天就在想联系她，因为被唐皓拦下来，她就一无所知，这也未免太过被动了。

想到这一点，苏叶的心情就很沉重。

离开了片场，她打了电话给夏千蕾。

电话接通，苏叶淡淡道："我刚见了警察。"

夏千蕾几乎是立刻就明白了她的意思。

从一开始她去给苏叶做助理，苏叶就提过两个要求。一是不要自作主张，二是不能背叛这份工作。她拦下警察，当然也可以算是经纪人的工作范围，但是一直没有通知苏叶，却是唐皓的命令。

夏千蕾张了张嘴想解释，但最终只说了声："对不起。"

她不说苏叶也知道是因为什么，道："我也不想你左右为难，所以你现在好好考虑一下，到底愿意为谁工作。明天给我答复吧。"说完也不等夏千蕾再说什么，就挂掉了电话。

夏千蕾能力是有的，但苏叶并不希望这样的事还有下一次。

她上辈子已经被用"为了你好"的借口蒙蔽得太多了，重来一回，还是这样，那她的重生又还有什么意义？

但是，夏千蕾好处理，唐皓才是真正的问题。

苏叶拿着手机，翻出了他的号码，却不知道这个电话该怎么讲。

现在想来，唐皓那天突然来探班，说不定就是因为警察在调查她的事，也许他当时是要跟她说这件事的，只是之后情绪失控就没有再提了。

如果她要兴师问罪的话，他会不会再次生气？

苏叶犹豫了半晌，给唐皓发了条信息："我想我们需要认真谈一谈。你什么时候有空？"

唐皓很快就回复了："晚上在家等我。"

苏叶的回复还没打完，唐皓又发了一条来："我争取早点回来。"

苏叶就把之前的回复都删了，只简单回了一个字："好。"

有什么话，还是见面再说好了。


唐皓果然回来得很早。

一家人一起吃了晚饭，甚至还和苏叶一起陪着唐霖看了集电视。

就是苏叶参演的《宫墙月》。

苏叶以前对这些都没什么兴趣，觉得只是闲着无聊的人才喜欢的消遣，现在自己去做这一行，感觉又不太一样。

但老爷子对苏叶竟然还没出场有点不满，对屏幕上的孟修更加不满，一直冷哼着各种挑剔。

其实他之前对孟修印象还可以，看《七十二小时大挑战》时还夸过孟修，但后来孟修的粉丝们在网上骂苏叶，他就不高兴了。

苏叶有点无奈。

粉丝行为最终的确都是偶像买单。

毕竟总不能利用粉丝炒热度时开开心心地接受了，到粉丝有过激行为就无情地撇开吧？

苏叶只能搂了唐霖劝他不要为不相干的人生气，何况她和孟修其实也没有翻脸，他们还是朋友呢。

唐霖侧过头来看了看女儿："你该不会真喜欢他吧？"

苏叶愣愣地眨了一下眼，才笑起来："哎呀，爸爸你想到哪里去了？怎么可能嘛，就是普通朋友。"

"没有就好，这演艺圈啊，演着演着就假戏成真的事也不少，但到头来，谁都分不清是真的还是演的，玩玩就行，不能当真啊……"

唐皓把切好的水果送到父亲面前，打断了他的话："吃点水果吧。"

这些什么乱七八糟的东西，就别在她面前说了。

唐霖看出儿子的潜台词，讪讪笑了声，吃了几块水果，就回房间去休息了。

他一走，刚刚还其乐融融的家庭气氛就跟着消失了。

苏叶和唐皓大眼瞪小眼地僵了一会儿，唐皓叹了口气，道："去我书房？"

苏叶点了点头。

是她提出来要谈谈的，到这时也没有什么可瞻前顾后的了。

但没想到两人到了书房，还没坐下，唐皓就先道了歉："抱歉，上次是我没控制好情绪，太冲动吓到你了。"

苏叶静了片刻，才摇了摇头："我也有不对的地方。"

她知道自己的本事，对自己的车技有信心，但其他人并不知道，毕竟她现在已经是唐夜弦了，突然间要去玩飞车特技，是挺吓人的。那天宫逸不也是被吓得不行？

她顿了顿，又道："但你不该什么都瞒着我。你不让我知道自己的处境和可能要面对的麻烦，才会影响我的判断，让我做出错误的决定。"

唐皓看着她，视线有点虚化，恍惚间似乎又看到了少年时的苏叶，站在他面前，据理力争、寸土不让。

又倔强又坚韧。

他不太喜欢这样的争执，却又忍不住被这样的她深深吸引。

这就是他爱的姑娘。

"我今天见了刑警队的警察。"苏叶还是用了这件事来引出话题。

唐皓微微一眯眼："他们找到片场去了？"

苏叶听出了危险的气息，叹了口气，道："以我现在的情况，如果不是编剧许老师跟来的警察有点交情，让他们答应在查清真相前对这次谈话保密，明天我大概又会上头条。但这不能怪他们，他们也是职责所在。说起来这得怪你。"

唐皓挑起眉来，甚至微微磨了磨牙："怪我？"

他都是为了谁？

苏叶说要和他认真谈一谈，他心里还挺期待的，改了行程，赶急赶忙地回来，结果她就想说这个？

苏叶点了点头："没错，事情本来可以不用这样的。如果不是你想瞒着我，完全能有更好的安排，而不是这样突然间被人找上门来，完全措手不及。这次好在是本来就跟我没有关系，我才能说得清楚，万一再有别的事呢？"

唐皓沉默下来。

苏叶看着他，突然问："之前那次，你去双石山，其实是去找张毅昆的吧？因为我的事？"

既然已经确定了唐皓是把她当成"苏叶"的，她也就不再在他面前伪装，直接说了"我"。

唐皓果然并没有觉得哪里不对，直接点了点头："是，我听说他回了云城，去问了一下他之前和苏家的事。"

苏叶就笑起来："你现在在做的，和我父亲当年有什么区别呢？"

唐皓怔住。

此刻她承认自己是苏叶，唐皓却还是不懂她。

他只是舍不得她去应付这些乱七八糟的麻烦，怎么在她眼里就变了个味？

把他和苏承海相提并论是什么意思？

他要是真想操控她的人生，她还能走出这幢房子吗？

唐皓再次危险地眯起眼来："你知道自己在说什么吗？"

苏叶道："说到底你只是不相信我自己有解决问题的能力。"

一腔好意，三番几次被人扔在地上毫不领情，唐皓的耐性也算是到了极限，不假思索就道："你要是能解决，就不会死了。"

话说出口，唐皓自己就后悔了，看着苏叶瞬间就变得苍白的脸色，又连忙想补救："我不是那个意思，只是一时情急……"

苏叶摆了摆手，打断了他的话。

一时情急，冲口而出，才多半是自己最真实的想法。在他心里，她就是这么没用。

是啊，她大概真的就是这么没用。

所有的光环都是父亲一手给她塑造出来的。到父亲一死，她不单守不住家业，连自己的性命都守不住。

她有什么用！

苏叶突然有点心灰意冷。

"小叶……"她的表情让唐皓突然有点慌，连忙叫了一声。

苏叶抬起眼来。

唐皓之前对"唐夜弦"一直是无视的，极少主动说话，苏叶重生之后，他也很少叫她名字，偶尔几次，也是跟唐霖一样叫她"小弦"。

但刚刚，他叫了"小叶"。

久违的昵称，被这熟悉的声音唤出来，却让她觉得异常陌生。

"你叫谁？"她问。

唐皓怔了怔。

这才意识到"叶"和"夜"是同音，而面前这少女的经历又太过神奇。

"别这样。"唐皓握住她的手，"你是唐夜弦，也是苏叶，还非得分个彼此吗？"

是的，对他而言，他爱的人死而复生，跟以往再无关系，换了更年轻漂亮的身体，最重要的是——还得依赖他生活，天下还能有比这更好的事吗？为什么还要分那么清楚呢？

苏叶忍不住嗤笑了一声。

唐皓听出其中的讽刺，停了下来。

但苏叶并不想说话。

他有点无奈，又叫了一声："小夜。"

苏叶看着他。

"对不起。我真的没有看不起你的意思，我只是……"他顿了一下，长长呼了口气，声音更低，"真的不想你再出事。"

苏叶静了静，也放柔了声音，轻轻道："我知道你都是为我好，我也知道你是想替我解决这些事情。我不是不领情。我答应你，以后不会轻易再去以身犯险，出入都带上保镖，但有关我自己的事，我能不能要求一点知情权？哪怕像前几次一样，你做完了，再通知我。至少……请通知我。"

这是一个非常低的姿态。

低到让唐皓又一次怔在那里。

他从没见过这样的苏叶。

苏大小姐那么骄傲的人，根本不可能说出这样那样的话来。

柔顺、低婉，她漂亮的脸孔上甚至还带了点微笑，可是那双平日清澈透亮的眸子，这时却像一潭死水，半点波澜都没有。

唐皓心头骤然被扎了一下，甚至下意识放开了她的手。

他刚刚……到底说了什么？

道歉的话到了嘴边，却又说不出来。

空口白牙地说抱歉，又有什么意义？说起来，从他相信她回来，他已经跟她道过多少次歉了？结果呢？

唐皓抿了抿唇，索性直接转移了话题。

"王思思的尸体，是在高波赔给你那块地的湖里发现的，这事你知道吗？"

这对苏叶来说，是正经事，她就收拾了情绪，很给面子地点了点头。

"其实就是我们拿到手续之后，找了人重新勘测评估，结果就在那个湖里发现了尸体。一开始并不知道是谁，就报了警。王思思的父母正好前一阵报了失踪，一做对比就确定了。"

这一连串的巧合，也不怪警察会找到"唐夜弦"。

但对苏叶来说，却更觉得这是冥冥中自有天意。

不然的话，王思思沉在湖底，可能永远都不会被人发现。就算被发现了，凶手那么小心地破坏了尸体的面部和指纹，又已经在水里泡了那么久，按理说确定尸源也很困难，拖上几年，甚至永远成为悬案都有可能。

偏偏高波不长眼要去撩她，结果被唐皓把那块地要了过来。王思思的父母也因为唐皓和苏叶的调查，跑来云城找女儿，让一切都变得简单起来。

苏叶问："她的死和苏家的事到底有没有关系？"

"当然有。"唐皓说到这个，脸色不由得沉重，"第一，王思思沉尸的那个湖，离许建安的老家不远。第二，王思思手机最后的使用时间，就是苏叶出车祸的那一天。"

"什么？"苏叶睁大了眼。

警察说王思思的尸体因为在水里泡太久不能精确地判断死亡时间，但是通讯记录却会明确到每一天每小时每分钟。

就是说，王思思很有可能和苏叶是死在同一天。

这其中会有什么联系吗？

"我的人还在查，警方的进展我也会关注，有消息会第一时间告诉你。"唐皓保证，顿了一下，又道，"还有，我最近会给杜怀璋派点活儿干。"

苏叶挑了一下眉，这个为什么要特意告诉她？

"这样他就没空来找你了。他那种人，只需要让他嗅到一点权力的香味，就会干净利落地放弃你这种已经没有继承权的大小姐了。"唐皓就好像看出她的想法，向她解释，又补充，"和你有关的布置，我都会告诉你。"

这是她自己刚刚提出来的要求，但唐皓这么坦然说了，她又一时不知道要怎么回答，末了只是轻轻说了声"谢谢"，就告辞要走。

唐皓无奈地叹了口气，叫住她："小夜，我们……不能像以前一样……好好相处吗？"

苏叶没说能，也没说不能，只笑了笑："我以前，一直以为我对自己的处境有着很清醒的认识。今天才知道，我又在可笑地自以为是。其实你早先说的话才是对的，这世上只有一个苏叶，她死了。"

而她，不过就是一个莫名其妙得到另一段人生记忆的身世不明的私生女。

# 第十二章

## 案情转折

第二天一早，夏千蕾就来了唐家见苏叶，表示自己还是愿意在她这边工作，会辞掉安盛的所有职务。

苏叶同意了。她现在也算勉强能自己付得起夏千蕾的薪水了。

她对夏千蕾的能力还是肯定的，这段时间相处也算愉快，夏千蕾能真正投靠到她这边，当然再好不过。毕竟她现在也实在没有更多的信得过的人，比起重新调教新人，已经敲打过的夏千蕾当然用得更顺手。夏千蕾又不蠢，既然已经决定投靠她，应该不会再犯同样的错误。

何况夏千蕾再怎么样，也不过就是会听唐皓的命令。苏叶相信，唐皓既然答应了她，至少在唐霖去世之前，不会再做什么越界的事，那夏千蕾就是安全的。

苏叶最近不想再接片约，除了上课，就是明畅公司的事。

红枫镇那边基础建设已经开始动工，接下来就是宣传营销了。夏千蕾现在接手正合适。

原本杜怀璋还管着明畅不少事，但唐皓说话算话，杜怀璋第二天就突然开始忙碌起来，苏叶正好自己都收拢回来。杜怀璋有唐皓给的饵吊着，就根本看不上明畅公司这点小事了，爽快地放了手。

除此之外，苏叶的绝大部分精力，就都放在了王思思的案子上。

苏叶自己的车祸现在已经无迹可寻，但现在警察在查王思思的死，她们之间又似乎隐隐有着什么联系，苏叶就相信王思思之死的真相查明，也许就可以牵连出苏叶的事来。

但到现在为止，线索并不多。

警察们知道的并不比唐皓多，他们也查到了王思思的银行账户在死前一段时间有数笔巨额汇款，顺藤摸瓜查到了苏承海。

可苏承海已经死了。

按说他的账户如果有人用，大概也只会是他的直系亲属。

但他女儿苏叶也死了。

只剩一个女婿许建安，直接一问三不知，一推六二五。

这些都是许嘉告诉苏叶的，他那天答应了苏叶会帮着追查这个案子，就果然一直关注着。这时说起来，他真是一脸不忿："许建安这小子绝对有问题，一个死了一年多的人，难道还会自己从坟里爬出来汇款吗？"

苏叶沉默了一下，问："他说不知道，警察就没有办法吗？"

许嘉一摊手："有什么办法？现在警察也很难做啊，许建安在云城算知名人士，又有钱，没有确实的证据，谁敢把他怎么样？现在信息技术这么发达，只要有网就能操作银行账户，只凭一个交易记录，根本钉不死他啊。"

苏叶自己其实也很清楚，苏承海那个本来就是私密账户，连她这个女儿都不知道，许建安不认，谁也没有办法。

但难道就只能到此为止吗？

苏叶有点不甘心："别的呢？"

许嘉道："现在警方还在调查王思思家里的物证，还有她手机最后通话那天小区和周围街道的监控。但是……时间太久了，估计希望有点渺茫。"

很多地方的监控一般都只保存一两个月，而且就算存了，现在也没有明确的目标，想在那种海量录像中找出蛛丝马迹，也需要大量的时间和精力。

苏叶有点失落。

许嘉安慰她道："也不用太灰心，要相信天网恢恢，疏而不漏。王思思的尸体沉在湖底都会重见天日，可见老天都不愿意让她死得不明不白，案子也一定会水落石出的。"

苏叶勉强笑了笑："许老师你学法医搞推理，还相信天意那套吗？"

"这个嘛，"许嘉笑了笑，"谁知道呢，有人说天意即民心，有人说存在即合理。我自己吧，是觉得，什么东西有用，就是可信的。"

"这就有点唯心论了吧……"

不过，苏叶自己坐在这里，本身就是一个无法解释的大 bug（漏洞），再跟人讨论天意还是唯心，似乎也不太合适，打了个哈哈就跳过了这个话题。

许嘉又问："你为什么会对王思思案这么有兴趣？"

苏叶眨了眨眼，道："我那天不是说得很清楚了吗，只是因为我大哥……"

许嘉摆了摆手，打断了她的话："我之前告诉你那些案情，是冒着泄密的风险的，但是我自认看人还算有点眼光。我相信你，所以你问，我就跟你说。所以，你也不必用这些鬼都骗不了的借口来敷衍我。"

苏叶愣了一下。

许嘉既然不信，那当时两位警官其实也未必真信。所以，她其实在警方眼里依然算是可疑人士。

那许嘉跟她说这些，还真是挺冒险的。

许嘉这个人，平常的确有点口无遮拦，喝点酒更是牛皮吹上天。但是他在圈内的口碑并不差，洪奕廷知道苏叶进了《血案直击2》剧组，还特意提过，相当羡慕的样子。那天张毅昆的事，许嘉也是说苏家都死绝了，说出来有什么关系，才开始说的。可见心里还是有数。

但……就算许嘉真的像他说的那么相信她，苏叶也不敢反过来一样的信他，毕竟她这事……跟一般的案子又不一样。

她要说因为她就是死了又活的苏大小姐，你猜许嘉会不会还像刚刚那样淡定地说"天意"和"有用就可信"之类？

苏叶根本不敢赌。

许嘉又道："我其实已经稍微调查了一下你的事，真是挺传奇的。从来路不明的私生女，到嚣张跋扈的小太妹，再到勤勉敬业的小明星……中间的转换过程让我觉得很有趣。你到底经历了什么？"

苏叶竟无言以对。

前两个她不知道，最后一个是因为换了个灵魂。

但她能这么说吗？

苏叶只能犹豫着问："许老师接下来是要创作心理学方面的作品了吗？"

"就当是吧。"许嘉却并不理会她想转移话题的意图，继续问，"你对王思思——或者说，对苏叶的好奇，真的已经远远超出了普通的范围。为什么？不要说是为了讨好你大哥，你又不蠢，真要讨好他，有一万种比这更有效率的方式吧？"

他在说"苏叶"两个字的时候，着重停顿了一下，让苏叶的心脏都几乎跟着停了一拍。

她想她这些天以来，大概还是露了太多破绽。

毕竟人家真是专业的，她那些小试探，在许嘉眼里，说不定早就露了形。

那现在要怎么办才好？

"托梦""借尸还魂"之类的话，苏叶在唐皓面前可以说得肆无忌惮，在许嘉面前却不可能这么说。

但许嘉一双利眼洞若观火，她也不敢再撒谎随意敷衍。

苏叶沉默了半晌，才缓缓道："我想知道苏叶死亡的真相，的确不只是因为我大哥，还有我自己的理由，但是我现在不方便说。人人都有自己的秘密，请许老师见谅。但我可以保证，我绝对没有做过任何犯法的事情，跟王思思的案子也毫无关系。"

她说得很坦然，目光也很真诚。

但她心里已经打算好了，许嘉信不信其实都无所谓，他要是真的不能接受，还要盘根问底，大不了她就叫曹进过来，一拍两散，放弃许嘉这边，再找别的人帮忙调查就好。

许嘉看了她一会儿，没有再问，只道："我会继续跟进这个案子，有了新的进展我再告诉你。"

苏叶松了口气，替他倒上茶："谢谢许老师。"


苏叶才见完了许嘉，就接到了唐皓的电话。

他很简单明了地说找到了苏承海私密账户汇款名单上的另一个女人，他现在要去见她，问苏叶去不去。

苏叶当然要去。

于是，唐皓给她发来了会合的地址，两人先碰了头，再一起去见那个女人。

苏叶在车上看了唐皓给她的资料。

那个女人叫李乐琪，今年二十八岁，照片看起来柔弱妩媚，是最容易激起男人的保护欲的类型。

"她是云城本地人，但两年前离开了云城，改名换姓在别的城市生活，几个月前才回来的。本来也挺低调，至少我们一直没有找到她。但最近可能是被王思思的案子吓到了，才暴露出来。"唐皓说。

苏叶有点不解："她为什么会被王思思的案子吓到？"

唐皓转过头，意有所指地看了她一眼："据说李乐琪听到王思思死了，就吓疯了，整天念叨说是苏叶干的，下一个就要杀她。"

苏叶吓得差点没跳起来："什么？跟苏叶有什么关系？她都死了！"

她曾经在唐皓面前提到跟苏叶有关的事情时，说过"我"，但这会又改了回去。

唐皓多看了她两眼，才道："所以她才会被吓疯啊。"

她有那么吓人吗？苏叶沉默了一下："至于吗？真疯还是假疯啊？"

"不清楚，所以得亲自过来看一眼。我倒希望是假的。"

唐皓的语气沉重起来。他现在手里的线索也就是那个名单了，现在只找到两个，却一死一疯。这实在让人高兴不起来。

李乐琪家在一个叫御景苑的高档小区，环境很不错，当然价格也不便宜。

苏叶想想父亲账户上那些汇款，就有点胸闷。

在她毫不知情的情况下，从她父亲的账户汇去给陌生的女人。不论是苏承海本人的操作，还是许建安的手笔……都让她十分恶心。

唐皓伸过手来，轻轻拍了拍她的手。

并没有出言安慰，这动作也算不上亲昵，但男子的体温自短暂的接触中已经传达了一种令人安心的信息。

苏叶深吸了一口气，勉强笑了笑，跟着他走进了李乐琪的家门。

房子挺大，装修也漂亮，窗明几净，处处透着主人浪漫雅致的生活情趣。

只看这房子，说主人是个疯子，苏叶肯定不会信。

唐皓的人已经把这里控制起来了。

李乐琪安静地坐在沙发上。

她比照片上看起来更漂亮，容颜绮丽，肌肤胜雪，明明年近三十了，却似乎还有一种少女的娇媚，身材丰盈，但并不算胖，只微微有点肉感，就连苏叶这个女人都会觉得抱起来肯定很舒服的那种。

唐皓在她对面坐下来。

李乐琪抬头看了他一眼，又垂了眼。

看得出来，她目前虽然还保持着平静，但眼神里的确全是惊恐。

"李小姐。"唐皓开门见山地问，"你为什么说苏叶会杀你？"

李乐琪一听到"苏叶"两个字，简直整个人都要跳起来。旁边一个看起来像是保姆的中年女人连忙抱住她，连声安抚道："别怕别怕，她不在这里，没人会伤害你的。不要怕，你仔细看看，她不在这里。"

好一会儿，李乐琪才再次平静下来，但还是全身哆嗦着，脸色也苍白得没有一点血色。

唐皓却不为所动，继续道："你知道我是谁吗？"

李乐琪点点头。

唐皓道："那就好。我以安盛总裁的名义担保，你老老实实回答我的问题，我就保证你的安全。"

李乐琪静了一会儿，又点了点头。

"你为什么说苏叶会杀你？"唐皓再一次问。

这次她还是显得很害怕，但好歹没有跳，咬了咬牙，像是鼓足了勇气，才道："因为她当年就说过，如果我敢回来，她就要杀了我。"

唐皓回头看了苏叶一眼。

苏叶也大为意外，抢着问："你认识苏叶？她亲口对你说的？"

李乐琪回答："不是亲口，是她派来的人说的。"

苏叶磨了磨牙："你跟苏叶有什么关系，她为什么要派人威胁你？"

"我……"李乐琪像是难以启齿，犹豫着看了看唐皓，抿了抿唇，才用极低的声音道，"我是……苏承海的……情妇。"


苏叶从御景苑离开时，手心都还是凉的。

李乐琪是苏承海的情妇。

她真是万万没想到，查来查去，会先发现这个。

苏叶的母亲去世得挺早，之后父亲一直没有再婚，其实他在外面有女人这种事，苏叶也并不是不能接受。

但是……李乐琪才多大？

今年二十八岁，比苏叶只大了不到一岁。

这就让苏叶觉得浑身都不自在，甚至都不知道应该怎么形容自己的心情。

而且李乐琪还说了，苏承海答应过她，只要她能生个儿子，就跟她结婚。

这算什么呢？

苏叶不由得咧出一抹冷笑，即使父亲那样用心地培养她，所有的要求都是严格地按照继承人标准来，但心里到底还是重男轻女，所以当初才对唐皓提出要改姓入赘的条件，又跟李乐琪开出了这样的承诺。

李乐琪这么年轻，万一真的生了呢？

如果父亲真的有了儿子，她……会怎样？

李乐琪会被王思思的案子吓到，是因为她以为王思思也是苏承海的女人。

苏承海住院的时候，她去看过他，跟王思思起过冲突。

"王思思那种女人我见得多了，隔着三里路远都能闻到狐狸精的骚味，都不知道排第几呢，竟然敢在我面前端正室的架子。算个什么东西？"

李乐琪说这番话的时候，情绪不算稳定，描述也十分主观，苏叶也不知道到底有几分可信。毕竟她们冲突的时候是避了人的，当时到底是怎么吵起来的，只有她们两人知道，而现在王思思又死了。

李乐琪说苏承海去世没多久，苏叶就派了人找上门来，给她一笔钱，让她远远地离开云城。如果敢再出现在苏家的视线里，就要她的命。

李乐琪胆小，何况苏承海都死了，她没有儿女又年轻，拿了钱换地方重新开始也不是什么坏事，就答应了离开。但这一年在外面混得并不怎么样，而且毕竟故土难离，她看到苏叶出了车祸的消息之后，就回来了。

结果没想到，这才没过几个月的安生日子，就听说了王思思的事。

在李乐琪想来，苏叶既然派人来威胁了她，肯定也派人威胁了苏承海的其他情妇。王思思那么嚣张，肯定是因为不听话才被干掉的，那下一个大概就要轮到毁约跑回云城来的她了，所以才吓得不行。

苏叶回想着李乐琪的话，仔细地整理了一下。

有用的信息并不太多。

其实李乐琪跟苏叶的车祸和王思思的死都没有什么直接的联系，甚至很多事都是她自己的猜测，比如苏叶要杀她，比如王思思也是苏承海的情妇。

苏叶当然没有真的派人去找过李乐琪，她在今天之前，连李乐琪是谁都不知道。

知道李乐琪和苏承海的关系，又假借苏叶的名义行事……嫌疑人并不算多，苏叶甚至只能想到一个许建安。

不然的话，真是别有居心的外人，就不会是给李乐琪一笔钱让她远远走开，而应该是反过来利用这事狠敲一笔才对。

至于王思思……

苏承海住院的时候，基本都是卧床不能动了，就算真要收了她，大概也只能是口头承诺，不可能有什么实质性的举动。

当然如果苏承海在此之前就认识王思思，又另当别论。

但那样的话，他们的演技也未免太好了。

苏叶一直觉得她和父亲是再亲近不过的亲骨肉，到现在才发现，其实她真是完全不了解她父亲。

她向后靠在椅座上，闭了眼，伸手按了按自己的太阳穴，只觉得脑仁一阵阵发胀。

"要喝点水吗？"

唐皓在旁边问，声音轻柔。

苏叶抬眸看向他。

唐皓拧开一瓶水递给她，并没有再说话。

他当然知道苏叶这时心情肯定不好，但这事外人也没办法安抚劝慰。

他尤其不能。

难道要比一比谁的爹更渣吗？

苏叶其实的确也想到了这一点。

唐霖年轻时的风流，是整个云城都出名的，甚至大家都说唐夫人就是被他气死的。之后唐霖也没有再婚，少了这层束缚，更加放荡不羁了。一直到他突然病倒，身边的女人都没断过。

苏叶当年也挺不齿的。

可是没想到，她自己那让她崇敬自豪的父亲，其实也好不到哪里去。

她和唐皓……可真算是同病相怜了。

苏叶接过水来喝了一口，收拾了一下情绪，露了抹自嘲的轻笑："名单上的其他人，会不会也都是李乐琪这种情况？"

都是苏承海的情妇，在他死后被威胁离开云城，所以他们才找得这么艰难。

想想如果苏承海那个账户是专门用来养情妇的，那他瞒着苏叶也就很正常了。

唐皓也不好去评价苏承海什么，只道："王思思收到的汇款……时间都是在苏承海死后了。"

就是有可能王思思跟其他人的情况并不一样。

虽然许建安在警察面前一问三不知，但苏叶心里清楚得很，父亲死后，能继续用这个账户的人，也就只有他了。

苏叶眸中闪过一抹冷意："医院的护士，说王思思辞职的时候，可能怀了孕，不知道是真是假？"

"我会让人重点留意一下这方面的消息。"唐皓顿了一下，又道，"但现在最重要的是，怎么处置李乐琪。"

"处置？"苏叶眨了眨眼，忍不住重复了一下这个词。

虽然在知道李乐琪是苏承海的情妇之后，她浑身都不舒服，但还真是没想过要把李乐琪怎么样，毕竟父亲都死了这么久，李乐琪也没做什么过分的事。

唐皓却道："她今天能跟我们说苏叶要杀她，明天就能跟别人也这么说。"

苏叶心头一凛。

这的确是个麻烦。

这种话真的传扬出去，对苏叶对苏氏公司都不是什么好事。

唐皓当然也不想苏叶变成杀人嫌犯，但靠唐家的权势能压制一时，也管不了一世。

她抬眼看向唐皓："你打算怎么做？"

唐皓却反问："你怎么想？"

苏叶又眨了眨眼。

唐夜弦的长相其实是偏向艳丽的，甚至有一种攻击性的美，驾驭女王气场毫无压力，但这时眨眨眼，又眨眨眼，却意外地充满了萌感。

甚至让唐皓忍不住想摸摸她的头。

但想想她最近的态度……他又强行把已经伸出去的手收回来，道："不是说好了跟你有关的事都交给你自己决定吗？"

苏叶倒没有觉察到他的异常，她的心思已经不在他身上。

一是她本来只是想要点知情权，突然得到了决定权有点开心，再来李乐琪的事的确得好好想想怎么处理。

苏叶静了很久，才道："不如通知警方吧。"

唐皓微微皱了一下眉："你确定？"

警方现在正愁王思思案没有突破口，他们才不会去想李乐琪的话是臆测还是谎言，肯定会揪住不放往下查的。

苏叶点点头。

"唐夜弦"在王思思案子里的嫌疑并没有洗清，谁知道现在警方还有没有盯着她？与其让警方跟着她找到李乐琪，倒不如她自己先主动交出线索。

"这个案子跟我们本来就没有什么实质性的关联，我只是想查出真相，如果现在去做什么多余的事情，反而会横生枝节给自己带来麻烦，倒不如就跟警方配合。反正苏叶已经死了，就算传开了对苏氏造成什么影响，头疼的也只会是许建安。"

苏叶对苏氏当然是有感情的，但现在她都死了，苏氏只是许建安手里的苏氏，就算她以后想拿回来，以后要做的事更多，这点冲击根本算不了什么。

想到许建安，苏叶还是忍不住咬了咬牙，缓缓道："正好可以看看，他之前用苏叶的名义去威胁李乐琪，到底是什么目的。"

唐皓看着她，没有再反对，只低低道："你自己不介意就好。"


警方因为李乐琪的证言，再次询问了许建安。

许建安对此的回应还是什么都不知道，他甚至表现得很愤怒。

"苏叶是什么样的人，你们随便找人打听一下就知道。她从小心地善良热心公益，每年的慈善捐款不知有多少，现在还支助着十几名贫困学生。她去世才多久，尸骨未寒，你们就这样污蔑她，还有没有一点良心？我岳父更是乐善好施德高望重，而且人都已经死了这么久，你们竟然敢这样攻击他的私德，到底是什么居心？”

许建安生气地把警察们赶了出去，并警告他们，再听到类似的胡说八道要就去投诉他们，剥了他们那身警服。

他这样义正词严，之后听到转述的苏叶反而不知道应该露出什么表情。

如果是半年前，她当然毫无疑问会相信他真的毫不知情并且一心维护她和父亲。

但……

这些日子以来，那么多往事一点点被掀开，翻出她并不知道的一面，苏叶有时候甚至会觉得荒诞，不知道到底什么才是真，什么才是假，更不知道应该相信什么。

她现在唯一可以确定的，就是她自己以前根本就不知道李乐琪这个人，更不用说派人去威胁李乐琪了。

但是这一点，她目前没有办法证明。

毕竟她现在已经不是苏家大小姐苏叶了，唐夜弦站出来说保证苏叶绝对没做过这种事……警察应该也不会信吧。事实上，就算苏叶还活着，她自己说自己没做过，可信度大概也不算很高。

就好像许建安说什么都不知道，警察们却并没有放弃这条线索，开始侧面调查王思思和苏承海的关系，以及苏叶在王思思最后有消息那天的行踪。

苏叶其实对自己那天的日程记得很清楚，毕竟那就是她自己死亡的日子。

早上是和平常一样的时间起床的，晨跑，跟许建安一起吃了早餐，然后一起去了公司。

上午她有个会，许建安去了工厂视察。

中午是在公司吃的工作餐，下午一直在办公室，然后晚上有个庆祝酒会。

许建安给她打电话说他直接从工厂回家，知道她要参加酒会之后，又问要不要陪她一起出席或者来接她。

她说不用，就是普通应酬，她随便应付一下就回去。

许建安没有坚持，只交代她不要喝酒，他会在家里煲点汤等她。

那个时候她已经在考虑要备孕了，两人对饮食都挺注意的。

她的确没有喝酒，只喝了两杯果汁就回去了，结果路上就出了事。

她从头到尾都没见过什么王思思，而且一整天都在公司，参加酒会时身边也没离过人。按理说她不在场证明应该是完美的，但是警方提出，苏叶这种人物，想做点什么难道还需要自己亲自动手吗？只要有钱，有的是亡命之徒供她差遣，她根本不需要离开公司。

这个苏叶也是没办法辩解的，毕竟她都死了。

但也正因为她已经死了，警察就算怀疑，一时也找不到确实的证据，唯一的依据就是李乐琪的口供。

可是李乐琪的精神状态并不稳定，她认定叶苏会杀她的理由就是当初来威胁她的人是这么说的，但又拿不出可以证明这些人的确是苏叶派来的证据，当时并没有录音录像，她甚至都记不清那些人的具体长相。

所以警察内部也分成了两派，一派倾向相信李乐琪的说法。毕竟王思思之前也有怀孕的传闻，如果她真的也是苏承海的情妇，那这就可能是苏叶下手的动机。毕竟苏承海给过李乐琪承诺，说不定就也给过王思思，苏叶当然不会希望苏氏又多出一个继承人来。

另一派则认为李乐琪的口供没有什么参考意义，很可能只是她自己的被害妄想。

许嘉是支持后一种的。

"王思思也是苏承海的情妇这件事，八成只是李乐琪的臆想。何况那个怀孕的传言时间上算起来也不太对。再者说王思思账户上那些汇款，时间都是苏承海死了之后，跟李乐琪所说苏承海死后苏叶就给了一笔钱打发她离开云城的做法也对不上。我倒是更倾向于和王思思有瓜葛的人是许建安。"

苏叶也是这么想的。

父亲病了之后，她忙着公司的事，许建安去医院探望陪伴的时候更多一些，跟王思思接触的机会当然也就更多。

"这么一来，似乎苏叶的嫌疑又重了几分。毕竟作为已经成年并且在苏氏有相当基础的女儿，她跟苏承海的情妇其实并没有什么直接的利害关系，哪怕现在多一个同父异母的弟妹，也争不过她了。但如果是许建安的情妇，当然又不一样。"许嘉说。

苏叶嗤笑了一声："如果她真的发现王思思和许建安有一腿，根本不会去找王思思的麻烦，只会将许建安扫地出门。"

许嘉抬起眼来看着她，突然笑了笑："你对苏大小姐这么了解？"

苏叶心头顿时一凛，在这人面前还真是一点都不能大意。她打了个哈哈："毕竟是我家大哥念念不忘的人嘛。"

许嘉也不知道有没有接受这个解释，只道："苏叶在苏氏并不是什么也不懂的傀儡公主，她是真的从小作为继承人培养的，有能力有见识，还有扛起整个公司的责任感，我觉得她不至于这样感情用事铤而走险。毕竟如果单纯只是把李乐琪赶出云城，还可以理解为'眼不见心不烦'的心态。但动手杀人，对她苏大小姐能有什么好处呢？"

苏叶只差没直接为他鼓掌了。

就是说嘛，她弄死王思思，能得到什么？就算她父亲真的在外面弄出了一个私生子，大不了也就是出点钱养着，类似唐皓早先对唐夜弦的态度就行，犯得着做杀人这种事吗？现在毕竟是法治社会了，真没必要用自己的大好前途来冒这个险。

但许嘉却跟着就话锋一转："除非王思思做了什么她不能容忍的事情。"

苏叶有点哭笑不得地看着他："许老师我现在有点不太明白你的想法，你到底是相信苏叶不会杀人呢？还是反过来？"

"水落石出之前一切皆有可能嘛。"许嘉说，"我只是想尽量将所有可能的情况都假设一下。你就当是我的职业病好了。"

"好吧。"苏叶摊摊手，"那许老师觉得，王思思会做什么让苏叶不能容忍非要置她于死地的事？"

"比如说……"许嘉顿了一下，才缓缓道，"敲诈。"

苏叶自己十分确定，她从来没有被王思思敲诈过。

但是她仔细对比了一下之前那份汇款记录，发现王思思跟李乐琪的账目的确不太一样。

李乐琪那边能够看出来是按时定额给生活费的规律，王思思这里的时间和金额都不确定。当然只凭这个也无法证明什么，但苏叶莫名其妙就是觉得，许嘉这个假设，可能更接近真相。

毕竟……

她看着资料上王思思的照片。

她私心里，真不希望王思思跟许建安有一腿。

这种心情十分复杂。

她对许建安也许的确没有像对唐皓那样炽热强烈的爱情，但她答应嫁给他，当然还是想好好跟他过下去的。

在很长的一段时间里，他们也的确举案齐眉、相濡以沫，是人人称羡的恩爱夫妻。

她重生后的第一反应是回去找他，她知道他有她以前不知道的那一面时的心痛，这都是再真实不过的情感。

苏叶甚至又想起了在枫城时，许建安那种歇斯底里的失控。

他对她……大概也是有过真心的吧。

所以……她可以理解许建安背着她弄钱，却真是完全没办法接受许建安找了一个什么都比不上她的人做情妇。

王思思算什么？

他一面跟她做着恩爱夫妻，一面跟王思思这样的人你侬我侬，苏叶只想一想都觉得……那简直是一种屈辱！

# 第十三章

凶手是苏叶

唐皓走上阳台的时候，就发现苏叶坐在隔壁阳台发呆。

她很喜欢坐在那张躺椅上晒太阳看书睡觉，闲散慵懒，就好像什么小动物。

这一点是以前的唐夜弦和苏叶都不曾有过的。

就好像这两个人加在一起，又产生了什么奇妙的变化。

他想起她那天尖锐地问他"在叫谁"，他其实也有点茫然，她到底……算是谁？

这种玄奇的事，又没有先例可查，他甚至也没办法去跟别人请教。

唯一可以确定的，就是他的确喜欢她。

不论她以前是谁也好，现在在这里的这个少女，他每次都会不自觉地被她吸引，只要看到她，都会心生安宁，就想好好地、长长久久地跟她在一起。

但今天……她的表情似乎有点不太一样。

有些怀念，有些愤懑，又有点纠结，总之看起来并不开心。

他上次见她这样，是因为许建安。

唐皓皱起眉，重重地咳嗽了两声。

苏叶抬起眼来，见是唐皓站在另一边的栏杆边，就笑了笑，打了个招呼：

"大哥今天回来得这么早？"

自那天他们"认真谈过"之后，苏叶对他的态度似乎又变了。

没有之前的瑟缩害怕，没有假意做作的撒娇讨好，也没有那些尖锐的嘲讽。

她现在平和、恭敬，而又……不经意透着疏离。

唐皓心头发闷，问："你在做什么？"

"把上次的那些转账信息又看了一遍。"苏叶扬了扬手里的文件夹，并把之前许嘉的分析跟他说了一下。

"哦？我看一下。"

苏叶正要起身把文件夹递过去，却见唐皓伸手一撑阳台的栏杆，长腿一抬，直接就从那边翻了过来。

她吓得直接跳了起来："小心！你……"

两个阳台真是挨得很近，唐皓的动作也相当干净利落，苏叶才只说了三个字，他已经过来了。

"你发什么疯？就算要过来，走个门行不行？这么一点距离偷什么懒爬阳台？很危险的你知不知道？你到底几岁，心里有没有点分寸？就算只是二楼，万一真的摔了，后果也很严重的好吗？"苏叶惊魂未定，冲过去抓着他就是一通连珠炮似的咆哮。

唐皓被她揪着衣服训，脸上的表情却渐渐柔和起来。

"嗯。"他低低应了一声，"以后不会了。"

苏叶刚刚也是真的吓到了，根本没想太多就抓住了他，听到他应声，才反应过来自己这举动有点逾矩，连忙松了手，退开了一步。

"我……"

她张了张嘴，却又不知要怎么说才好。

她是关心则乱。

但现在她和唐皓之间……大概最不需要的就是这种关心了，那只会让他们的关系越来越乱。

唐皓其实也不太想继续这个话题。

他都不知道他自己刚刚吃错了什么药。

大概就是看她那个表情不太舒服，也不想她继续对自己保持距离，只想做点什么把她的注意力拉回来。

就好像故意耍宝卖弄引人注目的小男生，幼稚得……不敢回想。

简直是人生之耻！

如果这是个电影，唐总裁现在都很想把刚刚那一分钟彻底剪掉。

但……苏叶的确透露出一点别的情绪来，他又觉得挺值的。

他觉得自己可能有点犯贱。

唐皓干咳了一声，故作镇定地直接在苏叶的小茶几边坐下来，拿起了她刚刚在看的文件。这些资料文件都是他给苏叶的，他当然早就看过，这时也不过就是做个样子。

他一面飞快地浏览，一面问："那个许嘉……为什么会跟你说这些？"

"大概……一方面是答应过我要查清苏叶的死因，一方面是自己的兴趣吧。"苏叶猜测，她跟许嘉其实真的还算不上有多熟，接近他也只是为了找人调查自己的死因而已，对他这个人的了解并不多。

唐皓放下了文件夹，抬眼看向她："你跟他说了吗？"

"什么？"苏叶眨了眨眼，不明白他指什么。

"你是苏叶的事。"

唐皓说得一本正经，苏叶自己反而怔了一下，然后才摇了摇头："怎么可能？随便跟外人说那些神神道道的东西，我会被当成神经病吧。"

唐皓微微挑了一下眉，他突然有点喜欢"外人"这个词。

苏叶看着他的嘴角往上翘，觉得这人的脾气如今越发让人捉摸不定，索性也就懒得去琢磨了。

她回到了自己原来坐的位置，给唐皓倒了一杯茶："我觉得多个人来调查这事，也许能多一种思路，就比如许嘉说的敲诈。如果是王思思手里拿住了许建安的什么把柄，再三勒索，许建安只能杀人灭口。这么想是不是也很合理？"

唐皓端起茶杯，手指轻轻敲击着杯沿，缓缓道："如果按这个思路来想，王思思能威胁到许建安的，只有两个可能。第一是她跟许建安有不正当的男女关系，许建安不想让别人知道。第二嘛，按她和许建安的交集……就只能是苏承海的死……"他说到这里不由得停下来，又看了苏叶一眼。

苏叶也想到了这一点。

她记得父亲当年住院是有过好转的，之后却又急转直下，沈弘行都说过奇怪。

如果是人为……

苏叶咬了咬牙。

苏承海也许不是什么完美的好人，也瞒着她做过一些她不会认可的事，但……那是她父亲，一直都疼爱她，对她千娇万宠的父亲！

唐皓悄眼打量着她的神色，不太确定她更介意哪一种可能，又试探性地道："从尸检结果来看，王思思死的时候并没有怀孕。"

"欸？"苏叶有点意外，她倒不怀疑唐皓有办法看到法医报告，但……"许嘉没有跟我提过这一点。"

许嘉甚至还说到了有一部分警察的意见是苏叶要杀王思思的动机就是因为王思思怀孕了。

是他真不知道，还是故意这样说给她听？

"他在怀疑你。"唐皓的声音很轻，语气却很笃定。

"怀疑我？我跟王思思一点关系都没有啊，如果他真的怀疑我，其他的相关案情应该也不会跟我说吧？"

"不，是怀疑你……"唐皓顿了顿，略显生硬地接道，"跟苏叶的关系。"

这个许嘉倒是早就在怀疑了，但苏叶真没想到他在这里竟然又试探了一回。

她不由得按了按自己的太阳穴。

怎么重生之后总觉得智商有点不太够用呢？

她以前大概真是没有自己想象的那么聪明，不过是因为一直顺风顺水，才生出了那种自以为是，怪不得唐皓要看不起她。

唐皓却又道："这就头痛了吗？你今天是不是还没上过网？"

苏叶皱起眉："还有什么？"

唐皓拿出手机，点开了一个新闻APP，递到了苏叶面前。

都不用搜索，苏叶的大名就明晃晃在首页挂着。

"苏氏前总裁苏叶涉嫌故意杀人。"

"苏小姐涉嫌谋杀，许建安怒斥警察。"

"震惊！美貌护士沉尸湖底，嫌疑人竟是苏家大小姐。"

"盘点已故苏氏大小姐苏叶生平，到底是热心慈善的名媛，还是涉嫌谋杀的凶手？"

……

各种博眼球的新闻标题层出不穷，立场和论点也各不相同，唯一可以确定的是"苏叶涉嫌谋杀"这件事已经火遍了全网。

苏叶在打算把李乐琪这条线索交给警方时，就已经做好了"苏叶"的名誉会受损的心理准备，但她真没想到会这么快。

"案子还没有结，就闹得这样满城风雨？"苏叶翻看了一下内容，倒没有多少实锤，大半都是捕风捉影的臆测，大概最接近事实的就是许建安骂警察了。

"很显然是背后有推手。"唐皓说，他就是因为这个，才匆忙赶回来见她，"不过警方似乎也没有认真控制这些言论，就不知道是什么打算了。"

"不管怎么说，目前看起来，似乎是真有人想让苏叶背这个锅啊。"苏叶嘴角微勾，自嘲地冷笑。

她以前真以为她事业成功家庭美满，是当之无愧的人生赢家。

现在想想还真是讽刺。

父亲、丈夫、朋友……全都不是她印象里的那么回事，而且她都死了，还有人想往她头上栽赃。

她做人未免也太失败了。

结果啊……

苏叶的目光从手机上移开，落到对面的男人身上。

兜兜转转，倒只有这个人……

但她又偏偏落在这样的境地……

她闭了闭眼，不再去想，伸手把手机还给唐皓，轻轻问："你打算怎么做？"

"目前的情况，倒是一动不如一静。"唐皓说，"我会让人照你说的敲诈勒索的方向查查看，其他的话，不如先等对方的意向暴露出来再说。"

很久以前，炒作这种事，似乎还是娱乐圈的专利，但渐渐就开始扩散了，好像什么事情都能炒一把。真真假假，一波三折，不到最后都不知道真相到底如何。

当然很多时候，幕后的操控者也并不需要什么真相，只要把话题炒热了，就算达到目的。

这次的事件，目前却还不太明朗。

不知道到底是冲着苏叶，还是冲着许建安，又或者是针对整个苏氏的产业？

苏叶同意唐皓的想法，不如先观望一下再说。

她本来是觉得，"苏叶"都已经死了，苏氏由许建安把持着，她现在的身体姓唐，不论网上这一波"苏叶涉嫌谋杀"的造势是什么目的，都跟现在的她没有太大关系，所以大可以好整以暇，慢慢地见招拆招。却没想到，第二天，这把火就烧到了"唐夜弦"身上。

就好像大多数的炒作套路，第一天大家都在"震惊"于苏大小姐卷入谋杀案，也有不少人觉得入土为安，案子也没有最终结论，就这样说一个已经去世的人不太好，自发地声援许建安，跟着骂警察和无良媒体。

但到了第二天，风向就有了微妙的转变。

有人在扒苏大小姐的生平时，当然不可避免地就说到了她的情史。说到她和唐皓和许建安。许建安从被苏氏资助的穷学生到苏承海的助理再到苏氏的乘龙快婿，这样一个平步青云的过程，当然引起了众多人的艳羡，跟着就有人开始说酸话了。

苏叶嫁给许建安没几年，苏承海就病故了，再一年，苏叶又出了车祸。

有人说许建安这命也太好了吧，死了岳父死老婆，从一个农村出来的穷小子，一跃成为亿万富翁，这种好事谁不想？老婆嘛，他现都是亿万富翁了，还怕娶不到老婆？

有人骂这种想法太凉薄，就吵成了一片。

有支持许建安的，举出他各种堪称模范丈夫的事迹。马上就有人反驳，说那不过只是为了图谋苏家家产做出来的假象。

就在这个时候，有人爆料，许建安在苏叶去世没多久，就开始接近唐家小姐唐夜弦了，显然是做豪门女婿做上了瘾，还有照片为证。

几张照片都是偷拍，不算太清楚，但还是可以认出上面的人。

的确是许建安和"唐夜弦"本人。

这个爆料者显然预谋已久，最早的照片是苏叶拍完了《宫墙月》杀青宴的时候，在酒店碰上许建安那次。之后还有她跟着云清艺术团露天演出的时候，许建安去学校找她的时候，甚至还提到了他们同一个航班去枫城。

这人虽然是在骂许建安，但是用词暧昧，照片的角度也有点刁钻，倒好像许建安和唐夜弦早已经勾搭成奸。

而唐夜弦本身，也是有未婚夫的，而且前一阵还和孟修传过绯闻，被人骂得一塌糊涂，现在唐家的律师函都不知道发完没有。

显然比起谋杀案那种沉重的话题，这种又是豪门又是明星又是多角关系的香艳八卦才更让闲得无聊的网民们喜闻乐见，这个爆料帖瞬间就被转发了几万次，并且还在持续升温。

好事者和狗仔们打了鸡血一般试图从各种渠道得到进一步的消息，连孟修都被惊动了。

"真·无辜躺枪"的孟影帝给苏叶打了个电话，表示他可以替苏叶做证，网上贴出来的第一张照片虽然没有拍到他，但他毕竟在场。

苏叶颇为过意不去，连忙道："谢谢孟老师，不过不必麻烦了。当然，如果孟老师那边要辟谣，你怎么安排我都配合你。但我自己就无所谓了，反正我一直都是黑红黑红的，越黑越红，哈哈哈！"

孟修沉默了片刻，才道："我是说唐先生那边……不用跟他解释吗？"

苏叶愣了一下才想起他那个莫名其妙又根深蒂固的误会，只能干笑了一声，道："不，不用的。我大哥不是那种人。"

孟修那边又沉默下来，这种迟疑很明显代表了不信。

苏叶只能又解释："再怎么说他是我大哥嘛，总不可能信那些捕风捉影的传言都不信我。退一万步讲，如果他真的不信，孟老师来替我解释……那就更糟糕了呀。"

毕竟孟修本人也是她的绯闻对象之一，而且上次骂唐夜弦骂得最厉害的，就是孟修的粉丝了。

孟修这才道："抱歉，是我考虑不周。"

"没事，不用太介意这些啦。"苏叶道，"我看现在网上这场风波，本来应该背后另有目的，那个爆料只是在浑水摸鱼，即使我们什么也不做，也会有人去处理的。毕竟人家花了钱带节奏也不希望看到就这么被娱乐圈八卦喧宾夺主。"

孟修也没多问那个背后的目的之类，他也看过爆料帖的前因后果，大致知道火是从哪里烧起来的，真的涉及苏氏这种大公司，就不是他能插得上手的事了。

随口又闲聊了几句，知道孟修还在云溪，苏叶便说有空去探他班，顺便让他录个小视频给明畅公司的生态农庄做下宣传，跟着就挂了电话。

苏叶虽然说不用太介意网上的言论，但身边的人却不能不理。

这次唐皓本来就一直关注着网上的消息，第一时间给老爷子打了预防针，唐霖的反应倒还算平静，只是叹着气跟苏叶抱怨，果然人红是非多，八竿子打不着的事，也能黑一波。

自从被唐皓"委以重任"之后就忙得天昏地暗几乎要从苏叶的世界里消失的杜怀璋也跑来刷了一下存在感，发了个声明表示要追究造谣者的法律责任。

他现在手上有两个大项目，志得意满，"唐夜弦"对他而言有如鸡肋，平常已经真的连信息都懒得发一个，但若是绿帽戴到了全国人民眼前，当然也不可能不介意。

好在爆料帖里提到唐夜弦和许建安见面的时间，他即使不在场也是知情的，除了给苏叶打了个电话警告她几句之外，到底也没有真的对她怎么样。

反应最激烈的，反而是唐皑。

当着父亲的面，唐二少还算强忍着，等唐霖回房去休息，便直接跳起来指着苏叶的鼻子骂她不知廉耻丢尽唐家的脸。

"……早些年要死要活的非杜怀璋不嫁，后来那些可笑的暴发户杀马特我都懒得提，甚至你还跑到沈弘行那里去丢人现眼都算了，但许建安是怎么回事？他是什么人？他跟我们什么关系？我上次明明警告过你，你竟然还跟他搅在一起？你脑子是不是进水了？不，你是不是根本就没有长脑子这种东西？"

"等等，"苏叶瞪大了眼，"沈弘行是怎么回事？"

那边唐皓几乎也在同时出了声："沈弘行？"

"怎么？当初骚扰得玉和医院差点就要挂出'唐夜弦与狗不得入内'的牌子，敢做不敢认吗？"唐皑嗤笑了一声，自己突然又顿了一下，更加气急败坏地叫道，"你耳朵也是摆设吗？到底会不会听人说话？重点是沈弘行吗？"但叫完了，又意识到刚刚唐皓也问了沈弘行，不由得又转头看了大哥一眼，就露出几分委屈来，"她闹出这种绯闻来，外面不知有多少人在看唐家的笑话，大哥不管她就算了，竟然还跟着凑热闹？"

你们的关注点到底在哪儿？

唐皓顺着弟弟的话头，看向苏叶，微微挑了一下眉："解释一下？"

他脸上没什么表情，但眼睛的颜色却似乎比平常略深，眼神颇有点阴晴不定，显然跟唐皑想要的解释并不一样。

唐皑却并没有注意到这一点，自以为得到了大哥的支持，扬着下巴冲苏叶哼了一声。

苏叶都要被这傻弟弟逗笑了好吗？

但这个时候当然还是不敢笑的，她只能乖乖解释："爆料里都是乱写的，照片虽然的确是我没错，但第一张是我第一次拍电视剧杀青，在酒店里碰上了许建安，全剧组的人都在呢。虽然照片的角度看不到，其实孟修就在侧面，方明雅也在，我能跟许建安有什么？然后嘛……馔玉楼那次二哥你在的啊，还差点打起来，有什么暧昧？广场演出时大哥去接我的，之后几次我再见到许建安都是和杜怀璋在一起，我要跟他搅在一起的话能当着杜怀璋的面吗？"

她顿了一下，叹了口气，露出一丝伤感来："这很明显是有人故意黑我，外人见不得我好，眼红嫉妒，我可以不计较，就当是听到狗叫，可是……二哥你在外面听到点风言风语，不问是非对错，就先向我发火，我……有点难过……"

唐皑讨厌唐夜弦都已经成了习惯，一旦有什么事，就会反射性地往最坏的方向去想。至于唐夜弦的感受……他需要在意吗？

但是，这时听到她这样说，他一时竟然噎住了。

仔细想想，她最近似乎的确没有做过什么出格的事，甚至他数次恶语相向，她也没有像以前那样跳脚骂回来或者跟父亲告状。他们虽然不像正常的兄妹那样亲近，好歹也算是相安无事了。

不过，浪子回头什么的，他是绝对不信的。

俗话说得好，江山易改，本性难移。唐夜弦能改好，除非太阳从西边出来。

唐皑皱着眉盯着苏叶，试图分辨她是不是在演戏，毕竟她最近演艺事业渐渐也开始上了路，演技见长。

唐皓也在打量苏叶。

出发点又略有点不太一样。

——他不想她真的难过。

兄弟俩的目光都毫不掩饰，苏叶有点招架不住，索性就打算开溜："没什么事的话，我就先回房间了。"

"站住。"唐皑叫住她，"你给我把话说清楚再走。"

"你还想让我说什么呢？反正我说什么你都不信。"苏叶耸了耸肩，"那就这样吧，你爱怎么想就怎么想好了。"

反正她是打算要走的。目前在唐霖面前，大家勉强也能维持着和平共处就好，等唐霖去世，她就远走高飞再难见面了。唐皑对唐夜弦的看法能不能有所改观，对她来说都无所谓。

"你……"

唐皑还要再说，却被唐皓叫住。

"好了。"唐皓说，"这件事就到此为止吧。"

"大哥。"唐皑转回头不甘地叫了一声。

唐皓却板起了脸，道："但有一点小夜说得没错。不管怎么样，我们始终是一家人，碰上这种事，总要先护着自家人才对，你这样不分青红皂白先内讧，才会让外人看笑话。"

唐皑其实也不是真的不分场合轻重，之前在双石山就为苏叶怼过郑威，所以听到大哥这样说，就更委屈了，咬牙叫道："谁跟她是一家人！我绝对不会承认她是唐家人的！死都不会！"说完就气呼呼地先跑回房间了。

唐皓莫名觉得有点心塞，只能自己叹了口气，抬起眼来，却发现原本早说要走的苏叶竟然还站在原地没动。

他走过去，轻声安抚道："阿皑他……我以后会慢慢再劝他的，你……"

苏叶停下来，是听到他说"小 ye"，虽然也不知道他念出来的时候，到底是指哪个字，但他在唐皑面前，叫了"小 ye"。

这让苏叶的心情有点复杂。

不知道他这样逐步明朗化，对自己来说，到底算不算好事，却可以看得出来，唐皓果然没有爱上"唐夜弦"，她只是真的被当成了替代品。

唐皓很敏锐地感觉到了她情绪的变化，笑容微敛："怎么，不喜欢我这么叫你？"

"哦，不是。大哥想怎么叫都行。"苏叶随口敷衍。

唐皓当然也看得出来，他静默了几秒，索性放过了这个问题，改道："我要的解释呢？"

苏叶眨了眨眼："什么？"

"沈弘行。"唐皓吐出这个名字，表情有点复杂。

他真不知道"唐夜弦"去骚扰沈弘行是什么时候，他之前对她几乎是彻底无视的，反而不如讨厌她的唐皑关注得多。

"不知道。"苏叶坦然地耍赖，"大概是以前脑残被人挑拨着做的蠢事吧，我没有印象。"

要说唐夜弦真的看上沈弘行，她是不信的，毕竟唐夜弦那么喜欢杜怀璋。

最大的可能就是杜怀璋对她忽冷忽热的时候，谁挑唆她去追别的男人来引起杜怀璋的注意。

那傻妞连自杀的事都肯做，这种蠢事自然也不在话下。

只是……现在要她来背这个锅了。

苏叶想想之前沈弘行对她的态度，突然就觉得，沈医生只是冷着一张脸，没真的把她扔出去，大概已经算是医德高尚了。

唐皓微微眯起眼来："之后你去找王思思……难道不是想找借口见沈弘行？"

这话里的酸气就有点重了。

苏叶无奈地瞟他一眼："我要是真想去见沈弘行，还要找借口吗？"

这理直气壮……唐皓忍不住磨了磨牙："以后不要再去了。"

苏叶皱了眉，她就说人的控制欲会升级。

不要开车。

不要做危险的事。

接下来是不是就该把她关起来了？

她微笑中带着嘲讽："大哥是针对沈弘行呢，还是想索性禁止我跟所有的男人接触？"

唐皓连做了几个深呼吸，才把自己濒临爆发的脾气压下来，耐着性子道："我不是那个意思，但沈弘行不一样。"

"怎么不一样？"

"他喜欢苏叶。"唐皓索性直说了，"从小就喜欢。"

苏叶睁大眼愣住，突然觉得自己好像又被雷劈了一下。

虽然说云城就这么大，上层圈子里有钱有势到一定程度，多少都会有点交集的。几代人传下来，生意、利益、姻亲、恩怨……盘根错节，纠缠不清。

但总有走得更近的，更小的圈子。

比如苏家之前和唐家只是泛泛之交，苏叶上中学时才认识了唐皓，可她和沈弘行却是一起长大的。

沈弘行小时候不太爱讲话，苏叶记忆里，不论大家一起玩什么，他总是静静地在一边看书，叫他才会参与一下，不叫他他能看上一整天。

长辈们都觉得他乖，但苏叶觉得他有点闷。

她不太喜欢他那样的性格。

但沈弘行对她的确很好。

无微不至，有求必应。

他长大做了医生之后，对她更是温和细心照顾周到。

所以苏叶刚刚在唐夜弦的身体里醒来时，才对那样冷淡的沈弘行那么吃惊。

但对苏叶自己来说，沈弘行更像是一位温和的兄长，她根本从来没有考虑过什么男女之情。

听唐皓说沈弘行喜欢她，真是吓了一跳，她反射性问："你怎么知道？"

唐皓嗤笑了一声："我又不瞎。"

沈弘行看苏叶那目光，只恨不得要黏在她身上，情意都要满出来了。

也就是苏叶自己看不出来，当年还大大方方把唐皓带过去介绍："这是我男朋友，这是我从小一起长大的沈家哥哥。"

那声"哥哥"，只怕没把沈弘行的肠子都悔青吧。

那小子倒也一直忍得，苏叶叫他哥哥，他就退回到了哥哥的位置，这么多年，没越雷池一步。

但……

现在又不一样了。

唐皓看着苏叶。

沈弘行对苏叶有多了解？

他能看出来的东西，沈弘行未必就看不出来。

那沈弘行会怎么做？

这才是他紧张的原因。

如果是当年的苏叶，他当然不怕。

那时……任谁都看得出来，苏叶只喜欢他。可是现在……他真是觉得有点看不透面前的少女。

有时觉得她那么近，随手就能抱进怀里。

有时候却觉得，她就像一缕轻烟，一伸手，就要散去，再无痕迹。

所谓失而复得，不过是他的一场梦。

商场上杀伐果决心狠手辣的唐总裁，在这件事上，一点都不敢赌。

而苏叶这时正被唐皓那句话噎得差点气都接不上来，却没办法反驳。

唐皓的确不瞎，瞎的是苏叶自己。

父亲、丈夫、闺蜜、朋友……她上辈子那样志得意满，其实却什么都没看明白。

苏叶突然就有点意兴阑珊。

喜不喜欢的，随便吧。

反正她死都死了。

苏叶也懒得再跟唐皓说什么，直接就回了房间。

唐皓看着她的背影，皱了一下眉，但也并没有再说什么。

苏叶回了房间之后却没能直接休息，方明雅给她打了电话。

也是为了网上那个爆料帖的事。

方明雅言辞恳切地解释并不是她做的，希望苏叶能相信她。

她会有这个举动苏叶也并不意外，毕竟爆料帖里提到过的场合，她大半都在场，尤其是《宫墙月》杀青宴那次。

当时唐夜弦还没现在这么"红"，认识她的人极少，根本不可能有狗仔拍偷她。

何况就算是拍偷，大影帝孟修就在旁边，照片的焦点却在她和许建安身上，这也太不符合普通人的关注点了。

所以分明就是故意的。

而那个时候，方明雅是明晃晃挑拨过苏叶和杜怀璋的关系的。

不怀疑她怀疑谁？

与其被苏叶找上门，倒不如她自己先来解释。

方明雅也承认她当时的确拍了照片，但是她绝对没有往外传，真不知是谁这么缺德造这种谣，她已经发了帖替苏叶澄清。

她道了歉，又各种保证，悔恨交加，声泪俱下。

苏叶也就随便听听。

事实上，是不是方明雅，她并不是很在意。

"唐夜弦"本身得罪的人就多，何况换了她之后，也不是什么好性子。而且她蹿红这么快，也不知招了多少人的眼，挡了多少人的路。会黑她的人真是太多了，她都懒得猜。

反正这事吧，就跟她和孟修说的那样，现在最着急的大概是最开始在网上炒"苏叶涉嫌杀人"的那位。

毕竟中途歪楼了，他原本想要的效果就会大打折扣。

她只要等着看结果就好。

挂掉方明雅的电话，许嘉又打了进来。

许嘉说他这两天在忙着改新剧本，这时才看到新闻。

他那边语气倒是很轻松，问："所以，你和许建安到底有没有那么回事？"

"当然没有，只是被拍到同框而已。那种程度的接触我每天出门都会碰上无数人，如果被有心人拍照的话，难道都是有一腿吗？"

苏叶还有点介意他上次的试探，语气并不算好。

许嘉就笑起来："欸？真生气啦？网上这些无中生有的爆料嘛，你只要还在娱乐圈混，就会碰上无数，气不过来的，不如看开一点。"

这算是劝人吗？

苏叶都气笑了，索性转移了话题，问："那这几天网上爆苏叶杀人的事，许老师看到了吗？"

"看到了。刚开始的时候，把老孙气得不行，差点以为是有人泄密。不过后来发现没什么细节，也就顺水推舟了。"

"顺水推舟？"

"毕竟这事对警方来说，其实并没有坏处。如果操控舆论的人是真凶，那么盯着这条线就好了。如果只是故意博眼球，这种消息传开，说不定真凶会因而松懈。而且，还可以用这个作借口顶住上面的压力继续查苏叶。"

苏叶有点不解："顶着压力？查案不是他们的本职吗？为什么查这个还会有压力？"

许嘉哼了一声："许建安不是说过死者为大，入土为安，不许人污蔑苏大小姐的名誉吗？还威胁要扒了别人的警服，你以为他只是说说吗？"

苏叶皱起眉："但……这个时候，越是想捂下去，不是越显得心虚吗？"

她清清白白坦坦荡荡，根本就不怕人查啊。

这多此一举又是为了什么？

"谁说不是呢？"许嘉的声音有点兴奋，"这事真是……啧，越来越有趣了啊。"

对他来说，大概写作和查案都是兴趣，越复杂越有斗志。

但苏叶身陷其中，真是一点都高兴不起来。

这乱七八糟的，到底算什么事呢？

她只是想知道自己到底是怎么死的，怎么就这么难？

苏叶挂掉了电话，仰面倒在床上，长长叹了口气。

# 第十四章

## 谢谢你

的确就像苏叶想的那样，"唐夜弦"和许建安的八卦没两天就被压了下去。

信息时代就是这样，有什么事情火起来快，消停下去也快。爆一点更热闹的新闻，暗中再玩点控评删帖之类的手段，旧闻很快就会被网友们抛在脑后。

"苏叶涉嫌谋杀"的新进展，也是这个时候爆出来的。

有一个自称热心市民的人，发布了一段行车记录仪拍下的录像。

视频很短，只有十几秒。

时间是推测王思思失踪的那天下午，地点就是王思思家小区。

一个女人拖着一个大行李箱从楼道里出来，上了一辆黑色的车。

距离有点远，女人还戴了口罩，根本看不清正脸，车牌也被挡住了，连车型都只能靠猜。

但楼主特意截图放大，又贴了苏叶以往的照片来对比。

身高、体形、发型差不多有七八成相似。

楼主声称他本来没有注意，前几天看网上的消息，才想起来这么回事，仔细一看，还挺像的。不过视频拍得不太清楚，这也只是他个人的猜测，算不上什么证据。

但对网上的键盘侠来说，这已经足够让他们再次激动地开始狂欢了。

王思思可能是苏承海的情妇和她死前疑似怀孕的事也被曝了出来。

至于王思思根本没有怀孕，或者说跟苏承海去世的时间对不上这种事，键盘侠们也各有猜测。

有人说也许苏叶只是误会了就一时冲动地下了手，又有人说可能是王思思利用护士的职业便利保存了苏承海的精子做了人工授精，毕竟苏承海死的时候才五十多岁，这都是完全可行的。

一时间苏叶因为怕王思思生出苏承海想要的儿子，愤而杀人的说法，就好像已经板上钉钉。

网上的民间侦探们，开始花样百出地推理苏叶的犯罪手法，揣摩苏叶的心路历程，只恨不得把已经死掉的苏叶从地底下挖出来审判一番。

许建安跟着就发布了声明，怒斥网络暴民捕风捉影地败坏他亡妻的声名，坚信苏叶一定是清白的，又表示会对这些不实言论追究到底。

前不久唐皓也为了"唐夜弦"出头，用官微追究网络暴力，并成功让大部分人都闭了嘴，但这件事又不一样。

毕竟牵涉了真实的案件，一条活生生的人命。

网友们只是用词更加谨慎了一点，却讨论得更加热烈了。

到于许建安此举，有人觉得他对苏叶情深义重，但也有人觉得他是心虚想掩盖真相。

唐皓对此嗤之以鼻。

而苏叶……

苏叶还在震惊于那个视频。

这算是什么情况？

她当然可以确定，她绝对没有在那个时间去过那个地方，但为什么会有这样的视频？

唐皓和许嘉从不同途径都查了附近的监控，在同时段的确有拍到过同一个女人，基本排除了那个视频作假的可能性。

那么，那女人是谁？

如果说只是偶然有个体形和苏叶相似的女人从那里经过的话，是不是也太巧了一点？

如果不是巧合的话……

那就是早有人预谋要给苏叶栽赃。

那个时候她还活着，但已经有人准备了这样的"证据"。

让她出车祸还不够，还要背上杀人的罪名。

苏叶联系前前后后的事情想一想，突然有了一个更可怕的猜测——如果当时她出车祸没有死，王思思的案子和这个视频会不会在那个时候就爆出来？那她会怎么样？

身败名裂？

身陷囹圄？

只怕是死了都不得翻身。

这一环扣一环……幕后那个主使，到底是有多恨她？

苏叶一时只觉得一股寒意从足底升起，冷彻心扉。

唐皓看着她，伸手过来，握了她的手，轻轻道："都过去了，这些事跟现在的你一点关系都没有。"

是的，她都已经死了，她都不是"苏叶"了，就算有人设计陷害苏叶，她也不需要害怕，只管一边看戏就行。

可是……

苏叶胸中却似乎一直堵着一股愤懑之气，无处发泄。

"为什么？"她问，"如果真的是许建安的话，他为什么要做到这个程度？苏家父女死了，苏氏已是他囊中之物，为什么还要栽赃陷害苏叶？让苏叶背负杀人的罪名，对他有什么好处？"

"那得去问他自己。毕竟他那种鬼蜮小人的心思，别人又怎么猜得出来？"唐皓握着她的手没放，"不过你不用怕，我不会让他再伤害你，相信我。"

他声音很柔和，说得似乎也很随意，但苏叶抬起眼来看他时，却见他一双幽深的黑瞳里满满都是浓烈情意。

苏叶能感觉到暖意从他手心里渡过来，却不敢与他对视。

他说"再"，就很明显地表露了他这情意从何而来。

苏叶心头微涩。

这感觉真是太让人纠结了。

喜欢的男人握着自己的手，心里却惦记着过去那个苏叶。

她明明就在这里，却不由自主地吃着另一个自己的醋。

还有比这个更荒唐的事吗？


稍晚一点的时候，许嘉又给苏叶带了新消息来。

比起唐皓，他要不客气得多。

"这个许建安惺惺作态的样子真让人恶心，他怎么不去演戏？孟修都没他演技好。这事吧，他是不是亲自动手的不一定，但幕后真凶，绝对是他不会错了。我见过这么多案子，都有一个规律，最后得到最多好处的那个人，不是主谋也是帮凶。"

苏家这些事，最后的受益者毫无疑问就是许建安。

所以从一开始，许嘉就觉得许建安有问题，这时会这样说，苏叶也不奇怪。

"许老师觉得他阻挠调查是因为心虚吗？"

"也有可能是为了误导调查方向，毕竟网上那个视频放出来的时机真是非常微妙。"许嘉分析道，"你看，如果他顺利把这个案子压下去了，那当然万事大吉，什么事都没有了。但如果没有，恰到时机地出现了新证据证明苏叶可能到过现场，他又一副欲盖弥彰的样子，大家当然会以为他是为了替苏叶遮掩。"

"可是……苏叶那天的行程是可以查证的啊。"

"我正要说这个，苏大小姐的行程虽然有记录，但是苏氏总裁办公室是有单独电梯的，中饭之后，到秘书拿了合同去给她签，这中间她避开秘书的耳目偷溜出去一两个小时也完全是可能的。时间和视频拍摄的时间正好吻合。"

"那怎么可能？我……"苏叶怔了怔，不由得急了起来，差点直接就脱口而出说"我一直在办公室"好在中间还算突然回了神，改了一下口，"我听说她中间还给许建安打了一个很长的电话，应该也是可以查证的。"

"电话在哪里都可以打，除非这个电话刚好录了音，而且背景声里有明显可以证明位置的参照。"许嘉泼了她一盆冷水。

苏叶当然没有录音。

她那时对许建安满心信赖，又是夫妻间十分平常的通话，怎么会想起来要录音？

许嘉还嫌不够一般，又道："而且许建安已经对这个案子所有的询问都保持了沉默，当然也没有证明这一点。"

苏叶沉默下来。

"警方还在王思思的房间里找到了不属于她的女性长发。现在还在想办法看能不能检验 DNA。"许嘉叹了口气，"虽然我还是坚持许建安才是真凶，但现在的调查，真是对苏叶很不利啊。"

检验的结果出来，警察在王思思家找到的头发是属于苏叶的。

到现在为止，苏叶有疑似动机，不在场证明有漏洞，有跟她体形相似的女人在推断的案发时间出入被害者所住小区的视频，还在被害者家里找到了她的头发。

如果没有新的线索出现的话，苏叶妥妥的就是这个凶手没跑了。

警方还没有宣布结案，网上却已经开始了审判。

几乎以前所有跟苏叶相关的新闻都被翻出来了，嘲讽她人设崩坏，谩骂她表里不一，表面上假惺惺做慈善，实则贪婪阴险心狠手辣。

一时间，苏叶就好像成了过街老鼠人人喊打，连带苏氏也受了影响，产品被抵制，股票大幅度下跌。

之前试图阻止调查的许建安这时反而保持了沉默，又被网友说是在铁的事实面前哑口无言。

苏氏董事会倒是发了个声明，表示如果警方调查结果苏叶的确存在违法行为，苏氏绝对服从法院判决，不会包庇罪犯。但苏叶都已经去世了，她的个人行为和苏氏企业并没有关系，请大家不要过激和盲目。苏氏也不会被这事影响，将一如既往地以优良的产品和合理的价格回馈大众。

网友们的反应不一而论。

而苏叶自己只觉得心寒。

很显然，"苏叶"已经被苏氏放弃了。

其实也可以理解，如果她还活着，还是苏氏的大老板，这事可能还有转圜的余地。

但……人走茶凉，何况她都死了，怎么能让她影响大家赚钱？

这是人之常情，但苏叶还是忍不住觉得悲凉。

她从小到大，学习的一切，都是为了成为一名合格的继承人。之后为了苏氏的发展，她更是不知道付出过多少心血。到头来，竟只落了这样一份声明。

大概，就算她没死在车祸里，事情发展成这样，她也一样会被董事会放弃吧。

现在回头来看，她上辈子……从家庭到婚姻再到事业，全都像个笑话。

就这个时候，唐皓接受了一个采访。

从他接任安盛总裁以来，名字就是各种财经报道上的常客，照片也会不时出现在大众眼前，但主动接受媒体采访，还是现场直播，这可是破天荒第一次。

苏叶正心烦意乱，被夏千蕾提醒，才开了手机去看。

正听到唐皓在说："视频里那个女人不是苏叶。"

他面向镜头，英俊的面庞上没有什么表情，但目光坚定，语气更是斩钉截铁。

记者似乎也没想到他会直接这么说，有点意外地问："您这么确定？"

"没错。"唐皓点了点头，"我可以以我的身家性命担保，那绝对不是苏叶。"

这句话一出，直播网站的弹幕简直要刷到满屏。

有人骂他为了包庇苏叶死鸭子嘴硬强词夺理等同共犯，也有人感慨在这个时候还能站出来力挺苏叶，可真是真爱了。还有人不知道安盛总裁为什么会替苏家大小姐辩白，于是又有人弹幕科普当年那一对金童玉女的初恋。

弹幕已经歪楼歪到没边了。

苏叶的手有点抖，视野也有点模糊。

但她一时有点分不清，是因手抖拿不稳手机，还是弹幕遮挡了屏幕，又或者是……眼泪快要溢出来了。

唐皓那边正给记者和观众出示依据，他请了专业人士一帧帧地分析那些"疑似"苏叶的监控录像。

"……穿着高跟鞋走路的姿势，跟普通的鞋子还是会有所区别。从旁边的参照物可以估算，她是穿了内增高的鞋子，才勉强有和苏叶相似的身高。这个女人根本不是苏叶。"

记者沉默了一会儿，问："那头发的事呢？我听说已经很确定地验出了苏叶的 DNA。"

"既然有一个女人穿着内增高去冒充苏叶，就已经是有预谋的栽赃了，再放几根苏叶的头发进去，很难吗？"唐皓反问。

弹幕再次沸腾了。

毕竟，如果在对方有预谋，而苏叶自己毫无察觉的时候，想弄到她的头发并不算太难。

记者又问："真没想到唐先生会这么关注这个案子。据我了解，您从接手安盛之后，从来没和苏小姐一起出席过任何一个公开场合，现在却愿意这样为她出头担保，是出于什么考虑呢？"

这个问题就有点刁钻，甚至可以说是阴险了。

简直只差没直接问你们对外一副老死不相往来的做派，私下里是不是余情未了了。

唐皓依然正色道："我很小的时候就认识了苏叶，她是个好姑娘，她不该被这样对待。不论她现在跟我算是什么关系，我都会为她讨回她应得的公道。"

他的声音平缓，并没有太多的慷慨激昂，但在苏叶听来，却字字铿锵有力，掷地有声。

苏叶再也忍不住，痛哭出声。


这天唐皓回家，苏叶就特意去找了他，郑重地道了声谢。

"跟我客气什么。"唐皓随口应着，却打量着她的眼睛，皱起了眉，"眼睛怎么这么红？哭过了？"

还不都是因为他！

苏叶抿了抿唇，之前关系闹得太僵，她现在也不太好意思说自己只是有点感动。

唐皓却误会她是因为谋杀案，安抚道："放心，今天那个视频比对我也交给了警方，这么明显的疑点，他们不可能这样糊里糊涂就真的结案的。而且……"他顿了一下，似乎犹豫了一会儿，但还是说了出来，"沈弘行也找了警方。"

苏叶有点意外："他找警察做什么？"

"交了一份证据。他把苏承海的病历拿出来了。苏承海年轻的时候，就患有弱精症，精子活力极低，用了多种治疗手段，才有了苏叶。到他病逝前的那个年龄和那个精子质量，想让王思思怀孕是不可能的。也就是说，网上传的苏叶的杀人动机，从根本上就不可能。"

唐皓有办法查到苏承海的私密账户，有办法检验苏叶尸体的 DNA，自然也有办法打听到警察的内部消息。

但这事苏叶还是第一次知道。

玉和医院对患者的隐私是保护得很好的，这次如果不是涉及苏叶的杀人嫌疑，沈弘行应该也不会拿出来。

她突然想起了李乐琪，想起那张名单上那些年轻漂亮的女人，然后就忍不住冷笑了一声。

她要收回之前那句话，她父亲，跟唐霖，真不是一样的。

唐霖在外面风流，是贪花好色。

她父亲只怕一直就是冲着生儿子去的。

她以为父亲在母亲死后一直没有再婚是因为夫妻情深，一力将她培养为继承人，是因为喜欢她，以她为傲，却原来不过是别无选择。

那么多年都没有放弃，她也算是服气的。

唐皓打量着她的神色，伸手过来拍了拍她的手："小夜？"

"我没事。"苏叶回过神来，摆了摆手，"但这个，其实也不能算是苏叶被栽赃陷害的直接证据吧？"

唐皓应了一声，道："不用担心，我会倾尽全力，找出真相，不会一直让苏叶被这么冤枉的。"

这样的宣言，他在采访的时候已经说过一次。

这时再对苏叶说出来，意味又不一样。

是为了公道，更是为了她。

苏叶觉得胸中涌起一阵暖意，鼻腔酸涩，却只道："你为什么会做到这个程度？"

唐皓没有说话，只看着她，眼神却似乎抽出了丝，像要将她紧紧缠绕，拖进那深邃如幽潭的眸子里去。

这个问题根本无须回答。


唐皓的这个采访，替他圈了一大波粉。

之前实力宠妹，现在又为前女友出头，加上本人颜值高又有钱，一众迷妹给他贴上了"真·好男人"的标签，喊着叫着要给他生孩子。

而苏叶自己，却有一种人格分裂的错乱感，不知道是应该为他还爱着死

244

去的"苏叶"而高兴，还是应该为如今作为替身的唐夜弦悲哀。

倒是沈弘行……虽然他给警方提供证据的事并没有公开，但苏叶觉得，还是应该亲自去跟他道个谢。

但到了玉和医院，苏叶又有点犹豫。

之前她不知道，也就算了，现在知道唐夜弦纠缠过沈弘行，又听说沈弘行一直喜欢自己……一时就不免多了几分踌躇。

结果倒是路过的护士先跟她打了招呼："唐小姐。"

苏叶认出她正是那天最开始说王思思怀孕的人，好像是姓刘。

大概是因为苏叶最近形象大改，那天又大方豪爽地请了客，刘护士对她的态度颇有点殷勤，主动问："唐小姐今天还是来打听王思思的事吗？"

"不，我今天是来找沈医生的。"苏叶回答。

"哦。沈医生这个时候应该在办公室。"刘护士一面领着苏叶往那边走，一面露出了一点暧昧的笑容，但见苏叶皱眉，立刻又收敛起来，轻咳了一声，改道，"唐小姐听说了王思思的案子吗？我们都吓死了，她父母来找她，您又来找她，结果却发现她早就已经死了。我们每个人都被警察问了话。真是太可怕了。"

苏叶便顺着话头问："你那天说王思思去买验孕棒，是你自己看到的吗？"

"不是啊，我也是听说。"

"听谁说的？"

刘护士就为难地皱起了眉："之前警察也问过，我真不记得了。过了那么久，医院里又来来往往这么多人，也许就是在哪里听到谁提过一句吧。"

连是谁说的都不知道，却敢毫不犹豫地往外传呢。

苏叶还真是有点无力。

刘护士却又道："不是说已经知道凶手了吗？唐小姐您怎么还在问啊？"

苏叶道："不是还没结案吗？"

"但他们都说是苏叶啊。"刘护士啧了一下嘴，"说起来还真是看不出来呢，苏大小姐会是那种人。"

苏叶忍不住问："你觉得苏大小姐是什么样的人？"

刘护士道："这个我也说不好，毕竟我也就是在苏老先生住院的时候见过她几面。她每次都是来去匆匆，高高在上的，也懒得理会我们这些护士。"

苏叶回忆了一下自己当年的形象。虽然她也没有故作冷傲，但跟这些护士，大概的确没说过几句话。她那时管理着整个苏氏，行程都精确到秒算。来医院陪陪父亲，已经是挤出来的时间，哪还可能像现在这样跟护士们聊天八卦？

却听刘护士又道："倒是她老公啊，真是平易近人，又细心又温和，有时候我们忙不过来，他还会主动帮忙呢。"

苏叶不由得又皱了皱眉："据我所知，许建安也不是学医的，能帮你们什么？"

"就是有时候叫个人啊搭个手啊拿个东西什么的，也用不到什么专业知识。现在想想，那个时候苏老先生住院，真是许先生在医院的时候比较多呢，比做女儿的尽心多了。"

的确是。

许建安那个时候还是苏承海的特助。苏继海病了之后，苏叶接手苏氏，其实也想给他调个更好的职位，也好给自己帮把手，但是许建安拒绝了。

他说他作为女婿，在这个时候理应先避避嫌，如果岳父一病，就急吼吼地要上位，只怕要被人说闲话，连带苏叶也要受影响。

苏叶其实不太在乎。

她那个时候真心信赖许建安，也不觉得自己的丈夫来管理自家的公司有什么问题。

但他自己那么说了，她只当他真是为她着想，又或者自己的自尊心作祟，就没有强求。

结果就是苏叶公司、医院两头忙得团团转，许建安则一心在这里照顾苏承海，倒是给自己刷了个好名声。

刘护士领着苏叶到了沈弘行的办公室门口，就借口还有工作先走了。

她再八卦，也不可能明知道沈弘行讨厌唐夜弦还光明正大地敲门送唐夜弦进去。

沈弘行再怎么醉心医术无心管理，到底也是玉和的太子爷呢。

苏叶自己敲了门。

"请进。"里面的人说。

苏叶就推了门进去。

沈弘行正坐在办公桌后面整理病历，一身白大褂，戴着细框眼镜的脸斯文温和，但一见是她，就沉下脸皱了眉："怎么是你？"

"嗯。我来跟你道个歉再道个谢。"苏叶开门见山地说。

"不用了，你不要再出现在我面前，就算我谢谢你了。"沈弘行根本连个缘由都不想听，直接就要送客。

"等一等。"苏叶连忙道，"我知道我之前做过不少荒唐事，但其实真不是为了你。"

她话一出口，自己就顿了一下，好像……这么说，也挺得罪人的？

沈弘行的脸色果然更难看了。

苏叶赶紧接着解释："是因为杜怀璋。我那时候想，如果我生病住院，杜怀璋就会来陪着我。如果他来陪我时发现我和别的男人有暧昧，说不定就会吃醋了，就会更在乎我了。所以沈医生真的只是适逢其会，我并不是真的有意要纠缠你的。"

虽然事情不是她本人做的，苏叶其实也不知道真正的唐夜弦到底是怎么想的，只能依着她的性格和智商去猜了，总之什么理由都行，只要能和沈弘行解释清楚，免得他继续误会"唐夜弦"真的对他有非分之想就好了。

"现在我已经想通了，我以后再也不会做这种蠢事了，之前给沈医生添了不少麻烦，真是万分抱歉。"苏叶说着向沈弘行深深鞠了一躬。

沈弘行看着她，微皱着眉，眼神里依然充满了厌恶："说完就可以走了，以后别再出现在我面前就行。"

247

"嗯，我尽量。"苏叶现在也不介意他这恶劣的态度了，反而还笑了笑。

她这一笑，反而让沈弘行愣了一下。

不管怎么说，"唐夜弦"长得真是很好，不扮丑作怪时，真是美艳不可方物，笑起来就更加了。

但……更重要的是，沈弘行好像在这个笑容里看出一点熟悉的影子。就好像……多年前，那个明明打扰了他读书却还露出无辜笑容的女孩子。

他觉得自己最近大概是压力太大了。

这是什么莫名其妙的联想？

就算这两次见到的唐夜弦和之前相比的确算有所改变，但再怎么变，也不可能变成已经死掉的人吧？

他还没有回过神，苏叶又向他深深鞠了一躬："谢谢你一直以来对我的照顾。"

唐夜弦喝酒打架闯祸装病也的确算是玉和医院的常客，她这么说，也算说得过去。

沈弘行却总觉得她似乎别有所指，眉头就皱得更深了。

苏叶站直了身子，就告辞往外走。

沈弘行当然不会留她，却忍不住一直注视着她的背影。

苏叶手已经握上了门把手，才又低低加了一句："以及……谢谢你。"

在几乎所有人都怀疑苏叶的时候，还肯相信她。

苏叶还没出医院，就接到了杜怀璋的电话，问她在哪里。

"玉和医院。怎么了？"苏叶反问。

"哪里不舒服吗？"

杜怀璋的声音就急切起来，甚至似乎有几分真心的关心。

他私下对"唐夜弦"很少有这种态度，就是最开始还要做出哄着唐夜弦的姿态时，都透着毫不掩饰地敷衍。

这是怎么了？

苏叶意外地挑了挑眉，但还是回答："没有，只是因为上次那个护士的事，过来问一问。"

杜怀璋那边松了口气："那就好，我过来接你。"

苏叶有点想知道他今天是怎么回事，便没有拒绝。

杜怀璋很快就到了。

他一下车，苏叶就注意到了——他特意打扮过。

杜怀璋穿了件浅蓝色的亚麻衬衫，简单自然，头发也有些松散，但并不算乱，反而有几分随性飘逸。

苏叶以往只见过他西装笔挺精英白领的派头，现在看来，他似乎也很适合这样清新日常，整个人看起来都年轻了几岁，甚至有一些爽朗干净的邻家少年的味道。

苏叶不由得怔了怔。

杜怀璋已经到了她面前，挥了挥手："怎么，才多久没见，就不认识我了？"说着还笑了起来。

笑容很温和，就像当年唐夜弦手机上那张作为桌面的照片。

苏叶突然意识到他特意弄成这样是想在"唐夜弦"面前打感情牌。

这是"唐夜弦"最喜欢的他的样子。

大概……就像几年前他第一次出现在她面前。

苏叶心头微凉，但也没有阻止杜怀璋的表演，她想知道他到底在打什么主意。

而且，不管怎么说，毕竟还算养眼。


杜怀璋订了餐厅请苏叶吃晚饭。

席间也一直都很殷勤，甚至菜都是按着"唐夜弦"的喜好来点的，如果唐夜弦还活着，以她对杜怀璋的感情，肯定得受宠若惊，感动得稀里哗啦的。

可惜现在已经换了苏叶。

苏叶冷眼看着，只觉得杜怀璋现在姿态越低，所求就越大，指不定要给她搞个什么幺蛾子出来。

她这边王思思的案子还没结，自己的嫌疑还没洗清，已经够头疼了，哪还想让杜怀璋再来添乱？

她把杜怀璋给她夹的菜推到了一边，叹了口气，道："你有什么事，就直接说吧，这样子我有点怕。"

杜怀璋的动作顿时一僵，缓缓抬起眼来看着她，然后又笑了笑："怕什么？"

苏叶直接道："怕你要让我去做的事太难。"

杜怀璋也就索性直接放了筷子，目光在她身上扫了一圈："对现在的你来说，不算太难。"

她就说吧。苏叶一脸了然："你先说说看。"

杜怀璋道："安盛最近一个项目，要跟格瑞森国际合作，目前还在保密阶段。我想看一眼计划书。"

苏叶差点没喷出来。

她指指杜怀璋，又指指自己："你疯了吧？你知道你和我在唐家算是什么位置吗？安盛集团还在保密阶段的计划书？不难？"

"唐夜弦"这个妹妹来得不怀好意，唐皓一开始就明白的，当然一直都提防着他们，不然在发现她的变化之初，也不会是那个反应。

即便是唐皓现在对她态度不一样，但安盛的事务，还是不可能让她沾手，更不用说保密阶段的项目了。

杜怀璋也不生气，道："如果是半年前，我也不敢想，但你现在不一样了。"

苏叶重生以来，想过悠闲地过这一生，也想过要把唐夜弦这一把烂牌翻盘，结果一步步走成了现在这样，却真没想过，会给杜怀璋带来这样不切实际的幻想。

她都气笑了："再不一样，也不过就是我听话安分点，他们就看在老爷子面子上对我好一点。我早说过了，不碰安盛，是唐皓的底线。而且上次我去安盛，唐皑还全程防贼一样守着我你记得吗？你让我给你偷保密的计划书，你不如直接让我去找死吧。"

杜怀璋给她倒了饮料，缓缓道："唐皓明天会出差离开云城，他不在，你的压力就会小很多。而且也不需要你去安盛，像这样的资料，他在唐家的书房一般都会有个备份。只是你的房间隔壁而已，翻个阳台就过去了。也不需要你偷出来，你拍个照给我就行。你看，是不是很简单？"

他对唐家的熟悉一点都不在苏叶之下，连路线都给她计划好了。

从阳台过去，的确不难，那天唐皓自己也是一迈腿就过来了。

唐霖现在精神不济，晚上休息之后就不会再出来。

唐皑嘛，要忙学业，又要忙实习，也不一定每天晚上回唐家大宅。

如果唐皓再离开，苏叶要想去他的书房拍个照，的确不难。

只是……

她为什么要这么做？

她目前还不知道这个到底是什么项目，但安盛会郑重其事地保密，杜怀璋又不择手段地想看，可见不会小，如果真的泄露出去，后果可不是"唐夜弦"之前那些小打小闹可以比的。

完全可以算是商业间谍了。

即便她是打算以后要离开唐家的，也不想是因为这样的事。

苏叶不由得咧出了一个冷笑："做这种事，我有什么好处？"

杜怀璋看了她一会儿，放柔了声音："你不是希望我抽身吗？这件事做完，我就能离开安盛，离开唐家。到时候我们就可以换个地方，换个身份，重新开始。"

苏叶只静静看着他，一个字都不信。

杜怀璋伸手过来握她的手："我是真的喜欢你，你知道的。只是……这些年来，我们的身份不对等，让我的态度有点扭曲，这是我的错。我道歉。只要你能帮我这次，我们离开这里，就可以像普通人一样，正正经经地恋爱，结婚，生儿育女……"

苏叶再次笑起来，抽回了自己的手："现在再说这些，真是太晚了。"唐夜弦都死了，她长长又轻缓地呼了口气，"我说过的，我不爱你了。"

杜怀璋看了她很久，对面的少女的确还是他再熟悉不过的容颜，但这一刻，却真正陌生起来。

他心头莫名地升起一股怒意，她怎么能够这样？

他可是真的想钱拿到手之后就带她远走高飞的，她怎么可以这样毫不在乎地说不爱就不爱了？

但心中另一种欲望还是让杜怀璋把这种情绪压下来，他也长长叹了一口气，放弃再走温情路线，直接道："你拍到计划书，我就把当年的证据还给你。"

苏叶顿时就睁大了眼。

当年的证据！

什么证据？

是他一直捏在手里说能把她送回泥潭的把柄吗？

那……

那一刻，她的呼吸都是乱的。

杜怀璋当然留意到了，他突然有了一种报复的快感，扬了扬眉，悠然地跷起了二郎腿："你可以好好考虑一下。但是，唐皓这次出差大概是三天左右，你在这期间把计划书发给我都可以。机不可失，时不再来。要是错过了这个村，可就没有这个店了。"

苏叶握了握拳，之前说杜怀璋把她当成了鸡肋，果然没错。

只要有更大的利益，他就可以彻底放弃她了。

# 第十五章
再也不见

到晚上唐皓回来，果然说了要出差的事。

唐霖倒不以为意，毕竟安盛那么大的集团公司呢，唐总裁那么多事，事实上这些天能天天回家来才是反常。

唐皑也跟大哥表了个决心，保证一定会把家看好。

唐霖现在虽然可能还担不起唐家的大梁，但唐霖一直病着，真不知道是哪一天的事，苏叶自己又一堆麻烦，他这个时候能表这个态，唐皓还是挺欣慰的，拍着弟弟的肩说了一些勉励的话。

苏叶隐隐觉得唐二少这话意有所指，不过这个时候，当然也不好多说什么，大不了就是像上次在安盛一样，由得他盯贼一样盯几天罢了。

转念却又想起杜怀璋的要求……苏叶就不免暗叹了一口气。

杜怀璋找她偷文件这事，还是要先跟唐皓说一声的。

等唐霖休息之后，苏叶就去找唐皓，才出了门，就在走廊上碰到他。

唐皓一见到她，眼睛就亮了一下，笑着问："找我？"

"嗯。"

"正好，我也有话要跟你说。"

苏叶跟着唐皓进了书房，才发现他茶都准备好了，似乎就等着她来。

她反而愣了愣。

唐皓倒了茶，一面道："你先说。"

苏叶按下心底那一丝异样，直接开口道："杜怀璋今天找了我。"

"哦？"唐皓看起来并没有意外，嘴角带了丝冷笑，"他倒心急，我还以为他至少得等到我走了之后才会有动作。"

苏叶挑了挑眉："所以……保密项目什么的，是你给他下了个套？"

"项目是真的，保密也是真的，我只是稍微撩拨了一下。"唐皓道，"总要他们跳出来，才好动手。"

他说得轻描淡写，一切尽在掌握的样子，苏叶也就没有追问细节，只道："他让我帮他偷拍计划书。"

"我料想也是如此。"唐皓看了苏叶一眼，"你正好可以跟他谈谈条件。"

后半句他的语气就有点犹豫，像是想教她怎么做，却又顾忌着当初惹她生气的事。

苏叶自己倒是直接得多，道："没让我多费口舌，他自己就提出把当年的证据还给我。我觉得吧，他自己可能也已经厌烦这个局了。"

拖了这么久，却又没有什么成效。

若是能赚一笔大的，不如就此脱身走人。

"只怕他没有那么干脆。"唐皓却道，"就算你拿回旧的证据，但这次帮他偷文件，依然算是落在他手里的把柄。他照样可以借此威胁你。"

"那就要看你了。"苏叶笑起来，偏了偏头，看向他，"看在我这么毫不犹豫地弃暗投明的份上，唐总裁难道不能网开一面吗？"

既然知道这事是唐皓设下的圈套，苏叶就放下心来，想想这事过后，就能拿回杜怀璋那里的把柄，多半"唐夜弦"这假冒的身份也能一并解决，到时再不用受制于人，她就觉得有如身上去了一层枷锁，这时甚至能跟唐皓开起玩笑，笑容里也多了几分自在轻松，显得格外明媚。

唐皓眸色微深，下意识抬起了手，想去摸摸她的头。

但苏叶转眼看着他的手，就坐直了身子。

这个动作排斥的意味太强，唐皓的手就在半空里僵了僵，然后收回来给自己续了茶，垂了眼道："如果你答应我的话，我的就是你的，拿自家的东西，当然也就不算什么了。你考虑一下？"

苏叶打了个哈哈："这算是威胁吗？"

"只是建议。"唐皓端起茶来喝了一口，依然半垂着眼没看她，只轻轻叹了口气，"你刚刚……应该也是猜到了吧，这事结束之后，杜怀璋，他身后的人，你的身份……就都结束了。所以，你还在顾虑什么？"

她……

顾虑得太多了。

身份和地位的差距，伦理上和老爷子的态度，关键是……她的自我分割和唐皓真正的感情倾向……

只是这些，他大概不会在意，说出来也只会当她矫情钻牛角尖吧？

苏叶抿紧了唇，索性跳开这个话题："杜怀璋说的那个计划书，你最好弄个假的给我。"

唐皓有点失望，但也没想今天就逼她表态，就跟着她转移了话题。

"已经准备好了，就放在办公桌中间那个抽屉里，打开就能看到，蓝色文件夹那个。"唐皓指给苏叶看了一眼，"等下我把钥匙给你，你随时都可以过来拍。但是为了怕杜怀璋疑心重，最好过两天再说。"

毕竟杜怀璋也不知道苏叶和唐皓如今的关系，照常理来说，"唐夜弦"怎么也得做一做心理斗争，再筹划一番才能有机会进唐皓书房找文件。再者万一他要看苏叶的手机，发现拍摄的时间和发送时间不对也不行。

苏叶点了点头："那行，我明天晚上或者后天再发给他。你之前说有什么想跟我说。"

唐皓叹了口气："我明天一早就走了，除了这些，你难道没有别的什么话想跟我说？"声音里甚至透出了那么一丝的幽怨来。

这些天以来——虽然说都是为了陪伴时日不多的唐霖——苏叶和唐皓基本上每天都在一起，早上一起吃早饭，要出门的话差不多会一起出发，唐皓也会尽量回来一起吃晚饭，再跟苏叶说一会儿话。

就算很多时候唐皓也会在场，就算在老爷子眼里，也许只是儿女绕膝的温馨，但唐皓自己显然不是这么看的。

除了没有身体上的亲密，跟喜欢的姑娘这样朝夕相处，哪怕她的态度冷淡，但对唐皓来说，也简直又好像回到了甜蜜的热恋时期。

现在他要离开一段时间，按正常的程序，她不应该要问他去哪里去几天有什么人同行吗？

苏叶这才意识到，她之前那种莫名的异样情绪是什么。

她并不是没有跟唐皓分开过。

之前且不论，重生后她也是时不时就出去拍戏，离开几天、十几天都有过，唐皓自己也忙，几天见不上面是常事。

但这个时候，一开始因为唐皓和杜怀璋的事，让她没顾得上细想。

到听他这么一问，她才发现，自己心头隐隐竟有几分不舍。

不想和他分开。

这样不好。

她想。

真的不好。

她不该习惯每天都跟他在一起的。

她是要离开这里的。

……

唐皓一直看着她，见她没有回话，却慢慢红了眼圈，一时又有些心软。

他长长叹了口气，低低道："别这样，我不逼你，你不要哭。"

苏叶捂住了自己的脸，轻轻点了点头。

"我这次去国外，预计三天，公事之外，我还会去一趟你早年生活的那个孤儿院，看看能不能找到点当年的线索。还有王思思的事，也有了点新发现，我会回来时拐去确认一下。"

唐皓自己一点点将这次的行程跟苏叶交代清楚，温声道："如果顺利的话，等我回来，一切都将尘埃落定。不论你有什么苦衷什么顾虑，到时我希望你不要再对我隐瞒，原原本本都告诉我。我们会有办法解决的，好吗？"

怎么解决？

她能变回可以和他平起平坐的苏大小姐吗？

他能不要再爱死去的那个她吗？

可是，如果他真的不爱了，她会不会更难接受？

苏叶心里矛盾万分，身体却像被他那温和的声音蛊惑了一般，流着泪，不由自主地又点了头。


第二天，苏叶还是起了个大早去送唐皓。

唐皓出差其实是常有的事，大家都习惯了，该准备的也早都准备好，其实也就只是去几天，根本算不上有什么离愁。事实上以前唐霖状况还好的时候，就算他在云城，几天不回老宅也是正常的事。

但因为他昨天特意问了，苏叶便总觉得有点什么在心口黏黏糊糊，到他吃了早饭出门，到底还是送到车边，轻轻道："你在外面小心些，其他……都不重要，自己要安安全全地回来……"

如果只是商务活动，她当然犯不着叮嘱这个，但唐皓跟她说了，要去孤儿院，还要去查王思思的线索，会不会碰上凶险，就很难说了。

杜怀璋他们布下这个局这么久，有关她真正的出身，会不特别注意吗？

至于后者，就更不用说了——王思思和她都死了。

幕后真凶是许建安也好，另有他人也好，至少可以确定，他们是不怕杀人的。

唐皓低头看着她，目光温柔，轻轻拍了拍她的手，道："放心。"

不必多言，一切尽在这两字之中。


送走了唐皓，苏叶陪着唐霖说了会话，去明畅处理了一些公务，又关注了一下股市。

都是她驾轻就熟的事，却总觉得有点心神不宁。

她也不知道是最近事情太多，还是因为唐皓。

唐皓走的时候，信心十足、胜券在握，苏叶当然也不是不信他，事实上，正是因为相信，才更加忐忑。

她之前跟唐皓商量过，一切等唐霖去世后再说。

但唐皓现在就给杜怀璋他们设了个套。

一方面大概的确是机会难得，另一方面来说，也未必不是唐皓自己不想再等。

早一天解决了这个隐患，早一天澄清"唐夜弦"的身份，他就能早一天光明正大地跟她在一起。

但她……

真的要这样跟他在一起吗？

一个死而复生的灵魂，用着一个为爱自杀的少女的身体，和一个依然深爱着初恋情人的男人？

怎么都觉得有点荒诞吧？

正好夏千蕾进来，苏叶便叹了口气，把这些情绪都暂时按下。

她交代了一些工作，又道："你最近安排人留意一下苏氏的股票。"

夏千蕾有点不解。

明畅这边还是在花钱的阶段，投资的电影也还没有收益，苏叶现在手头的钱其实不算多。苏氏最近虽然因为苏叶的负面消息股价下跌了不少，但也不是她能惦记的。

所以夏千蕾试探着问："哪方面的留意？"

苏叶道："苏叶死得突然，苏氏的权力过渡本来就不太平稳，这次又牵连进王思思的案件，股价波动是正常的，但我发现好像有人在暗中吸纳抛售的散股，想看看能不能查出来到底是谁。"

夏千蕾应了声出去做事。

苏叶靠到椅背上，又叹了一口气。

再次感受到没钱没人的窘迫。

她自己一堆事分身乏术，手下一个夏千蕾，也不知道要分成几半来用。

这时候，她甚至有一点理解杜怀璋了。

白手起家重新开始，说得好听。但是她办这个公司，还是背靠着唐家一路绿灯，看起来好像顺风顺水发展前景良好，但要论真格的，不要说跟苏氏安盛这种老公司打擂台，就连在旁边打酱油的资格都没有。

怪不得那么多人想走捷径，人们调侃许建安娶个好老婆少奋斗三十年，说起来好像不齿，却不知有多少人羡慕嫉妒，只恨不得做豪门女婿的人是自己。

想到许建安……苏叶忍不住又把目光移到了电脑屏幕的网页上。

许建安这些天依然保持着沉默，不论是对苏叶的杀人嫌疑，还是对苏氏的公关声明，都没有回应。

他到底在想什么？

他那天……当着她和杜怀璋，那样歇斯底里真情流露，到底是真的失控，还是一场精心的表演？

苏叶心头纷乱纠结，杜怀璋又给她打了电话来。

他这次的确很心急。

唐皓不愿等得太久，杜怀璋简直一天都不想等。

苏叶敷衍了几句，决定今天晚上去给他拍文件。

她也想早点看到，杜怀璋手里那个能把她送回泥潭的证据，到底是什么。


就像杜怀璋之前分析过的，现在的苏叶，要去唐皓的书房找个文件，的确不难。

而且唐皓还给了她钥匙，她连阳台都不用翻了。

晚上陪唐霖吃了晚饭看了会电视，送他回房去休息之后，她就直接溜达到了唐皓的书房，开门进去，打开抽屉，找到了那份计划书。

苏叶粗略翻了翻，她不知道这个项目具体的情况，但只从这份计划书上涉及的金额来说，的确值得安盛保密和杜怀璋铤而走险。

这让她也不由得更谨慎了一点，给唐皓打了个电话，来确认这份计划书的确是唐皓准备好让她传出去的假文件。

毕竟万一哪里搞错，把真的给出去了，那娄子可就大了。

唐皓并不觉得她这样小心有什么不对，事实上，不论是因为什么，苏叶能主动打电话给他，他就挺高兴的。

唐皓跟她确认了几组数字，道："没错。就是这个，你给他吧。"

苏叶应了一声，迟疑了一下，还是问道："你在那边怎么样？还顺利吗？"

"挺好的，你放心。"唐皓笑起来，又叮嘱道，"我会尽快回来。你把文件给杜怀璋之后，自己也要注意安全。最好在我回来之前，不要跟他见面了。"

"嗯。"苏叶又应了一声。

电话那边顿了顿，声音就柔和下来，低低道："我想你了。"

苏叶顿时就觉得手机好像漏了电，不单是握着的手，从耳朵到半边身体都麻了一下。

她直接挂断了电话。

唐皓没有再打来。

苏叶坐在那里静了很久，才长叹了口气，揉了揉脸，再次拿起手机来，把那份假的计划书一页页拍下来，发给了杜怀璋。

唐皑就在这时冲了进来。

唐二少一手拿着还在录像的手机，一手抢过苏叶的手机，扫了一眼她跟杜怀璋的聊天记录。

他咬牙切齿，怒不可遏。

"人赃并获！这下你还有什么可说的？"


唐皑是真的讨厌唐夜弦。

一方面是因为父亲的原因迁怒，一方面也是她本身的性格问题。

但这几年来，虽然三天一小吵五天一大吵，他真是从来没有像今天这样对她愤怒悲痛。

是的，除了生气之外，他其实也有几分痛心。

唐皑又不是真傻，即便再讨厌这个人，心里也有一条底线，何况唐皓劝他的话，他也不是真的一点都没听进去，只是这么多年芥蒂，一时不能扭转而已。

最近这些时日，"唐夜弦"的改变，他也算是点点滴滴看在眼里。他不可能像父亲那样无条件相信她，但也不至于真的无视她的努力。她跟他一起赛车的时候，她去看他打球的时候，她认真演出同学问他要妹妹的签名的时候……唐二少多少有过几分动摇，勉强觉得有个这样的妹妹也不错。

但到这时，亲眼看着她拍摄了安盛的机密文件传出去，那些动摇就都变成了一个又一个耳光，重重甩在他脸上。

他的怒气简直是在以几何倍数狂增，如果目光能杀人的话，现在苏叶只怕都已经被碎尸万段锉骨扬灰了。

苏叶有点无奈。

她也没想到唐皑会在这时跑来。

这是她的疏忽。

她明知道唐皑可能会盯着她的，却因为已经跟唐皓商量好，就大意了。

这时她也只能搬出唐皓来解释："是大哥让我做的。我刚刚还跟他通过电话，你不信可以打过去问他。"

唐皑哼了一声："我不知道你给大哥下了什么迷魂药，让他变得和爸爸一样偏心站在你那边。但今天的事，你到底知不知道你拍的是什么？出卖公司机密文件这种事，你觉得他还会向着你吗？"

他在安盛已经实习了一段时间，刚刚那文件的编号他看到了，保密等级连他都没资格看，她竟然拍下来传给了杜怀璋！

简直是吃里扒外，愚蠢透顶！

但他刚刚也看到，图片都发出去了，这事的确必须马上通知大哥才行。

所以唐皑狠狠瞪了一眼苏叶，还是拨通了唐皓的电话。

苏叶当然不会在唐皑气头上做多余的事，反正这事是唐皓自己安排的，他应该能跟弟弟解释清楚。她就索性退开了一点，坐在沙发上，等着唐皑打完电话。

但她自认问心无愧的这副姿态，看在唐皑眼里，却变成了"有恃无恐"的傲慢，心头怒火升腾，越发按捺不住。

距离有点远，唐皑也没开免提，苏叶听不到电话那边的声音，只听着唐皑怒气冲冲噼里啪啦地告了一通状，然后停下来听那边说话，跟着就大叫起来："什么？大哥你疯了吗？这种事你都要包庇她？"

苏叶看着唐皑额上青筋凸起，手指用力得似乎下一秒就要把手机捏爆，不由得皱起眉来，心头涌起一点不太好的预感。

唐皑气成这样，唐皓又不在跟前，隔着个电话，他只怕连大哥的话都听不进去。

果然，唐皓不知在那边说了什么，唐皑又叫道："平常家里些许小事，你偏心她也就算了，这是安盛的生意，不是儿戏，你这样不怕外人寒心吗？"

"什么一家人，她根本就不是我们的家人。"

"不，是你没搞清楚，我没有乱说话。她就是个不知从哪里来的野种。"

"大哥你才要冷静一下。我做过 DNA 鉴定了，还做了三次。她跟父亲，跟你，跟我，根本一点血缘关系都没有！"

苏叶听到这句，心头不由得一凛。

唐皑竟然去验了她的 DNA？

他……苏叶突然想起之前方明雅提醒她的事。

没想到陆海薇还真是成功了。

不知道陆海薇是真的拿到了唐皑的 DNA 和"唐夜弦"的做了对比，还是别的什么办法，看起来是真的引起了唐皑的疑心，才会自己又去做了鉴定，还把全家人都对比了一轮。

苏叶之前没把这个当回事，甚至还觉得陆海薇能引爆这事还算省了她自己的工夫，但她真没料到会在这个时候爆出来。

现在可不算是什么好时机。

她张了张嘴，还没说话，就听唐皑又道："是，你知道，你当然知道。我都能查出来的事，你怎么会不知道？你不过就是一直在当我是傻子而已。"

"那你要我怎么想？"

"一个来历不明的野种，你跟爸爸都偏心把她宠上天了，她做什么都对，她想怎么样就怎么样，全世界都要让着她。连偷公司文件这种事，你都能包庇她。我还不能生气？"

"行，我今天把话撂这里了，从现在开始，唐家有她没我，有我没她！"

唐皑冲着电话那端发火，话说得决绝，自己却先红了眼睛，连声音都是哽住的。

他真是伤心。

他母亲去世早，就算没去世时，也是因为父亲的事，整天郁郁寡欢，顾不上他。

父亲就不必说了。

兄长比他年纪大很多，又优秀，人前人后都抢尽目光。小时候他们玩不到一起去，到大一点……唐皓又有自己的学业同伴还谈了恋爱，他无非就是个小跟屁虫。

再然后家里就出了事。

唐皑一直告诉自己要听话，不要给家里添乱。

隐忍着、压抑着，好不容易缓过来了，唐夜弦被接回来了。

他可算知道什么叫万千宠爱在一身了。

比喻可能不太对，但这是唐皑能想到的最贴切的形容了。

他生气也好，他闹腾也好，唐夜弦的地位丝毫没有动摇。

以前好歹大哥暗地里还是站在他这边的。

可现在算怎么回事？

他们甚至明明知道唐夜弦就是个野种，却依然如此。

那他唐皑，在这个家里，到底算是什么？

苏叶也没想到兄弟俩在电话里能吵成这样，她在旁边听着，还是因为她……不免就有点尴尬，又过意不去，想要劝一劝："唉，你别这样……"

她一句话没说完，唐皑已经吼道："你闭嘴，你算个什么东西？这里哪有你插话的份？"

"唐皑！"

电话那边的唐皓显然也在吼，声音大到苏叶都听到了。

唐皑转头又冲着手机道："大哥你到底想怎么样？"

苏叶叹了口气，道："都冷静一点吧，有话不能好好说吗？这么晚了，别吵到老爷子……"

"你还有脸提爸爸？"唐皑冷笑了一声，"他对你怎么样？他因为你都成了全云城的笑话了，可是你呢？你就是个骗子！你处心积虑地接近爸爸，欺骗他的感情，不过就是想要唐家的财产而已。爸爸提前把遗产分了，你是不是觉得不够？这又打上了安盛的主意？你的良心呢？对得起爸爸这么多年的疼爱吗？"

"我没有，我都说了，今天的事，真的是大哥的安排……"苏叶叹了口气，解释。

唐皑又哼了声："是不是的，反正他都会给你兜着吧？你就是吃定了这一点，有恃无恐对吧？你到底是怎么骗大哥的？让他这样鬼迷心窍……"

他说着，自己突然顿下来，打量着苏叶，又看了看自己的手机，细想这些天以来苏叶和唐皓相处的细节，慢慢地睁大了眼，颤着声问电话那端的唐皓："大哥……你……难道……看上了……唐夜弦？你们……私下……"

他咬紧了牙，都问不下去。

这怎么可能？

这算什么？

但……又只有这样，才能解释大哥态度的转变。

唐皑过了很久，才艰涩地应声："是……"

他也真是没想在这个时候说出来，没有铺垫没有准备，真的不是什么好时机。

而唐皑直接挂掉了电话。

电话铃立刻就再响了起来。

唐皑看也不看直接就按了关机，然后深吸了一口气，才转过头来看着苏叶。

眼睛里除了愤怒，还有深深的厌恶。

"你们真让人恶心。"他说。

这时候，他的声音反而平静，甚至有了几分跟唐皓相似的气势。

"看在你这几年讨爸爸欢心的份上，以前给你的东西，我不会追回来。今天的事，既然大哥愿意兜着，我也不会再计较。但你也不要妄想继续留在唐家了，现在就给我离开这里。"

苏叶想过要离开唐家，但真没想过要这样被赶走。

但换成唐皑的立场，这样的处置，大概已经算是宽宏大量。

毕竟她的确不是唐家血脉，因为一个阴谋而来，骗了他们这么多年，霸占了应该属于唐皑的宠爱，觊觎着唐家的家产，还企图"勾引"唐皓……只是赶出家门，甚至都没让她把唐霖给她的遗产吐出来，真算是仁至义尽了。

苏叶也不好强辩，只能道："好歹让我跟老爷子道个别……"

"不必了。"唐皑打断她的话，"我会跟爸爸说你临时要去拍戏。你最好不要再出现在他面前，也不要再让我看到你。趁着我现在还能控制自己的怒气，马上给我滚！给自己留点体面，不要让我叫保安来赶人。"

苏叶只能把所有的话都咽了回去，默默转身出去。

到了这一步，真是什么也不必再多说了。

唐皑说让她收拾，其实有什么可收拾的？

说到底，这里什么都不是她的。

只有……

离开的时候，苏叶多看了一眼院中的玉兰树。

这时当然已经没有花了，满树绿叶，月色下反着冷色的光。

"再见。"她说。

眼泪却不受控制地滑落下来。

有时候，"再见"的意思，大概是指……

再也不见。

- 未完待续 -